瓶詰の地獄

夢野久作

角川文庫
15629

目次

瓶詰の地獄

拝呈、時下益々御清栄、奉慶賀候、陳者《のぶれば》、予《かね》てより御通達の、潮流研究用と覚《おぼ》しき、赤《あか》封蠟《ふうろう》付き麦酒瓶《ビールびん》、拾得次第届告仕《とどけつげつかまつ》る様、島民一般に申渡置候処《もうしわたしおきそうろうところ》、此程《このほど》、本島南岸に、別小包の如き樹脂封蠟付きの麦酒瓶が三個漂着致し居るを発見、届出申候《とどけいでもうしそうろう》。右は何《いず》れも約半里、乃至《ないし》、一里余を隔《へだ》てたる個所に、或は砂に埋もれ、又は岩の隙間《すきま》に固く挟まれ居りたるものにて、よほど以前に漂着致したるものらしく、中味も、御高示の如き、官製端《は》書《がき》とは相見えず、雑記帳の破片様のものらしく候為《た》め、御下命の如き漂着の時日等の記入は不可能と被為存候《ぞんぜられそうろう》。然《しか》れ共尚何《どもなおなに》かの御参考と存じ、三個とも封瓶のまま、村費にて御送付申上候間、何卒御落手相願度《なにとぞごらくしゅあいねがいたく》、此段得貴意候《このだんきいをえそうろう》　敬具

月　日　　　××島村役場㊞

海洋研究所御中

◇第一の瓶の内容

ああ……この離れ島に、救いの舟がとうとう来ました。

大きな二本エントツの舟から、ボートが二艘《そう》、荒浪の上におろされました。舟の上から、それを見送っている人々の中にまじって、私達のお父さまや、お母さまと思われる、なつかしいお姿が見えます。そうして……おお……私達の方に向って、白いハンカチを振って下さるのが、ここからよくわかります。

お父さまや、お母さまたちはきっと、私達が一番はじめに出した、ビール瓶の手紙を御覧になって、助けに来て下すったに違いありませぬ。

大きな船から真白い煙が出て、今助けに行くぞ……と言うように、高い高い笛の音が聞こえて来ました。その音がこの小さな島の中の、禽鳥《とり》や昆虫を一時に飛び立たせて、遠い海中《わだなか》に消えて行きました。

けれども、それは、私達二人に取って、最後の審判の日の鞕《らっぱ》よりも怖ろしい響でございました。私達の前で天と地が裂けて、神様のお眼の光りと、地獄の火焔《かえん》が一時に閃《ひら》めき出たように思われました。

ああ、手が慄《ふる》えて、心が倉皇《あわて》て書かれませぬ。涙で眼が見えなくなります。

私達二人は、今から、あの大きな船の真正面に在る高い崖《がけ》の上に登って、お父様や、お母様や救いに来て下さる水夫さん達によく見えるように、シッカリと抱き合ったまま、深い淵《ふち》の中へ身を投げて死にます。そうしたら、いつも、あそこに泳いでいるフカが、間もなく、私達を喰《た》べてしまってくれるでしょう。そうして、あとには、この手紙を詰めたビール瓶が一本浮いているのを、ボートに乗っている人々が見つけて、拾い上げて下さるでしょう。

ああ。お父様。お母様。すみません。すみません、すみません、すみません。私達は、初めから、あなた方の愛子《いとしご》でなかったと思って諦《あき》らめて下さいませ。

また、せっかく遠い故郷から、私達二人を、わざわざ助けに来て下すった皆様の御親切に対しても、こんなことをすると私達二人はホントにホントにすみません。どうぞどうぞお赦《ゆる》し下さい。そうして、お父様と、お母様に懐《いだ》かれて、人間の世界へ帰る喜びの時が来ると同時に、死んで行かねばならぬ不幸な私達の運命をお憐愍《あわれみ》下さいませ。

私達はこうして私達の肉体と霊魂を罰せねば、犯した罪の報償《つぐない》が出来ないのです。この離れ島の中で、私達二人が犯した、それはそれは恐ろしい悖戻《はいれい》の報償なのです。どうぞ、これより以上に懺悔《ざんげ》することを、おゆるし下さい。私達二人はフカの餌食《えじき》になる価打《ねうち》しかない、狂妄《きょうぼう》だったのですから……。

ああ。さようなら。

神様からも人間からも救われ得ぬ
哀《かな》しき二人より

お父様　お母様　皆々様

◇第二の瓶の内容

ああ。隠微《かくれ》たるに鑒《み》たまう神様よ。

この困難から救われる道は、私が死ぬよりほかに、どうしてもないので御座いましょうか。

私達が、神様の足凳《あしだい》と呼んでいる、あの高い崖の上に私がたった一人で登って、いつも二、三匹のフカが遊び泳いでいる、あの底なしの淵の中を、のぞいてみた事は、今までに何度あったかわかりませぬ。そこから今にも身を投げようと思ったことも、いく度であったか知れませせぬ。けれどもそのたんびに、あの憐憫《あわれ》なアヤ子の事を思い出しては、霊魂を滅亡《ほろぼ》す深いため息をしいしい、岩の圭角を降りて来るのでした。私が死にましたならば、あとから、きっと、アヤ子も身を投げるであろうことが、わかり切っているからでした。

×

私と、アヤ子の二人が、あのボートの上で付添いの乳母夫婦や、センチョーサンや、ウンテンシュさん達を波に浚《さら》われたまま、この小さな離れ島に漂《なが》れついてから、もう何年になりましょうか。この島は年中夏のようで、クリスマスもお正月も、よくわかりませぬが、もう十年ぐらい過《た》っているように思います。

その時に、私達が持っていたものは、一本のエンピツと、ナイフと、一冊のノートブックと、一個のムシメガネと、水を入れた三本のビール瓶と、小さな新約聖書が一冊と……それだけでした。

けれども、私達は幸福でした。

この小さな緑色に繁茂《しげ》り栄えた島の中には、稀に居る大きな蟻《あり》のほかに、私達を憂患《わずらわ》す禽《とり》、獣《けもの》、昆虫は一匹も居ませんでした。そうして、その時、十一歳であった私と、七ッになったばかりのアヤ子と二人のために、余るほどの豊饒《ゆたか》な食物が、みちみちて居りました。キュウカンチョウだの、鸚鵡《おうむ》だの、絵でしか見たことのないゴクラク鳥だの、見たことも聞いたこともない華麗な蝶《ちょう》だのが居りました。おいしいヤシの実だの、パイナプルだの、バナナだの、赤と紫の大きな花だの、香気のいい草だの、または、大きい小さい鳥の卵だのが、一年中、どこかにありました。鳥や魚なぞは、棒切れでたたくと、何ほどでも取れました。

私達は、そんなものを集めて来ると、ムシメガネで、天日を枯れ草に取って、流れ木に燃やしつけて焼いて食べました。

そのうちに島の東に在る岬と磐《いわ》の間から、キレイな泉が潮の引いた時だけ湧いているのを見つけましたから、その近くの砂浜の岩の間に、壊れたボートで小舎《こや》を作って、柔らかい枯れ草を集めて、アヤ子と二人で寝られるようにしました。それから小舎のすぐ横の岩の横腹を、ボートの古釘《ふるくぎ》で四角に掘って、小さな倉庫みたようなものを作りました。しまいには、外衣《うわぎ》も裏衣《したぎ》も、雨や、風や、岩角に破られてしまって、二人ともホントのヤバン人のように裸体になってしまいましたが、それでも朝と晩には、キット二人で、あの神様の足発の崖に登って、聖書を読んで、お父様やお母様のためにお祈りをしました。

私達は、それから、お父様とお母様にお手紙を書いて大切なビール瓶の中の一本に入れて、シッカリと樹脂で封じて、二人で何遍も何遍も接吻《くちづけ》をしてから海の中に投げ込みました。そのビール瓶は、この島のまわりを環《めぐ》る、潮の流れに連れられて、ズンズンと海中遠く出て行って、二度とこの島に帰って来ませんでした。私達はそれから、誰かが助けに来て下さる目標になるように、神様の足発の一番高い所へ、長い棒切れを樹《た》てて、いつも何かしら、青い木の葉を吊《つる》して置くようにしました。

私達は時々争論《いさかい》をしました。けれどもすぐに和平《なかなおり》をして、学校ゴッコや何かをするのでした。私はよくアヤ子を生徒にして、聖書の言葉や字の書き方を教えてやりました。そうして二人とも、聖書を、神様とも、お父様とも、お母様とも、先生とも思って、ムシメガネや、ビール瓶よりもズット大切にして、岩の穴の一番高い棚の上に上げて置きました。

私達は、ホントに幸福で、平安でした。この島は天国のようでした。

×

かような離れ島の中の、たった二人切りの幸福の中に、恐ろしい悪魔が忍び込んで来ようと、どうして思われましょう。

けれども、それは、ホントウに忍び込んで来たに違いないのでした。

それは何時からとも、わかりませんが、月日の経つにつれて、アヤ子の肉体が、奇蹟《きせき》のように美しく麗沢《つやつや》に育って行くのが、アリアリと私の眼に見えて来ました。ある時は花の精のようにまぶしく、またある時は悪魔のようになやましく……そうして私はそれを見ていると、何故かわからずに思念が曚昧《くら》く、哀しくなって来るのでした。

「お兄さま……」

とアヤ子が叫びながら、何の罪穢《けが》れもない瞳《ひとみ》を輝かして、私の肩へ飛びついて来るたんびに、私の胸が今までとはまるで違った気持でワクワクするのが、わかって来ました。そうして、その一度その一度ごとに、私の心は沈淪《ちんりん》の患難《なやみ》に付されるかのように、畏懼《おそ》れ、慄《ふる》えるのでした。

けれども、そのうちにアヤ子の方も、いつとなく態度がかわって来ました。やはり私と同じように、今までとはまるで違った……もっともっとなつかしい、涙にうるんだ眼で私を見るようになりました。そうして、それにつれて何となく私の身体に触るのが恥かしいような、悲しいような気持ちがするらしく見えて来ました。

二人はちっとも争論をしなくなりました。その代り、何となし憂容《うれいがお》をして、時々ソッと嘆息をするようになりました。それは二人切りでこの離れ島にいるのが、何ともいいようのないくらい、なやましく、嬉《うれ》しく、淋《さび》しくなって来たからでした。そればかりでなく、お互いに顔を見合っているうちに、眼の前が見る見る死陰のように暗くなって来ます。そうして神様のお啓示か、悪魔の戯弄《からかい》かわからないままに、ドキンと、胸が轟《とどろ》くと一緒にハット吾《われ》に帰るような事が、一日のうちに何度となくあるようになりました。

二人は互いに、こうした二人の心をハッキリと知り合っていながら、神様の責罰を恐れて、口に出し得ずに居るのでした。万一《もし》、そんなことをし出かしたアトで、救いの舟が来たらどうしよう……という心配に打たれていることが、何にもいわないまんまに、二人同士の心によくわかっているのでした。

けれども、ある静かに晴れ渡った午後の事、ウミガメの卵を焼いて食べたあとで、二人が砂原に足を投げ出して、はるかの海の上を辷《すべ》って行く白い雲を見つめているうちにアヤ子はフイと、こんなことをいい出しました。

「ネエ。お兄様。あたし達二人のうち一人が、もし病気になって死んだら、あとは、どうしたらいいでしょうネエ」

そういううちにアヤ子は、面《かお》を真赤にしてうつむきまして、涙をホロホロと焼け砂の上に落しながら、何ともいえない悲しい笑い顔をして見せました。

×

その時に私が、どんな顔をしたか、私は知りませぬ。ただ死ぬほど息苦しくなって、張り裂けるほど胸が轟いて、唖《おし》のように何の返事もし得ないまま立ち上りますと、ソロソロとアヤ子から離れて行きました。そうしてあの神様の足発の上に来て、頭を掻《か》き挘《むし》り掻き挘りひれ伏しました。

「ああ。天にまします神様よ。アヤ子は何も知りませぬ。ですから、あんな事を私にいったのです。どうぞ、あの処女を罰しないで下さい。そうして、いつまでもいつまでも清浄にお守り下さいませ。そうして私も……。

ああ。けれども……けれども……ああ。神様よ。私はどうしたら、いいのでしょう。どうしたら患難《なやみ》から救われるのでしょう。私が生きて居りますのは、アヤ子のためにこの上もない罪悪《つみ》です。けれども私が死にましたならば、尚更《なおさら》深い、悲しみと、苦しみをアヤ子に与えることになります。ああ、どうしたらいいでしょう私は……。

おお、神様よ……。

私の髪毛は砂にまみれ、私の腹は岩に押しつけられて居ります。もし私の死にたいお願いが聖意《みこころ》にかないましたならば、ただ今すぐに私の生命を、燃ゆる閃電《いなずま》にお付し下さいませ。ああ、隠微《かくれ》たるに鑒《み》たまう神様よ。どうぞどうぞ聖名を崇《あが》めさせたまえ。み体徴《しるし》を地上にあらわしたまえ……」

けれども神様は、何のお示しもなさいませんでした。藍《あい》色の空には、白く光る雲が、糸のように流れているばかり……崖《がけ》の下には、真青く、真白く渦《うず》巻きどよめく波の間を、遊び戯れているフカの尻尾《しっぽ》やヒレが、時々ヒラヒラと見えているだけです。

その青澄んだ、底無しの深淵《ふち》を、いつまでもいつまでも見つめているうちに、私の目は、いつになくグルグルと、眩暈《くら》めき始めました。思わずヨロヨロとよろめいて、漂い砕ける波の泡の中に落ち込みそうになりましたが、やっとの思いで崖の端に踏み止まりました。

……と思う間もなく私は崖の上の一番高い処まで一跳びに引き返しました。その絶頂に立って居りました棒切れと、その尖端《さき》に結びつけてあるヤシの枯れ葉を、一思いに引きたおして、眼の下はるかの淵に投げ込んでしまいました。

「もう大丈夫だ。こうして置けば、救いの船が来ても通り過ぎて行くだろう」

こう考えて、何かしらゲラゲラと嘲《あざけ》り笑いながら、残狼のように崖を馳け降りて、小舎の中へ馳け込みますと、詩篇の処を開いてあった聖書を取り上げて、ウミガメの卵を焼いた火の残りの上に載せ、上から枯れ草を投げかけて焔《ほのお》を吹き立てました。そうして声のある限り、アヤ子の名を呼びながら、砂浜の方へ馳け出して、そこいらを見まわしました……が……。

見るとアヤ子は、はるかに海の中に突き出ている岬の大磐の上に跪《ひざまず》いて、大空を仰ぎながらお祈りをしているようです。

×

私は二足、三足うしろへ、よろめきました。荒浪に取り巻かれた紫色の大磐の上に、夕日を受けて血のように輝いている処女の背中の神々《こうごう》しさ……。ズンズンと潮が高まって来て、膝《ひざ》の下の海藻を洗い漂わしているのも気づかずに、黄金色の滝浪を浴びながら一心に祈っている、その姿の崇高さ……まぶしさ……。私は身体を石のように固ばらせながら、暫《しば》くの間、ボンヤリと眼をみはって居りました。けれども、そのうちにフイッと、そうしているアヤ子の決心がわかりますと、私はハッとして飛び上りました。夢中になって馳け出して、貝殻ばかりの岩の上を、傷だらけになって辷《すべ》りながら、岬の大磐の上に這《は》い上りました。キチガイのように暴れ狂い、哭《な》き喚《さけ》ぶアヤ子を、両腕にシッカリと抱えて身体中血だらけになって、やっとの思いで、小舎の処へ帰って来ました。

けれども私達の小舎は、もうそこにはありませんでした。聖書や枯草と一緒に、白い煙となって、青空のはるか向うに消え失せてしまっているのでした。

×

それから後の私達二人は、肉体も霊魂も、ホントウの幽暗に逐《お》い出されて、夜となく昼となく哀哭《かなし》み、切歯しなければならなくなりました。そうしてお互いに相抱き、慰さめ、励まし、祈り悲しみ合うことはおろか、同じ処に寝る事さえも出来ない気もちになってしまったのでした。

それは、おおかた、私が聖書を焼いた罰なのでしょう。

夜になると星の光りや、浪の音や、虫の声や、風の葉ずれや、木の実の落ちる音が、一ツ一ツに聖書の言葉を囁《ささや》きながら、私達二人を取り巻いて、一歩一歩と近づいて来るように思われるのでした。そうして、身動き一つ出来ず、微睡《まどろ》むことも出来ないままに、離れ離れになって悶《もだ》えている私達二人の心を、窺視《うかがい》に来るかのように物怖ろしいのでした。

こうして長い長い夜が明けますと、今度は同じように長い長い昼が来ます。そうするとこの島の中に照る太陽も、唄《うた》う鸚鵡《おうむ》も、舞う極楽鳥も、玉虫も、蛾も、ヤシも、パイナプルも、花の色も、草の芳香も、海も、雲も、風も、虹《にじ》も、みんなアヤ子の、まぶしい姿や、息苦しい肌の香とゴッチャになって、グルグルグルグルと渦巻き輝やきながら、四方八方から私を包み殺そうとして、襲いかかって来るように思われるのです。その中から、私とおんなじ苦しみに囚《とら》われているアヤ子の、なやましい瞳が、神様のような悲しみと悪魔のようなホホエミを別々に籠《こ》めて、いつまでもいつまでも私を、ジィッと見つめているのです。

×

鉛筆がなくなりかけていますから、もうあまり長く書かれません。

私はこれだけの虐遇《なやみ》と迫害に会いながら、なおも神様の禁責を恐れている私達のまごころをこの瓶に封じこめて、海に投げ込もうと思っているのです。

明日にも悪魔の誘惑に負けるような事がありませぬうちに……。せめて二人の肉体だけでも清浄で居りますうちに……。

ああ神様……私達二人は、こんな呵責《くるしみ》に会いながら、病気一つせずに、日に増し丸々と肥《ふと》って、康強に、美しく育って行くのです。この島の清らかな風と、水と、豊穣《ゆたか》な食物と、美しい、楽しい、花と鳥とに護《まも》られて……。

ああ。何という恐ろしい責め苦でしょう。この美しい、美しい島はもうスッカリ地獄です。

神様。神様。

あなたはなぜ私達二人を、一思いに虐殺して下さらないのですか……。

——太郎記す……

◇第三の瓶の内容

オ父サマ、オ母サマ。ボクタチ兄ダイハ、ナカヨク、タッシャニコノシマニ、クラシテイマス。ハヤク、タスケニ、キテクダサイ。

市川太郎

イチカワアヤコ

人の顔

一

チエ子は奇妙な児であった。

孤児院にいるうちは、ただむやみと可愛いらしい、あどけない一方の児であったが、五ツの年の春に、麴町《こうじまち》の番町に住んでいる、或《あ》る船の機関長の家庭に貰《もら》われて来てから一年ばかり経つと、何となく、あたりまえの児と違って来た。

背丈けがあまり伸びない上に、子供のもちまえの頰の赤味が、いつからともなく消えうせて、透きとおるほど色が白くなるにつれて、フタカイ瞼《まぶた》の眼ばかりが大きく大きくなって行った。それと一緒に口数が少くなって、ちょっと見ると啞《おし》児ではないかと思われるほど、静かな児になった。そうして時たま口を利く時には、その大きな眼を一パイに見開いて、マジマジと相手の顔を見る。それから、その小さな下唇を、いく度もいく度も吸い込んだりしているうちに、不意に、ハッキリした言葉つきで、とんでもないマセた事を言い出したりするのであったが、それがまたチエ子を、たまらないほどイジラシイ利発《りはつ》な児に見せたので、両親は大自慢で可愛がるのであった。チエ子が一番わるい癖の朝寝坊でも、叱るどころでなくかえって、手数のかからない児だと言って、自慢の一ッにするくらいであった。

しかしチエ子にはもう一ッ、あまり人の目につかない特徴があった。それは何の影もない大空と屋根との境い目だの、木の幹の一部分だの、室の隅ッコだのを、ジイッと、いつまでもいつまでも見つめる癖で、すぐ近くから呼ばれているのに気がつかないで、大空のまん中に浮いている雲だの、汚れた白壁の途中だのを一心に見上げていたりするのであった。

母親はこの癖に気づいているにはいたが、温柔《おとな》しい児にはあり勝ちのことなので、さほど気にかけていなかった。いくら呼んでも来ない時に、

「チエ子さん……何を見ているのです……」

なぞと叱ることもあったが、本当に何を見ているのか、きいてみた事は一度もなかった。

ところが、チエ子が六ツになった年の末のこと、外国航路についている父親から、真赤な鳥の羽根の外套《がいとう》を送って来た。それは和服にも着せられる、鐘型《つりがねがた》の風変りなもので、その紅の色が何とも言えず上品に見えた。

母親は早速それをチエ子に着せて、自分も貴婦人みたようにケバケバしく着飾って、四《よ》谷《や》へ活動を見に連れて行った。母親は、どちらかと言えば瘦《や》せギスで、背丈けが並《なみ》の女以上にスラリとしているので、チエ子の手を引いて行くのはいくらか自烈《じれっ》たいらしかった

が、それでも、二人とも新しいフェルトの草履《ぞうり》をはいて、イソイソとしていたので、誰が見てもホントウの親子に見えた。

二

活動が済むころから、風がヒュウヒュウ吹き出したので、かなり寒い、星だらけの夜になった。

その中を二人は手を引き合って帰って来たが、嫩葉《ふたば》女学校の横の人通りの絶えた狭い通りへ入ると、チエ子が不意に立ち止まって、母親を引き止めた。そうして、いつもよりもずっとハッキリした声を、建物の間のくら暗《やみ》に反響さした。

「……おかあさん……」

母親はビックリしたようにふり返った。

「何ですか……チエ子さん……」

「あそこに……お父さまのお顔があってよ」

と言いつつチエ子は、小さな指をさし上げて、高い高い女学校の屋根の上を指さした。

母親はゾッとしたらしく、思わず引いている手に力を入れて叱りつけた。

「何です。そんな馬鹿らしいこと……」

「イイエ……おかあさん……あれはおとうさまのお顔よ。ネ……ホラ……お眼々があって、お鼻があって……お口も……ネ……ネ……ソウシテお帽子も……」

「……マア……気味のわるい……。お父様はお船に乗って、西洋へ行っていらっしゃるのです。サ……早く行きましょう」

「デモ……アレ……あんなによく肖《に》ててよ……ホラ……お眼々のところの星が一番よく光っててよ」

母親はだまって、チエ子の手をグングン引いてあるき出した。チエ子も一緒にチョコチョコ駈《か》け出したが、暫《しばら》くするとまた、不意に口をきき出した。

「おかあさま……」

「……何ですか……」

「アノネ……おうちのお茶の間の壁が、こないだの地震の時に割れているでショ……ネ……ギザギザになって……あそこにどこかのオジサマの顔があってよ。大きいのや小さいのやいくつも並んで……ソウシテネ……ソウシテネ……また方々にいくつも人の顔があってよ。お隣りのお土蔵《くら》の壁だの、おうちのお台所の天井だの、お向家《むかい》の御門の板だの、梅の木の枝だの、木の葉の影法師だの……ヨク――見ていると、いろんな人の顔がわかって来てよ。きょうお母様に見せていただいた活動のわるい王様でも、綺麗《きれい》なお姉さまの顔でも、キットどこかにあってよ。明日になったら、あたしキット……アラ……お母さまチョット……あそこに……」

と言いさしてチエ子はまた急に母親の手を引き止めた。

「……ホラ……あの電信柱の上に、小さな星がいくつも……ネ……ネ……いつもよくうちにいらっしゃる保険会社のオジサマの顔よ……お母様と仲よしの……ネ……」

母親はギックリしたように立ち竦《すく》んだ。下唇をジイと噛《か》んでチエ子の顔を見下した。わなわなとふるえる白い指先で、鬢《びん》のほつれを撫《な》で上げながら、おそろしそうにソロソロと、そこいらを見まわしていたが、何と思ったか突然《だしぬけ》に、邪慳《じゃけん》にチエ子の手を振り離して小走りに駈け出した。

「アレ……おかあさまア……待って……」

とチエ子も駈け出したが、石ころに躓《つまず》いてバッタリと倒れた。その間に母親は大急ぎで横町へ外《そ》れてしまった。

チエ子はヒイヒイ泣きながら、起き上ってあとを追いかけた。泣いては立ち止まり、走り出しては泣きながら、辻々《つじつじ》の風に吹き散らされて行くかのように、いくつもいくつも街角を曲って、長いことかかってやっと、見おぼえのある横町の角まで来ると、お向家の御門の暗い軒燈《けんとう》の陰から、真白な、怖い顔をさし出して、こちらを見ている母親の顔が見つかった。

チエ子はそのまま立ち止まって、声高く泣き出した。

三

それから後、母親はあまりチヱ子を可愛がらなくなった。

「……もうチヱ子さんは、じき学校に行くのですから、独りでねんねし習わなくてはいけません」

と言って、茶の間に別の床を取って寝かしては自分は座敷の方に寝るようにした。活動なぞにも、それから一度も連れて行かないで、自分ばかり朝早くからお化粧をして出かけると、夜遅くまで帰って来ない日が続くようになった。帰りがけにチヱ子の大好きな、絵本を買って来るようなこともなくなった。

けれどもチヱ子は、別に淋《さび》しがるような様子はなかった。それかと言って女中と遊ぶでもなく、今までのとおり古い絵本を繰り返して拡げたり、いろんなものをジッと見つめたり、人の顔らしいものを地べたに描いて、消したりして遊んだ。それから日が暮れて、女中と一緒にお茶の間で、御飯をたべてしまうと間もなく、片隅に敷いてある大人の寝床の中に、湯タンポを入れて貰って、小さな身体をもぐり込ませる。それでも、朝寝坊は今までの通りにしたので、どうかすると二、三日も母親の顔を見ないことがあった。

「どうしてあなたは、そんなに朝寝をするのですか」

或る朝、珍しく出て行かなかった母親がこう尋ねると、チヱ子はいつものとおり母親の顔を見つめながら、下唇をムッツムッツさしていたが、やがてオズオズとこう答えた。

「あのね……あたし、お母さまとおネンネしなくなってから、夜中にきっと眼がさめるの。ソウスルトネ……電燈が消えて真っ暗になっているの。ソウシテネ……下の方をジイ——と見ていると、お向家《むかい》だの、お隣家《となり》だの、おうちのお庭にあるゴミクタだの、石ころだのが、いろんな人の顔になって、いくつもいくつも見えて来るの……ソウシテネ……それをヤッパシじいっと見ていると、そんな人の顔がみんな一緒になって、いつの間にかお父さまの顔になって来るのよ……ソウシテネ……それをモットモット、いつまでもいつまでも見ていると、おしまいにはキットあたしを見てニコニコお笑いになるの……ソウスルトネ……そのお父様と、いろんな事をして遊んでいる夢を見るのよ……大きな大きなお船に乗ってネ……綺麗な綺麗なところへ行ったり……ソレカラ……」

「いけないわねえ子供の癖に……夜中に睡《ねむ》られないなんて……困るわね……どうかしなくちゃ」

と言い言い母親は、こころもち青褪《あおざ》めた顔をして、チエ子の大きな眼をイマイマしそうに見つめていたが、やがて、急にわざとらしくニッコリして手を打った。

「……アッ……いいことがあるわよチエ子さん。お母さんがネ……おいしいお薬を買って来て上げましょうネ。ソレをのむとキットよく睡られて、朝早く起きられますよ……ネ……晩によくオネンネをして、朝早く起きる癖をつけとかないと、今に学校に行くようになってから困りますからね……ネ……ネ……」

チエ子は不思議そうな顔をしいしい温柔《おとな》しくうなずいた。そうしてその晩から、母親に丸薬をのまされて寝ることになったが、そのお陰かして、あくる朝は割り合いに早く眼をさましたのであった。

それ以来母親はまた、不思議に家にいつくようになった。朝のお化粧もやめてしまったが、その代りに夕方になると急にソワソワし出して、お湯に行ったり、おめかしをしたりして、まだ明るいうちに夕飯を仕舞うと、女中とチエ子を追い立てるようにして寝かした。そうして、チエ子が一度でも朝寝をすると、その晩から丸薬を一粒宛増やしたので、一と月と経たないうちに、粒の数が最初の時の倍ほどになった。

チエ子は一日一日と痩《や》せ細って、顔色が悪くなって来た。

四

そのうちに、あくる年の二月の末になって、チエ子の父親が、長い航海から帰って来たが、玄関に駈け出して来たチエ子を見るとビックリして眼をみはった。

「どうしてこんなになったのか」

と、不機嫌らしく大きな腕を組んで、あとから出て来た母親にきいた。しかし母親がまじめな顔をして、何か二言三言言いわけをすると、間もなく納得したらしく、組んでいた腕をほどいて元気よくうなずきながら、靴をスポンスポンと脱いだ。

それから縕袍《どてら》に着かえて、チエ子と並んで夕飯のお膳《ぜん》について、何本もお銚子《ちょうし》を傾けた父親は、赤鬼のようになりながら大きな声で、今度初めて行った露西亜《ロシア》の話をした。そのあいまあいまにチエ子がこの頃は特別に温柔しくなった話をきかされたり、久し振りに結ったという母親の丸髷《まるまげ》を賞《ほ》めて、高笑いをしたりしていたが、そのあげく、思い出したように柱時計をふり返ってみると、飯茶碗《めしぢゃわん》をつき出して怒鳴った。

「オイ飯だ飯だ。貴様も早く仕舞って支度をしろ。これから三人で活動を見に行くんだ」

「エ………」

「活動を見にゆくんだ……四谷に……」

お給仕盆をさし出しかけていた母親の顔がみるみる暗くなった。魘《おび》えたような眼つきで、チエ子と、父親の顔を見比べた。

「何だ……活動嫌いにでもなったのか」

と父親は箸《はし》を握ったまま妙な顔をした。母親は、泣き笑いみたような表情にかわりながら、うつむいて御飯をよそった。

「そうじゃありませんけど……あたし今夜何だか……頭が痛いようですの……」

父親は平手で顔を撫《な》でまわした。

「フ――ン。そらあいかんぞ。半年ぶりで亭主が帰って来たのに。頭痛がするちゅう法があるか……アハハハまあいいわ。それじゃ去年送った、あの外套《がいとう》を出しとけ。チエ子の赤い羽根のやつを……。あれは俺が倫敦《ロンドン》で買ったのじゃが、日本に持って来ると五十両以上するシロモノだ。ここいらの家の児であんなのを着とるのはなかろう……ウンないじゃろう。ないはずだ。ウン……。あれを着せて二人で行って来るからナ……貴様は頭痛がするんなら先に寝とれ……座敷に瓦斯《ガス》ストーブを入れてナ……ハハハ久し振りに川の字だ。ハハン……しかし要心せんといかん……」

「それほどでもないんですけれど、永いこと丸髷に結わなかったせいかもしれません」

と母親は、お茶をさしながら甘えるような、悄気《しょげ》た声で言った。

「イヤ……いかんいかん。そんな事を言って無理をしちゃいかん。今年は上海《シャンハイ》のチブスがひどいから。……ナニ俺か。俺は大丈夫だ。この上からマントを着てゆく。帽子は鳥打がいい。ウン。それからトランクの隅にポケットウイスキーがあるから、マントのポケットに入れとけ……。日本は寒いからナ……ハハハハハ」

五

活動を見ながらウイスキーをチビリチビリやっていた父親は、いよいよいい機嫌になって帰りかけた。

四谷見附で電車を降りると、太い濁った声で、何か鼻唄《はなうた》を歌い歌い、チエ子と後になり先になりして来たが、やがて嫩葉女学校の横の暗いところに入ると、ちょうど去年の秋に、母親と立ち止まったあたりで、チエ子はまたピッタリと立ち止まった。

「オイ。早く来んか。怖いのか……アアン……サ……お父さんが手を引いてやろ……」

と、二、三間先へ行きかけた父親が、よろめきながら引き返してみると、チエ子は暗い道のまん中に立ち止まって、一心に大空を見上げている。

「何だ……何を見とるのか」

「……あそこにお母さまの顔が……」

「フーン……どれどれ……どこに……」

と父親は腰を低くして、チエ子の指の先を透かしてみた。

「ハハア……あれか……ハハハハ……あれは星じゃないか。星霧《せいむ》ちゅうもんじゃよ、あれは……」

「……デモ……デモ……お母様のお顔にソックリよ……」

「ウ――ム。そう見えるかナア」

「……ネ……お父さま……あの小さな星がいくつもいくつもあるのがお母さまのお髪《つむ》よ……いつも結っていらっしゃる……ネ……それから二つピカピカ光っているのがお口よ……ネ……」

「……ウーン。わからんな。ハハハハハ……ウンウンそれから……」

「それから白いモジャモジャしたお鼻があって……ソレカラ……アラ……あの……アラオジサマの顔が……あんなところでお母さまのお顔とキッスをして……」

「アハハハハハハ……冗談じゃないぞチエ子……何だそのオジサマと言うのは……」

「……あたし、知らないの……デモネ……ずっと前から毎晩うちにいらっしてネ……お母様と一緒にお座敷でおねんねなさるのよ。あんなにニコニコしてキッスをしたり、お口をポカンとあいたり……」

と言いさしてチエ子は口を噤《つぐ》んだ。ビックリしたように眼を丸くして、父親の顔を見た。しゃがんでいた父親は、いつの間にか闇の中に仁王立ちになっていた。両手をふところに突込んだまま、チエ子の顔を穴のあくほど睨《にら》みつけていた。

チエ子はそれを見上げながら、今にも泣き出しそうに眼をパチパチさした。そうして、言いわけをするかのようにモジモジと、小さな指をさし上げた。

「……こないだは……アソコに……お父さまのお顔があったのよ……」

死後の恋

ハハハハハ。イヤ……失礼しました。さぞかしビックリなすったでしょう。ハハア。乞食かとお思いになった……アハアハアハ。イヤ大笑いです。

あなたは近頃、この浦塩《ウラジオ》の町で評判になっている、風来坊のキチガイ紳士が、私だという事をチットモ御存じなかったのですね。ハハア。ナルホド。それじゃそうお思いになるのも無理はありません。泥棒市に売れ残っている旧式のボロ礼服を着ている男が、貴下《あなた》のような立派な日本の軍人さんを、スェツランスカヤ（浦塩の銀座通り）のまん中で捕まえて、こんなレストランへ引っぱり込んで、ダシヌケに、

「私の運命を決定《きめ》て下さい」

などと、お願いするのですからね。キチガイだと思われても仕方がありませんね。ハハハハ……しかし私が乞食やキチガイでないことはおわかりでしょう。ネエ。おわかりになるでしょう。酔っ払いではないことも……さよう……。

お笑いになると困りますが、私はこう見えても生え抜きのモスコー育ちで、旧露西亜《ロシア》の

貴族の血を享《う》けている人間なのです。そうして現在では、ロマノフ王家の末路に関する「死後の恋」といううきわめて不可思議な神秘作用に自分の運命を押えつけられて、夜もオチオチ眠られぬくらい悩まされ続けておりますもので……実はただ今からその話をきいて頂いてあなたの御判断を願おうと思っているのですが……勿論《もちろん》それはきわめて真剣な、かつ歴史的に重大なお話なのですが……。

……ああ……御承知下さる……有難う有難う、ホントウに感謝します。……ところでウオツカを一杯いかがですか……ではウイスキーは……コニャックも……皆お嫌い……日本の兵士はナゼそんなに、お酒を召し上らないのでしょう……では紅茶、乾菓子《コンフェートム》、野菜……アッ、この店には自慢の腸詰《ソーセージ》がありますよ。召し上りますか……ハラショ……。オイオイ別嬪《べっぴん》さん。ちょっと来てくれ。注文があるんだ。……私は失礼してお酒をいただきます。……イヤ……まったく、こんな贅沢《ぜいたく》な真似が出来るのも、日本軍がいて秩序を保って下さるお陰です。室が小さいのでペーチカがよく利きますね……サ……帽子をお取り下さい。どうか御ゆっくり願います。

実を申しますと私はツイ一週間ばかり前に、あの日本軍の兵站部《へいたんぶ》の門前で、あなたをお見かけした時から、ゼヒトモ一度ゆっくりとお話ししたいと思っておりましたのです。あなたがあの兵站部の門を出て、このスェツランスカヤへ買い物にお出でになるお姿を拝見するたんびに、これはきっと日本でも身分のあるお方が、軍人になっておられるのだな……と直感しましたのです。イヤイヤ決してオベッカを言うのではありませぬ……のみならず、失礼とは思いましたが、その後だんだんと気をつけておりますと、貴下《あなた》の露西亜語が外国人とは思われぬぐらいお上手なことと、露西亜人に対して特別に御親切なことがわかりましたので……しかもそれは、貴下《あなた》が吾々同胞の気風に対して特別に深い、行き届いた理解力を持っておいでなるのに原因していることが、ハッキリと私に首肯《うなず》かれましたので、是非ともこの話を聞いて頂く事に決心してしまったのです。否、あなたよりほかにこのお話を理解して、私の運命を決定して下さるお方はないと思い込んでしまったのです。

さよう……ただきいて下されば、いいのです。そうして私がこれからお話しする恐ろしい「死後の恋」というものが、実際にあり得ることを認めて下されば宜《よろ》しいのです。そうすればそのお礼として、失礼で御座いますが私の全財産を捧《ささ》げさして頂きたいと考えているのです。それはたいていの貴族が眼を眩《ま》わすぐらいのお金に値するもので、私の生命にも換えられぬ貴重品なのですが、このお話の真実性を認めて、私の運命を決定して下さるお礼のためには、決して多過ぎると思いません。惜しいとも思いませぬ。それほどに私を支配している「死後の恋」の運命は崇高と、深刻と、奇怪とを極めているのです。

……。

少々前置が長くなりますが、注文が参ります間、御辛抱下さいませんか……ハラショ

私がこの話をして聞かせた人はかなりの多数に上っております。同胞の露西亜人には無

論のこと、チェックにも、猶太《ユダヤ》人にも、支那人にも、米国人にも……けれども一人として信じてくれるものがいないのです。そればかりか、私が、あまり熱心になって、相手構わずにこの話をして聞かせるために、だんだんと評判が高くなって来ました。しまいには戦争が生んだ一種の精神病患者と認められて、白軍の隊から逐《お》い出されてしまったのです。

そこでいよいよ私は、この浦塩の名物男となってしまいました。この話をしようとすると、みんなゲラゲラ笑って逃げて行くのです。稀《まれ》に聞いてくれる者があっても、人を馬鹿にするなと言って憤り出したり……ニヤニヤ冷笑しながら手を振って立ち去ったり……胸が悪くなったと言って、私の足下に唾《つば》を吐いて行ったり……それが私に取って死ぬほど悲しいのです。淋《さび》しくて情なくて堪《たま》らないのです。

ですから誰でもいい……この広い世界中にタッタ一人でいいから、現在私を支配している世にも不可思議な「死後の恋」の話を肯定して下さるお方があったら……そうして、私の運命を決定して下さるお方があったら、その方に私の全財産である「死後の恋」の遺品《かたみ》をソックリそのままお譲りして、自分はお酒を飲んで飲んで飲み死にしようと決心したのです。そうして、やっとのこと貴方を発見《みつ》けたのです。あなたこそ「死後の恋」に絡まる私の運命を、決定して下さるお方に違いないと信じたのです。

ヤ……お料理が来ました。あなたの御健康と幸福を祝さして下さい。日本の紳士にこのお話をするのは、貴方が最初なのですからね……そうして恐らく最後と思いますから……。

ところで一体、あなたはこの私を何歳ぐらいの人間とお思いになりますか、エ？　わからない？……ハハハハ。これでもまだ二十四なのですよ。名前はワーシカ・コルニコフと申します。さよう、コルニコフというのが本名です……モスコーの大学に入って、心理学を専攻して、やっと一昨年出て来たばかりの小僧ッ子ですがね。四十くらいには見えるでしょう。髪毛や髭《ひげ》に白髪《しらが》が交っていますからね。ハハハハハ。しかし私は、今から三か月前迄《まで》は間違いなく二十代に見えたのです。白髪などは一本もなくて、今とは正反対のムクムク肥《ふと》った黒い顔に、白軍の兵卒の服を着ていたのですから……。

ところが、それがたった一夜の間に、こんな老人になってしまったのです。

詳しく申しますと、今年（大正七年）の、八月二十八日の午後九時から、翌日の午前五時までの間のこと……距離で言えば、ドウスゴイ付近の原ッパの真中に在る一ツの森から、南へ僅《わず》か十二露里（約三里）の処にある日本軍の前哨《ぜんしょう》まで、鉄道線路伝いによろめいて来る間のことです。そのあいだに今申しました不可思議な「死後の恋」の神秘力は、私を魂のドン底まで苦しめてこんな老人にまで衰弱させてしまいました……。……どうです。このような事実を貴方《あなた》は信じて下さいますか。……ハラショ……あり得ると思われる……と仰言《おっしゃ》るのですね。オッチエニエ、ハラショ……有難い有難い。

ところで最前もちょっと申しましたとおり、私はモスコー生まれの貴族の一人息子で、革命の時に両親を喪《うしな》いましてから後、この浦塩へ参りますまでは、故意《わざ》と本名を匿《かく》しておったのですが、あまり威張れませんが、生まれ付き乱暴なことが嫌いで、むろん戦争なぞは身ぶるいが出るほど好かなかったのです。しかし今申しましたペトログラードの革命で、家族や財産を一時に奪われて極端な窮迫に陥ってしまいますと、不思議にも気がかわって参りまして、どうでもなれ……というような自殺気分を取り交ぜた自暴自棄の考えから、一番嫌いな兵隊になったのですが、それから後幸か、不幸か、一度も戦争らしい戦争にぶつからないまま、あちらこちらと隊籍をかえておりますうちに、セミヨノフ将軍の配下について、赤軍のあとを逐いつつ、御承知でも御座いましょうがここから三百露里ばかり距《へだ》たった、烏首里《ウスリ》という村へ移動して参りましたのが、ちょうど今年の八月の初旬の事でした。そうしてそこで、部隊の編成がかわった時に、このお話の主人公になっているリヤトニコフという兵卒が私と同じ分隊に入ることになったのです。

リヤトニコフは私と同じモスコー生まれだと言っておりましたが、起居動作が思い切って無邪気で活発な、一種の燥《はしや》ぎ屋と見えるうちに、どことなく気品を保っているように思われる十七、八歳の少年兵士で、真黒く日に焼けてはいましたけれども、たしかに貴族の血を享《う》けていることが、その清らかな眼鼻立ちを見ただけでもわかるのでした。

彼はこの村に来て、私と同じ分隊に編入されると間もなく、私と非常な仲よしになってしまって兄弟同様に親切にし合うのでした。……と言っても決して忌《いま》わしい関係なぞを結んだのではありませぬ。あんな事は獣性と人間性の気質を錯覚した、一種の痴呆患者のする事です……で……そのリヤトニコフと私とは、何ということなしに心を惹《ひ》かれ合って、隙《ひま》さえあれば宗教や、政治や芸術の話なぞをし合っているのでした。が、二人とも純な王朝文化の愛惜者であることがおいおいとわかって来ましたので、涙が出るほど話がよく合いました。殺風景な軍陣の間に、これほどの話相手を見つけた私の喜びと感激……それは恐らく、リヤトニコフも同様であったろうと思われますが……その楽しみが、どんなに深かったのかは、あなたのお察しに任せます。

けれども、そうした私たちの楽しみは、あまり長く続きませんでした。その後間もなくセミヨノフ軍の方では、この村に白軍が移動して来たことを、ニコリスクの日本軍に知らせるために、私たちの一分隊……下士一名、兵卒十一名に、二人の将校と、一人の下士を添えて斥候《せっこう》に出すことになりましたのです。さよう、……連絡斥候ですね。実は私は、それまで弱虫と見られていて、そんな任務の時には何時でも後廻《あとまわ》しにされていたので、今度も都合よく司令部の勤務に廻されていましたから、しめたと思って内心喜んでいたのですが、思いもかけぬ因縁に引かされて、自分から進んで行くようなことになりましたので……と言うのは、こんな訳です。

その出発にきまった前日の夕方に……それは何日であったか忘れてしまいましたが、私がリヤトニコフや仲間の者に「お別れ」を言いに司令部から帰って来ますと、分隊の連中はどこかへ飲みに行っているらしく、室の中には誰もいません。ただ隅ッこの暗い処にリヤトニコフがたった一人ションボリと、革具《かわぐ》の手入れか何かをしていましたが、私を見ると急に立ち上って、何やら意味ありげに眼くばせをしながら外へ引っぱり出しました。その態度がどうも変テコで、顔色さえも尋常でないようです。そうして私を人のいない廏《うまや》の横に連れ込んで、今一度そこいらに人影のないのを見澄ましてから、内ポケットに手を入れて、手紙の束かと思われる扁平《ひらべっ》たい新聞包みを引き出しますと、中から古ぼけた革のサックを取り出して、黄金色の止め金をパチンと開きました。見るとその中から、大小二、三十粒の見事な宝石が、キラキラと輝き出しているではありませんか。

私は眼が眩《くら》みそうになりました。私の家は貴族の癖として、先祖代々からの宝石好きで、私も先天的に宝石に対する趣味を持っておりましたので、すぐにもう、焼き付くような気もちになって、その宝石を一粒ずつつまみ上げて、青白い夕あかりの中に、ためつすがめつして検《あらた》めたのですが、それは磨き方こそ旧式でしたけれども、一粒残らず間違いのないダイヤ、ルビー、サファイヤ、トパーズなぞの選《よ》り抜きで、ウラル産の第二流品などは一粒も交っていないばかりでなく、名高い宝石蒐集家《しゅうしゅうか》の秘蔵の逸品ばかりを一粒ずつ貰《もら》い集めたかと思われるほどの素晴らしいもの揃いだったのです。こんなものが、まだうら若い一兵卒のポケットに隠れていようなぞと、誰が想像し得ましょう。

私は頭がシインとなるほどの打撃を受けてしまいました。そうして開《あ》いた口がふさがらないまま、リヤトニコフの顔と、宝石の群れとを見比べておりますと、リヤトニコフは、その、いつになく青白い頬を心持ち赤くしながら、何か言い訳でもするような口調で、こんな説明をしてきかせました。

「これは今まで誰にも見せたことのない、僕の両親の形見なんです。過激派の主義から見ればコンナものは、まるで麦の中の泥粒と同様なものかも知れませんけれども……ペトログラードでは、ダイヤや真珠が溝泥《どぶどろ》の中に棄ててあるということですけれども……僕にとっては生命にも換えられない大切なものです。……僕の両親は革命の起る三か月前……去年の暮のクリスマスの晩に、これを僕にくれたのですが、その時に、こんな事を言って聞かせられたのです。

……この露西亜には近いうちに革命が起って、私たちの運命を葬るようなことになるかも知れぬ。だからこの家の血統を絶やさない、万一の用心のために、誰でも意外に思うであろうお前にこの宝石を譲って、コッソリとこの家から逐い出してしまうのだ。お前はもしかすると、そんな処置を取る私たちの無慈悲さを怨《うら》むかもしれないけれども、よく考えてみると私たちの前途と、お前の行く末とは、どちらが幸福かわからないのだ。お前は活発な生まれ付きで、気性もしっかりしているから、きっと、あらゆる艱難辛苦《かんなんしんく》に堪えて、身分を隠しおおせるだろうと思う。そうして今一度私たちの時代が帰って来るのを待つことが出来るであろうと思う。

……しかし、もしその時代が、なかなか来そうになかったならば、お前はその宝石の一部を結婚の費用にして、家の血統を絶やさぬようにして、時節を見ているがよい。そうして世の中が旧にかえったならば、残っている宝石でお前の身分を証明して、この家を再興するがよい……。

……と言うのです。僕はそれから、すぐに貧乏な大学生の姿に変装をして、モスコーへ来て、小さな家を借りて音楽の先生を始めました。僕は死ぬほど音楽が好きだったのですからね。そうして機会《おり》を見て伯林《ベルリン》か巴里《パリ》へ出て、どこかの寄席《よせ》か劇場の楽手になりおおせる計画だったのですが……しかしその計画はスッカリ失敗に帰してしまったのです。その頃のモスコーはとても音楽どころか、明けても暮れてもピストルと爆弾の即興交響楽で、楽譜なぞを相手にする人は一人もありませぬ。おまけに僕は間もなく勃興《ぼっこう》した赤軍の強制募集に引っかかって無理やりに鉄砲を担がせられることになったのです。

……僕が音楽を思い切ってしまったのはそれからの事でした。何故思い切ったかって言うと、僕の習っていた楽譜はみんなクラシカルな王朝文化式のものばかりで、今の民衆の下等な趣味にはまったく合いません。そればかりでなく、ウッカリ赤軍の中で、そんなものをやっていると身分が曝《ば》れる虞《おそ》れがありますからね。……ですから一所懸命で隙を見つけて、白軍の方へ逃げ込んで来たのですが、それでもどこに赤軍の間諜《かんちょう》がいるかわかりませんからスッカリ要心をして、口笛や鼻唄《はなうた》にも出しませんでしたが、その苦しさと言ったらありませんでした。上手なバラライカや胡弓《こきゅう》の音を聞くたんびに耳を押えてウンウン言っていたのですが……そうして一日も早く両親の処へ帰りたい……上等のグランドピアノを思い切って弾いてみたいと、それればかり考え続けていたのですが……。

……ところが、ちょうど昨夜のことです。分隊の仲間がいつになくまじめになって、何かヒソヒソと、話をし合っているようですから、何事かと思って、耳を引っ立ててみますと、それは僕の両親や同胞たちが、過激派のために銃殺されたという噂《うわさ》だったのです。……僕はビックリして声を立てるところでした。けれども、ここが肝腎《かんじん》のところだと思いましたから、わざと暗い処に引っ込んで、よくよく様子を聞いてみますと、僕の両親が、何も言わずに、落ちついて殺された事や、僕を一番好いていた弟が、僕の名を呼んで、救けを求めたことまでわかっていて、どうしても、ほんとうとしか思えないのです。……ですから、僕はもう……何の望みもなくなって……あなたにお話ししようと思っても、あいにく勤務に行って……いらっしゃらないし……」

と言ううちに涙を一パイに溜《た》めてサックの蓋《ふた》を閉じながら、うなだれてしまったのです。

私は面喰《めんくら》ったが上にも面喰らわされてしまいました。腕を組んだまま突立って、リヤトニコフの帽子の眉庇《まびさし》を凝視しているうちに、膝頭《ひざがしら》がブルブルとふるえ出すくらい、驚き惑《まど》っておりました。……私はリヤトニコフが貴族の出であることを前からチャンと察しているにはいましたが、まさかに、それほどの身分であろうとは夢にも想像していないのでした。

実を言うと私は、その前日の勤務中に司令部で、同じような噂をチラリと聞いておりました。……ニコラス廃帝が、その皇后や、皇太子や、内親王たちと一緒に、過激派軍の手で銃殺された……ロマノフ王家の血統はとうとう、こうして凄惨《せいさん》な終結を告げた……という報道があったことをいち早く耳にしていたのですが、その時は、よもやソンナ事があろうはずはないと確信していました。いくら過激派でも、あの何も知らない、無力な、温順なツアールとその家族に対して、そんな非常識な事を仕懸けるはずはあり得ない……と心の中で冷笑していたのです。また、白軍の司令部でも私と同意見だったと見えて、「今一度真偽をたしかめてから発表する。決して動揺してはならぬ」という通牒《つうちょう》を各部隊に出すように手筈《てはず》をしていたのですが……。

とは言え……かりにそれが虚報であったとしても、今のリヤトニコフの身の上話と、その噂とを結びつけて考えると、私は実に、重大この上もない事実に直面していることがわかるのです。そんな重大な因縁を持った、素晴らしい宝石の所有者である青年と、こうして向い合って立っている——と言うことは、真に身の毛も竦立《よだ》つ危険千万な運命と、自分自身の運命とを結びつけようとしている事になるのです。

……ただし、……ここに唯一つ疑わしい事実がありました。……と言うのは他でもありませぬ。ニコラス廃帝が、内親王は何人も持っておられたにもかかわらず、皇子としては今年やっと十五歳になられた皇太子アレキセイ殿下以外に一人も持っておられなかったことです。……ですからもし今日ただ今、私の眼の前に立っている青年が、真に廃帝の皇子で、過激派の銃口を免れたロマノフ王家の最後の一人であるとすれば、オルガ、タチアナ、マリア、アナスタシヤと四人の内親王殿下の中で、一番お若いアナスタシヤ殿下の兄君か弟君か……いずれにしても、そこいらに最も近い年頃に相当する訳なのですが……そうして、これがもしずっと以前の露西亜か、または外国の皇室ならば、すぐに、そんな秘密の皇子様が、人知れず民間に残っておられることを首肯されるのですが、……しかし最近の吾《わ》がロマノフ王家の宮廷内では、かような秘密の存在が絶対に許されない事情があったのです。……すなわち、もしニコラス廃帝に、こんな皇子があったとすればたとえ、どんなに困難な事情がありましょうとも、当然皇子として披露さるべきはずであることがその当時の国情から考えても、わかり切っているのでした。その国情というのはあらかた御存じでもありましょうし、この話に必要でもありませんから略しますが、要するにその当時のスラブ民族は、上も下も一斉に、皇儲《こうちょ》の御誕生を渇望しておりましたので、甚しきに到っては、ビクトリア女王の皇女である皇后陛下の周囲に、ドイツの賄賂《わいろ》を受けている者がいる。……皇子がお生まれになるつどに圧殺している者がいる……というような馬鹿げた流言まで行われていたことを、私は祖父から聞いて記憶していたのです。

……ですから……こうした理由から推して、考えてみますと、現在私の眼の前に宝石のケースを持ったままうなだれて、白いハンカチを顔に当てている青年は、必ずや廃帝に最も親しい、何何太公の中の、或《あ》る一人の血を引いた人物に違いない……それは、「かような身分を証明するほどの宝石」の存在によっても容易に証明されるので、ことによるとこの青年は、その父の太公一家が、廃帝と同じ運命の途連《みちづ》れにされたことを推測しているか……もしくは、その太公の家族の虐殺が、廃帝の弑逆《しいぎゃく》と誤り伝えられている事を、直覚しているのかも知れない……。しかし万一そうとすれば、そうした容易ならぬ身分の人から、かような秘密を打ち明けられると言う事は、スラブの貴族としてこの上もない光栄であり、かつ面目にもなることであるが、同時に、他の一面から考えるとそれはまた、予測することの出来ない恐ろしい、危険千万な運命に、自分の運命が接近しかけていることになる……。

……と……こう考えて来ました私は、吾れ知らずホーッと大きな溜息《ためいき》をつきました。そうして腕を組み直しながら、今一度よく考え直してみましたが、そのうちに私はまた、とても訝《おか》しい……噴飯《ふきだ》したいくらい変テコな事実に気がついたのです。

……というのは、この眼の前の青年……本名は何と言うのか、まだわかりませんが……リヤトニコフと名乗る青年が、この際ナゼこんなものを私に見せて、これほどの重大な秘密を打ち明ける気になったかと言う理由がサッパリわからない事です。もしかしたらこの青年は、私が貴族の出身であることをアラカタ察していて……かつは親友として信頼し切っている余りに、胸に余った秘密の歎きと、苦しみとを訴えて、慰めてもらいに来たのではあるまいかとも考えてみました。……がそれにしては余りに大胆で、軽率で、それほどまでの運命を背負って立っている、頭のいい青年の所業《しわざ》とはどうしても思われませぬ。それならばこの青年は一種の誇大妄想狂みたような変態的性格の所有者ではないか知らん。……たった今見せられた夥《おびただ》しい宝石も、私の眼を欺くに足るほどの、巧妙をきわめた贋造物《にせもの》ではなかったか知らん。……なぞとも考えてみましたが、いくら考え直しても、今の宝石はそんな贋造物ではない、正真正銘の逸品揃いに違いないと言う確信が、いよいよますます高まって来るばかりです。

……しかしまた、そうかと言ってこの青年に、

「何故その宝石を僕に見せたんですか」

なぞと質問するのは、私に接近しかけている危険な運命の方へ、一歩を踏み出すことになりそうな予感がします。

……で……こうしていろいろと考えまわした揚げ句、結局するところ……いずれにしてもこの場合は何気なくアシラッて、どこまでも戦友同士の一兵卒になり切っていた方が、双方のために安全であろう。これから後も、そうした態度でつき合っていながら、様子を見ているのが最も賢明な方針に違いないであろうと……こう思い当りますと、根が臆病者《おくびょうもの》

の私はすぐに腹をきめてしまいました。前後を一渡り見まわしてから、如何《いか》にも貴族らしく、鷹揚《おうよう》にうなずきながら二つ三つの咳払《せきばら》いをしました。

「そんなものはむやみに他人に見せるものではないよ。僕だからいいけれども、ほかの人間には絶対に気づかれないようにしていないと、元も子もない眼に会わされるかも知れないよ。しかし君の一身上に就いては、将来共に及ばずながら力になって上げるから、あまり力を落さない方がいいだろう。そんな身分のある人々の虐殺や処刑に関する風説はたいてい二、三度ずつ伝わっているのだからね。たとえばアレキサンドロウイチ、ミハイル、ジオルグ、ウラジミルなぞ言う名前はネ」

と言い言い相手の顔色を窺《うかが》っておりましたが、リヤトニコフの表情には何等の変調もあらわれませんでした。却《かえ》ってこんな名前をきくと安心したように、長い溜息をしいしい顔を上げて涙を拭《ふ》きますと、何かしら嬉《うれ》しそうにうなずきながら、その宝石のサックを、またも内ポケットの底深く押し込みました。

……が……しかし……、私は決して、作り飾りを申しません。あなたに蔑《さげす》まれるかも知れませんけど……こんなお話に嘘を交ぜると、何もかもわからなくなりますから正直に告白しますが……。

手早く申しますと私は、事情の奈何《いかん》にかかわらず、その宝石が欲しくてたまらなくなったのです。私の血管の中に、先祖代々から流れ伝わっている宝石愛好欲が、リヤトニコフの宝石を見た瞬間から、見る見る松明《たいまつ》のように燃え上って来るのを、私はどうしても打ち消すことが出来なくなったのです。そうして「もしかすると今度の斥候旅行で、リヤトニコフが戦死しはしまいか」というような、たよりない予感から、是非とも一緒に出かけようという気持ちになってしまったのです。うっかりすると自分の生命が危いことも忘れてしまって……。

しかも、その宝石が、間もなく私を身の毛も竦《よ》立《だ》つ地獄に連れて行こうとは……そうしてリヤトニコフの死後の恋を物語ろうとは、誰が思い及びましょう。

私共のいた烏首里《ウスリ》からニコリスクまでは、鉄道で行けば半日ぐらいしかかからないのでしたが、途中の駅や村を赤軍が占領しているので、ズット東の方に迂回《うかい》して行かなければなりませんでした。それは私共の一隊にとっては実に刻一刻と生命を切り縮められるほどの苦心と労力を要する旅行でしたけれども、幸いに一度も赤軍に発見されないで、出発してから十四日目の正午頃に、やっとドウスゴイの寺院の尖塔《せんとう》が見える処まで来ました。

そこは赤軍が占領しているクライフスキーから南へ約八露里（二里）ばかり隔った処で、涯《はて》しもない湿地の上に波打つ茫々《ぼうぼう》たる大草原の左手には、烏首里鉄道の幹線が一直線に白く光りながら横たわっております。その手前の一露里ばかりと思われる向うには、コンモリとしたまん丸い闊葉樹《かつようじゅ》の森林が、ちょうどクライフスキーの町の離れ島のようになって、草原のまん中に浮き出しておりました。この辺の森林と言う森林は大抵鉄道用に伐《き》ってしまってあるのに、この森林だけが取り残されているのは不思議と言えば不思議でしたが……その森のまん丸く重なり合った枝々の茂みが、草原の向うの青い青い空の下で、真夏の日光をキラキラと反射しているのが、何の事はない名画でも見るように美しく見えました。

ここまで来るともうニコリスクが鼻の先と言ってよかったので、私共の一隊はスッカリ気が弛《ゆる》んでしまいました。将校を初め兵士達も皆、腰の処まである草の中から首を擡《もた》げて、やっと腰を伸ばしながら、提げていた銃を肩に担ぎました。そうして大きな雑草の株を飛び渡り飛び渡りしつつ、不規則な散開隊形をとって森の方へ行くのでしたが、間もなく私たちのうしろの方から、涼しい風がスースーと吹きはじめまして、何だか遠足でもしているような、悠々とした気もちになってしまいました。先頭の将校のすぐうしろについているリヤトニコフが帽子を横ッチョに冠《かぶ》りながら、ニコニコと私をふり返って行く赤い頰や、白い歯が、今でも私の眼の底にチラついております。

その時です。多分一露里半ばかり距《へだ》たっている鉄道線路の向う側だったろうと思いますが、不意にケタタマシイ機関銃の音が起った。私たちの一隊の前後の青草の葉を虚空に吹き散らしました。そうしてアッと驚く間もなく、その中の一発が私の左の股《もも》を突切っていったのです。

私は一尺ばかり飛び上ったと思うと、横たおしに草の中へたおれ込みました。けれども、それと同時に「傷は股だ。生命に別状はない」と気がつきましたので、草の中に尻餅《しりもち》を突いたまま、ワナワナとふるえる手で剣を抜いてズボンを切り開くと、表皮と肉を刳《えぐ》り取られた傷口へシッカリと繃帯《ほうたい》をしました。そのうちにも引き続いて発射される機関銃の弾丸は、ピピピピピと小鳥の群れのように頭の上を掠《かす》めて行きますので、私はひと縮みになって身を伏せながら、仲間の者がどうしているかと、草の間から見まわしました。こんな処で一人ポッチになるのは死ぬより恐ろしい事なのですからね。

しかし私の仲間の者は、一人も私が負傷した事に気づかないらしく、皆銃を提げて、草の中をこけつまろびつしながら向うのまん丸い森の方へ逃げて行くのでした。今から考えるとよほど狼狽《ろうばい》していたらしいのですが、そのうちに、どうしたわけか機関銃の音が、パッタリと止んでしまいましたけれども、私の戦友たちは、なおも逃げるのを止めません。やがて、その影がだんだんと小さくなって、森に近づいたと思うと、先頭に二人の将校、そのあとから十一名の下士卒が皆無事に森の中へ逃げ込みました。その最後に、かなり逃げ遅れたリヤトニコフが、私の方をふり返りふり返り森の根方を這《は》い上って行くのがよく見えましたが、ウッカリ合図をして撃たれでもしては大変と思いましたので、なおも身を屈《かが》めて、足の痛みを我慢しながら、一心に森の方を見守って、形勢がどうなって行くかと心配しておりました。

するとまた、リヤトニコフの姿が森の中へ消え入ってから十秒も経たないうちに……どうでしょう。その森の中で突然に息苦しいほど激烈な銃声が起ったのです。それはまったくの乱射撃で、呆《あき》れて見ている私の頭の中をメチャメチャに掻《か》きみだすかのように、銃弾があとからあとから恐ろしい悲鳴をあげつつ八方に飛び出しているようでしたが、それがまた、一分間も経たないうちにピッタリと静まると、あとはまたもとのとおり、青々と晴れ渡った、絵のようにシインとした原ッパにかえってしまいました。

私は何だか夢を見ているような気持ちになりました。一体何事が起ったのだろうと、なおも一心に森の方を見つめておりましたが、いつまで経っても森を出て行く人影らしいものは見えず、銃声に驚いたかして、原ッパを渡る鳥の姿さえ見つかりません。

私はそんな光景を見まわしているうちに、なぜと言うこともなしに、その森林が、たまらないほど恐ろしいものに思われて来ました。……今聞こえた銃声が敵のか味方のか……というような常識的な頭の働きよりも、はるかに超越した恐怖心、……私の持って生まれた臆病さから来たらしい戦慄《せんりつ》が、私の全身を這いまわりはじめるのを、どうすることも出来ませんでした。……一面にピカピカと光る青空の下で、緑色にまん丸く輝く森林……その中で突然に起って、また突然に消え失せた夥《おびただ》しい銃声……そのあとの死んだような静寂……そんな光景を見つめているうちに、私の歯の根がカチカチと鳴りはじめました。草の株を掴《つか》んでいる両方の手首が氷のように感じられて来ました。眼が痛くなるほど凝視している森の周囲の青空に、灰色の更紗《さらさ》模様みたようなものがチラチラとし始めたと思うと、私は気が遠くなって、草の中に倒れてしまいました。もしかするとそれは股の出血がひどかったせいかも知れませんでしたけれども……。

それでも、やや暫《しばら》くしてから正気を回復しますと、私は銃も帽子も打ち棄てたまま、草の中を這いずり始めました。草の根方に引っかかるたんびに眼も眩《くら》むほどズキズキと高潮する股の痛みを、一所懸命に我慢しいしい森の方へ近づいて行きました。

何故その時に、森の方へ近づいて行ったのか、その時の私にはまったくわかりませんでした。生まれつき臆病者の私が、しかも日の暮れかかっている敵地の野原を、堪え難い痛みに喘《あえ》ぎながら、どうしてそんな気味のわるい森の方へ匍《は》い寄って行く気持ちになったのか……。

……それは、その時すでに私が、眼に見えぬある力で支配されていたというよりほかに説明の仕方がありませんでしょう。常識から言えば、そんな気味のわるい森の方へ行かずに、草の中で日の暮れるのを待って、鉄道線路に出て、闇に紛れてニコリスクの方へ行くのが一番安全な訳ですからね。申すまでもなくリヤトニコフの宝石の事などは、恐ろしい出来事の連続と、烈しい傷の痛みのためにまったく忘れておりましたし、好奇心とか、戦友の生死を見届けるとか言うようなありふれた人情も、毛頭残っていなかったようです。

……唯……自分の行く処はあの森の中にしかないと言うような気持ちで……そうして、あそこへ着いたら、すぐに何者かに殺されて、この恐ろしさと、苦しさから救われて、あの一番高い木の梢《こずえ》から、真直ぐに、天国へ昇ることが出来るかもしれぬ……と言うような、一種の甘い哀愁を帯びた超自然的な考えばかりを、たまらない苦痛の切れ目切れ目に往来させながら……はてしもなく、静かな野原の草イキレにむせかえりながら……何とはなしに流れる涙を、泥だらけの手に押しぬぐい押しぬぐい、一心に左足を引きずっていたようです。……ただし……その途中で二発ばかり、軽い、遠い銃声らしいものが森の方向から聞こえましたから、私は思わず頭を擡《もた》げて、恐る恐る見まわしましたが、やはり四方には見渡す限り何の物影も動かず、それが本当の銃声であったかどうかすら、考えているうちにわからなくなりましたので、私はまたも草の中に頭を突込んで、ソロソロと匍いずり始めたのでした。

森の入口の柔らかい芝草の上に匍い上った時には、もうすっかり日が暮れて、大空が星だらけになっておりました。泥まみれになった袖口《そでぐち》や、ビショビショに濡《ぬ》れた膝頭《ひざがしら》や、お尻のあたりからは、冷気がゾクゾクとしみ渡って来て、鼻汁と涙が止め度なく出て、どうかすると嚔《くしゃみ》が飛び出しそうになるのです。それを我慢しいしい草の上に身を伏せながら、耳と眼をジッと澄まして動静《ようす》をうかがいますと、この森の内部の方までかなり大きな樹が立ち並んでいるらしく、星明りに向うの方が透いて見えるようです。しかも、いくら眼を瞠《みは》り、耳を澄ましても人間の声はおろか、鳥の羽ばたき一ツ、木の葉の摺《す》れ合う音すらきこえぬ静けさなのです。

人間の心というものは不思議なものですね。こうしてこの森の中に敵も味方もいない……まったくの空虚であることが次第にわかって来ると、何がなしにホッとすると同時に、私の平生の気弱さが一時に復活して来ました。こんな気味のわるい妖怪《おばけ》でも出て来そうな森の中へ、たった一人で、どうして来たのかしらんと……気がつくと、思わずゾッとして首をちぢめました。軍人らしくもない性格でありながら軍人になって、こんな原ッパのまん中にはるばるとやって来て、たった一人で傷つきたおれている自分の運命までもが、今更にシミジミとふり返られて恐ろしく堪《たま》らなくなりましたので、すぐにも森を出ようとしましたが、また思い返してジッと森の中の暗を凝視しました。

私がリヤトニコフの宝石の事を思い出したのは、実にその時でした。リヤトニコフは……否《いや》、私たちの一隊は、もしかするとこの森の中で殺されているかも知れぬ……と気がついたのもそれとほとんど同時でした。

……早くから私たちの旅行を発見していた赤軍は、一人も撃ち洩《も》らさない計略を立てて、あの森に先廻《さきまわ》りをしていた。そうして私たちをあの森に追い込むべく、不意に横合いから機関銃の射撃をしたものと考えれば、今までの不思議がスッカリ解決される。しかも、もしそうすれば私たちの一隊は、この森の中で待ち伏せしていた赤軍のために全滅させられているはずで、リヤトニコフも無論助かっているはずはない。赤軍はそのあとで、私が気絶しているうちに線路へ出て引き上げたのであろう……と、そう考えているうちに私の眼の前の闇の中へ、あのリヤトニコフの宝石の幻影がズラリと美しく輝やきあらわれました。

私は今一度、念のために誓います。私は決して作り飾りを申しませぬ。この時の私はもうスッカリ欲望の奴隷になってしまっていたのです。あの素晴らしい宝石の数十粒がもしかすると自分のものになるかも知れぬ、という世にもあさましい望み一つのために、苦痛と疲労とでヘトヘトになっている身体を草の中から引き起して、インキ壺《つぼ》の底のように青黒い眼の前の暗の中にソロソロと這い込みはじめたのです。……戦場泥棒……そうです。この時の私の心理状態をあの人非人でしかあり得ない戦場泥棒の根性と同じものに見られても、私は一言の不服を申し立て得ないでしょう。

それからすこし森の奥の方へ進み入りますと、芝草がなくなって、枯れ葉と、枯れ枝ばかりの平地になりました。それにつれて身体中の毛穴から沁《し》み入るような冷たさ、気味わるさが一層深まって来るようで、その枯れ葉や枯れ枝が、私の掌や膝の下で砕ける、ごく小さな物音まで、一ツ一ツに私の神経をヒヤヒヤさせるのでした。

そのうちに、だんだんと奥へ入るにつれて、恐怖に慣れたせいか、いろんな事がハッキリとわかってきました。……この森には昔、砦《とりで》か、お寺か、何かがあったらしく、処々に四角い、大きな切石が横たわっていること。時々人が来るらしく、落ち葉を踏み固めたところが連続していること。そうして今はまったく人間がいないので、今まで来る間に死骸《しがい》らしいものには一つも行き当らず、小銃のケースや帽子なぞいう戦闘の遺留品にも触れなかったことから推測すると、味方の者は無事にこの森を出たかも知れない……と言うことなぞ。……そのうちに、積り積った枯れ葉の山が、霽っている私の掌に生あたたかく感ぜられるようになりました時、私はちょうど森の中あたりに在る、すこしばかりの凹地《くぼち》に来たことを知りました。そこから四辺《あたり》を見まわしますと、森の下枝ごしに四辺の原ッパが薄明るく見えるのです。

私は安心したような……同時にスッカリ失望したような、何ともしれぬ深いため息をして、その凹地のまん中に坐《すわ》りこみました。思い切って大きな嚔《くしゃみ》を一つしながら頭の上をふり仰ぐと、高い高い木の梢の間から、微《かす》かな星の光りが二ツ三ツ落ちて来ます。それを見上げているうちに、私はだんだんと大胆になって来たらしく、やがて、いつもポケットに入れているガソリンマッチの事を思い出しました。

私はその凹地のまん中でいく度もいく度も身を伏せて四方《あたり》のどこからも見えないことを、たしかめますと、すぐに右のポケットからガソリンマッチを取り出して、手元を低くしながら、自動点火仕掛の蓋《ふた》をパッと開きました。その光りをたよりにソロソロと頭を擡げて、まず鼻の先に立っている、木の幹かと思われていた白いモノをジッと見定めましたが、間もなく声を立て得ずガソリンマッチを取り落してしまいました。

けれどもガソリンマッチは地に落ちたまま消えませんでした。そこいらの枯れ葉と一緒にポツポツと燃えているうちにケースの中からガソリンが洩れ出したと見えて、見る見る大きく、ユラユラと油煙をあげて燃え立ち始めました。けれども私はそれを消すことも、どうする事も出来ずに、尻餅《しりもち》をついたまま、ガタガタと慄《ふる》えているばかりでした。

私のいる凹地を取り巻いた巨大な樹の幹に、一ツずつ丸裸体《はだか》の人間の死骸が括《くく》りつけてあるのです。しかも、よく見ると、それは皆、最前まで生きていた私の戦友ばかりで、めいめいの襯衣《シャツ》か何かを引っ裂いて作ったらしい綱で、手足を別々に括って、木の幹の向うへ、うしろ手に高く引っぱりつけてあるのですが、そのどれもこれもが銃弾で傷ついている上に、そうした姿勢で縛られたまま、あらゆる残虐な苦痛と侮辱とをあたえられたものらしく、眼を刳《えぐ》り取られたり、歯を砕かれたり、耳をブラリと引き千切られたり、股《もも》の間をメチャメチャに切りさいなまれたりしています。そんな傷口の一つ一つから、毛糸の束のような太い、または細長い血の紐《ひも》を引き散らして、木の幹から根元までドロドロと流しかけたまま、グッタリとうなだれているのです。口を引き裂かれて馬鹿みたような表情にかわっているもの……鼻を切り開かれて笑っているようなもの……それ等がメラメラと燃え上る枯れ葉の光りの中で、同時にゆらゆらと上下に揺らめいて、今にも私の上に落ちかかって来そうな姿勢に見えます。

そんな光景を見まわしている間が何分間だったか、何十分だったか、私はまったく記憶しません。そうして胸を刳られた下士官の死骸を見つめている時には、自分の胸の処を、釦《ぼたん》が千切れるほど強く引っ摑《つか》んでいたようです。咽喉《のど》を切り開かれている将校を見た時には、血の出るのも気づかずに、自分の咽喉仏の上を掻《か》きむしっていたようです。下顎《したあご》を引き放されて笑っているような血みどろな顔を見あげた時には、思わずハッハッと、喘《あえ》ぐように笑いかけたように思います。

現在の私が、もし人々の言う通りに、精神病患者であるとすれば、その時から異常を呈したものに違いありません。

するとそのうちに、こうして藻掻《もが》いている私のすぐ背後で、誰だかわかりませんが微かに、溜息をしたような気はいが感ぜられました。それが果して生きた人間の溜息だったかどうかわかりませんが、私は、何がなしにハッとして飛び上るように背後をふり向きますと、そこの一際大きな樹の幹に、リヤトニコフの屍体《したい》が引っかかって、赤茶気た枯れ葉の焰《ほのお》にユラユラと照らされているのです。

それはほかの屍体と違って、全身のどこにも銃弾のあとがなく、また虐殺された痕跡も見当りませんでした。ただその首の処をルパシカの白い紐で縛って、高い処に打ち込んだ銃剣に引っかけてあるだけでしたが、そのままにリヤトニコフは、左右の手足を正しくブラ下げて、両眼を大きく見開きながら、まともに私の顔を見下しているのです。

……その姿を見た時に私は、何だかわからない奇妙な叫び声をあげたように思います。

……イヤイヤ。それは、その眼付が、怖ろしかったからではありません。

……リヤトニコフは女性だったのです。しかもその乳房は処女の乳房だったのです。……ああ……これが叫ばずにはおられましょうか。昏迷《こんめい》せずにおられましょうか。

ロマノフ、ホルスタイン、ゴットルプ家の真個《ほんとう》の末路……。

彼女……私はかりにそう呼ばさせて頂きます……彼女は、すこし遅れて森に入ったために生け捕りにされたものと見えます。そうして、その肉体は明らかに「強制的の結婚」によって蹂躙《じゅうりん》されていることが、その唇を隈取《くまど》っている猿轡《さるぐつわ》の瘢痕《あと》でも察せられるのでした。のみならず、その両親の慈愛の賜《たまもの》である結婚費用……三十幾粒の宝石は、赤軍がよく持っている口径の大きい猟銃を使ったらしく、空砲に籠《こ》めて、その下腹部に撃ち込んであるのでした。私が草原を匍《は》っているうちに耳にした一発の銃声は、その音だったのでしょう。……そこの処の皮と肉が破れ開いて、内部から掌ほどの青白い臓腑《ぞうふ》がダラリと垂れ下っているその表面に血まみれたダイヤ、紅玉《ルビー》、青玉《サファイヤ》、黄玉《トパーズ》の数々がキラキラと光りながら粘り付いておりました。

……お話というのはこれだけです。……「死後の恋」とはこの事を言うのです。

彼女は私を恋していたに違いありません。そうして私と結婚したい考えで、大切な宝石を見せたものに違いないのです。……それを私が気づかなかったのです。宝石を見た一刹《せつ》那《な》から、烈しい貪欲《どんよく》に囚《とら》われていたために……ああ……愚かな私……。

けれども彼女の私に対する愛情はかわりませんでした。そうして自分の死ぬる間際に残した一念をもって、私をあの森まで招き寄せたのです。この宝石を私に与えるために……この宝石を霊媒として、私の魂と結びつきたいために……。

御覧なさい……この宝石を……。この黒いものは彼女の血と、弾薬の煤《すす》なのです。けれども、この中から光っているダイヤ特有の虹《にじ》の色を御覧なさい。青玉《サファイヤ》でも、紅玉《ルビー》でも、黄玉《トパーズ》でも本物の、しかも上等品でなくてはこの硬度と光りはないはずです。これはみんな私が、彼女の臓腑の中から探り取ったものです。彼女の恋に対する私の確信が私を勇気づけて、そのような戦慄《せんりつ》すべき仕事を敢《あ》えてさしたのです。

……ところが……。

この街の人々はみんなこれを贋物《にせもの》だと言うのです。血は大方豚か犬の血だろうと言って笑うのです。私の話をまるっきり信じてくれないのです。そうして彼女の「死後の恋」を冷笑するのです。

……けれども貴下《あなた》は、そんな事はおっしゃらぬでしょう。……ああ……本当にして下さる。信じて下さる……ありがとう。ありがとう。サアお手を……握手をさして下さい……。宇宙間に於《お》ける最高の神秘「死後の恋」の存在はやっぱり真実でした。私の信念は、あなたによって初めて裏書きされました。これでこそ乞食みたようになって、人々の冷笑を浴びつつ、この浦塩の町をさまよい歩いた甲斐《かい》がありました。

私の恋はもう、スッカリ満足してしまいました。

……ああ……こんな愉快なことはありません。すみませんがもう一杯乾盃させて下さい。

そうしてこの宝石をみんな貴下に捧《ささ》げさして下さい。私の恋を満足さして下すったお礼です。私は恋だけで沢山です。その宝石の霊媒作用は今日ただ今完全にその使命を果したのです……。サアどうぞお受け取り下さい。

……エ……何故ですか……ナゼお受け取りにならないのですか……。

この宝石を捧げる私の気持ちが、あなたには、おわかりにならないのですか。この宝石をあなたに捧げて……喜んで、満足して、酒を飲んで飲んで飲み抜いて死にたがっている私を可哀相とはお思いにならないのですか……。

エッ……エエッ……私の話が本当らしくないって……。

……あ……貴下もですか。……ああ……どうしよう……ま……待って下さい。逃げないで……ま……まだお話しすることが……ま、待って下さいッ……。

ああッ……

……アナスタシヤ内親王殿下……。

支《し》那《な》米《まい》の袋

ああ……すっかり酔っちゃったわ。……でも、もう一杯コニャックを飲ましてちょうだいね……。あんたもお飲みなさいよ。今夜は特別だからサア……ええ、妾《わたし》の気持ちが特別なのよ、今夜は。……そのわけは今話すわよ。話すから一パイお飲みなさいったら……そりゃあトテも恐ろしい話なのよ。……ダメダメ。いくらあんたが日本の軍人だって、妾の話をおしまいまで聞いたらきっとビックリして逃げ出すにきまっているわよ。

……ああ美味《おい》しい。妾、もう一パイ飲むわ。へべれけになるわよ今夜は……ニチエウオ！……レストラン・オブラーコのワーニャさんを知らないか……ってね。管《くだ》を巻くわよ今夜は……オホホホホホ。……でも、あんたはその話を聞く前に、妾にいくらでもお酒を飲ましていい理由《わけ》があるのよ。何故って妾はこの間から何度も何度もあんたを殺したくなった事があるんですもの……。マアあんな顔をして……ホホホホホ。まあそんなに怖い顔をしないでもいいから一杯お飲みなさいったら、シャンパンを抜いたからサ……。

……アラ……何故いけないの。おかしな人ねあんたは……まあ憎らしい。妾、そんな薄情者じゃないわよ。あんたを殺してお金を奪《と》ったって、いくらも持ってやしないじゃないの。亜米利加《アメリカ》の水兵の十分の一も持っていないことを妾はちゃんと知っているわよ。ホラ御覧なさい。ホホホホホ。だからそんな余計な心配をしないで一パイお飲みなさいったら……飲まなきゃああんたを殺したいわけを話さないからいい……寝てる間に黙って殺しちゃうから……さあ……グット……そうよ。サア、も一つ……これは妾を侮辱した罰よ。ホホホホホホ。

今夜もそうなのよ。チョッと電燈《でんき》を消すから、その窓から向家《むこう》の屋根を覗《のぞ》いて御覧なさい……ホラ、あんなに雪が斑《まだら》になって凍りついているでしょ。妾はあの雪の斑を見るたんびにあんたを殺したくてたまらなくなるのよ。……だからそのたんびにお酒を飲むの。ウオツカでも、ウイノーでも、ピーヴオでも何でもいいの。そうすると忘れちゃってね。あんたを殺すのを忘れちゃって寝てしまうから……ああ美味《おい》しい。妾もう一杯飲むわ。……イイエ真剣なの。ホントウに真剣なのよ。そうして今夜こそイヨイヨ本気になってあんたを殺そうと思っているのよ。だから今夜は特別なのよ……だってあんたはちょうどこんな晩に、妾を生命がけの旅行に連れ出して行った男にソックリなんですもの……背の高さと色が違うだけで、真正面《まとも》から見ているとホントに兄弟かと思うくらいよ。だからコンナに惚《ほ》れちゃったのよ。……イイエ……ちっともトンチンカンな話じゃないの。妾、そんなに酔ってやしないわよ。コニャックなんかイクラ飲んだって管なんか巻きやしないから……その訳はこうなのよ。まあお聞きなさいったら……トンチンカンでもいいからサア……。

あんたはツイこの頃来たんだから知らないでしょうけれども、この間、ここを引き上げて行った亜米利加《アメリカ》の軍艦ね。あの軍艦の司令官の息子のヤングって言うのが、その男なのよ。……ええ……司令官と同じにヤングって言ってね。名前だか苗字《みょうじ》だかわからないけど、ただそう言っていたの……そうネエ。年は三十だって言っていたけど、あんたと同じくらいに若く見えたわ。六尺ぐらいの背丈けの巨男《おおおとこ》でね。まじめなすまアした顔をしていたわ。あの軍艦の中でも一等のお金持ちで、一番の学者だって、取り巻きの士官や水兵さん達がそう言っていたから本当でしょうよ。もっとも学者だって言うけど、あんたと違って歌も知っているし、音楽も出来るし、お酒はいくら飲んでも平気だし、ダンスでも賭博《ばくち》でも、あんたよりズット巧《うま》かったわ……それからもう一つ……お話がトテモ上手だったの。イイエ。そんなむずかしい話じゃないの。それあステキな面白い……トテモ恐ろしい恋愛の話よ。ヤングはその方の学者だって、自分でそう言っていたくらいだわ。

……ええ……。

そのヤングは軍艦が浦塩《ウラジオ》に着くと間もなくこのオブラーコの舞踏場へやって来て、一番最初に妾を捉《つか》まえて踊り出したの。そうしたら妾の身体がヤングの半分くらいしかなかったもんだから、一緒に来た士官や水兵さん達がみんなでワイワイ冷やかして、ピューピュー口笛を吹いたりしたの。……そうしたらヤングも一緒になって笑いながら、妾をお人形のように抱き上げてこの室《へや》へ逃げ込んだと思うと、妾の内ポケットから鍵《かぎ》を取りあげて扉をピッタリと掛けてしまったの。……その素早かった事……でもその時は妾が店に突き出されてから、まだやっと二日目くらいだったし、男ってどんなものか知らないくらいだったもんだからホントウにビックリしてしまって、一所懸命ヤングの軍服の胸にしがみついていたわ。だけどヤングは、この室で二人きりになると、トテモ親切に妾を慰めてくれたのよ。落魄男爵《おちぶれだんしゃく》の娘からこんなレストランの踊り子にかわった妾の身の上話を、シンカラ同情して聞いてくれたり、お料理やお菓子をいろいろ取ったり、お酒をいくらでも飲んでくれたり、お金を持っているだけみんな置いて行ってくれたりしたので、妾ホントウに嬉《うれ》しかったわ。それはみんな亜米利加の貨幣《おかね》だったけど主人は大ニコニコで私の頭を撫《な》でて、

「大手柄大手柄……あのお客を一所懸命で大切《だいじ》にしろ……」

って言ってくれたわ。

それからヤングは毎晩のように妾の処へやって来たの。そうして妾とだんだん仲よしになって来るといろんな事を妾に教え始めたの。亜米利加の言葉だのABCの読み方だの、キッスの送り方だの……誕生日の話だの……花言葉だの……だけど、その中でも一等面白くて怖かったのは、やっぱり、そのステキな恋愛のお話だったわ。妾ホントに感心しちゃったのよ。ヤングが何でもよく知っているのに……。

それは亜米利加のお金持ち仲間で流行《はや》る男と女の遊び方で、お金持ちになればなるほど、そんな遊びの方法《しかた》が乱暴なんですってさあ。……ええ……それはトテモ贅沢《ぜいたく》な室の仕掛けや、高価《たか》いお薬や、お金のかかる器械や、お化粧の道具なぞが、いくらでも要るので、貧乏人にはトテモ出来ない遊びなんですってさあ。そうして亜米利加の若い男や女は、そんな遊びがしたいばっかりに一所懸命になって働らいて、お金を貯めているんですってさあ。

その遊び方法《かた》って言ったらそりゃあ沢山あるわよ。みんなお話しするのは大変だけれど、ちょっと言って見ればね……紅で作ったチューインガムや薬みたようなものを使って、相手を血まみれの姿にし合いながらダンスをしたり……天井も、床も、壁も、窓掛けも、何もかも緋《ひ》色ずくめにした部屋の中に大きな蠟燭《ろうそく》をたった一本灯《とも》して、そのまわりを身体中にお化粧して、その上から香油をベトベトに塗った素《す》っ裸体《ぱだか》の男と女とが、髪毛を振り乱したまま踊りめぐったりするんですとさあ。そうするとその蠟燭の光りの赤い色が、壁や天井の色に吸いとられてまるで燐火《おにび》のように生白く見えて来るにつれて、踊っている人達の身体の色がちょうど地獄に堕《お》ちた亡者を見るように、赤や、緑色、紫色に光って見えて来るんですって。それと一緒に身体じゅうの皮膚がポッポと火照《ほて》り出して、燃え上るような気持ちになって来るもんだから、その苦しまぎれに相手をシッカリと摑《つか》まえようとすると……ホラ、油でメラメラしていてチットモ力が入らないでしょう。そのうちに、死ぬほど苦しくなって、ヘトヘトに疲れて倒れてしまうんですってさあ……ねえ、ずいぶんステキじゃないの。……だけどまだ恐ろしい話があるのよ。

……エ……もう解ったって言うの……。嘘ばっかり……わかるもんですか。ズットおしまいまで聞いてしまわなくちゃ解りゃしないわよ。妾があなたを殺したがっている訳は……まあ黙って聞いてらっしゃいったら……上等の葉巻を一本上げるから……。

そうしてね……そんな恐ろしい楽しみを続けて行くとそのうちには、とうとう、どんなに滅茶苦茶な遊びをしても直《じ》きに飽きるようになってしまうんですって。そうして最後《おしまい》には自分が可愛いと思っている相手を、自分の手にかけて嬲《なぶ》り殺しか何かにして終《しま》わなくちゃ気がすまないようになるんですってさあ。……つまり自分の相手をまだ可愛がり飽きないうちに殺してはまた、新しい相手を探して行くのが亜米利加で流行る一番贅沢な遊びなんですってさあ……ホホホホホ。ビックリしたでしょう。ねえあんた、誰だってそんな話ホントにしやしないわね。妾もそんな時には嘘だって笑い出したくらいよ。だってそりゃあ男だったらそんな事が出来るかも知れないけど、女がそんな乱暴な遊びをしようなんて思えやしないわ。ねえ。何ぼ何でも……。

だけど、妾それから温柔《おとな》しくしてヤングの話を聞いていたら、それがだんだん本当らしくなって来たから不思議なのよ。亜米利加の女ってものはそんな遊びにかけちゃ男よりもズット気が強いんですってさあ。亜米利加の男や女に独身生活者《ひとりもの》が多いのは、そんな遊びのステキな気持ちよさを知っているからで、そんな人達に、方々から誘拐《かどわか》して来た美しい男や女を当てがって、いろんなステキな遊びをさせる倶楽部《クラブ》だのホテルだの言うものが、大きな街に行くとキットどこかに在るんですってさあ……つまり金さえあればドンナ事でも出来るのが亜米利加のふうだって言うのよ。だから恋愛の天国って言えば、今の世界中で亜米利加よりほかにないってヤングは自慢していたわ。

……でもね……その中でたった一つドンナお金持ちでもめったに出来ない一番ステキな、一番贅沢な取っときの遊びがあるって言うのよ。ねえ……面白いでしょう……それはねえ。今言ったようにお金ずくで出来るいろんな素敵な遊びにも飽きてしまって、どうにもこうにもしょうがなくなった人の中の一人か二人かがやって見たくなる、ステキなステキなこの上もない無鉄砲な遊びで、それこそホントにお金ずくでは出来ない生命がけの愉快な遊びなんですってさあ……そう言ったらあんたはわかるでしょう。その遊び方が……え……わからないって……まあ……。

……だってその遊びの本家本元は日本だってヤングはそう言ったのよ。世界中のどこにもなくて日本にだけ昔から流行っているのを、この頃亜米利加の学者たちが大騒ぎをして研究を始めているので、トテモ有名な遊びなんですとさあ……そう言ってもわからない？

……まあ……じゃもっと言って見ましょうか。

ヤングはそう言ったのよ。日本の芸術ってものは何でもかんでも世界中の芸術の一番いい処ばかりを一粒選《え》りにして集めたものなんですってさあ……イイエ、オベッカじゃないのよ。ヤングがそう言っていたんだから……妾なんかは解らないけど……だから、日本では恋愛の遊びだって、ほかのいろんな遊びの仕方は、もうすっかり流行り廃《すた》っている代りに、その一番ステキなのがタッタ一つだけ、今でも残っているんですって。一つは日本人はお金をそんなに持たないから、ほかのお金のかかるのはみんな諦《あき》めてしまって、その一番ステキなのだけで満足しているのかも知れないって言うのよ。それをこの頃になって亜米利加の学者たちがやかましく言って研究しているけども、それはただ学問の研究だけで、本当にやって見ようなんて言う度胸のある人間は、まだ一人も亜米利加に出て来ないんですってさあ……そんなステキな遊びが日本に在るのを、あんた知らない……マア……そんなはずはないわ。ヤングは学者だから嘘なんか吐《つ》きゃしないわよ。あんたは知っているけど気がつかないでいるのよ。日本ではそんなに珍しくないから……。

……エ？……その遊びの名前ですって……それを妾スッカリ忘れちゃったのよ。イイエ本当よ……今に思い出すかも知れないけど……おぼえているのはその遊びの仕方だけよ。それあ、トテモ素敵な気持ちのいい遊び方で、聞いただけでも、胸がドキドキするくらいよ。何でもアメリカの言葉で言うと「恋愛遊びの行き詰まり」って言ったような意味だったわよ。日本の言葉で言うと、もっと短かい名前だったようだけど……え？……その遊びの仕方を言ってみろって？……いやいや。……それは妾わざっと話さないで置くわ。あんたが思い出さなければちょうどいいからね。おしまいの楽しみに取っとくわよ。……ええ……今夜は妾はトテモ意地悪よ。ホホホホホホ。

……でも、そんな話を初めて聞いた時には、妾もうビックリしちゃって髪毛をシッカリと摑みながらブルブル慄《ふる》えて聞いていたようよ。その頃の妾は今よりもズッと初心《うぶ》だったもんですからね……そんな話を平気でしいしい、青い顔をして、お酒を飲んでいるヤングの軍服姿が、だんだん恐ろしいものに見えて来て、今にも妾を殺すのじゃないか知らんと思い思い、その高い薄っペラな鼻や、その両脇に凹《くぼ》んでいる空色の眼や、綺麗《きれい》に真中から分けた栗色の髪毛を見つめていたようよ。何だか悪魔と話しているような気がしてね……。だけど、そのうちにヤングから、そんな遊びの仕方を、一番やさしいのから先にして一つ一つに教わって行くうちに、妾はもう怖くも何ともなくなってしまったのよ。……ええ……それあ本当の事はどうせ亜米利加の本場に行って、いろんな薬や器械を使わなくちゃ出来ないのが多かったし、一番ステキな日本式の遊びや、そのほかの生命がけの遊びは相手がないから、ただ真似方と話だけですましたの。妾の身体に傷が残るようなものも店の主人に見つかると大変だから、ヤングと一緒に亜米利加に行って結婚式を挙げてからの楽しみに取っといたけど、ほかのはたいてい卒業しちゃったのよ。……それも初めのうちは、妾がヤングからいじめられる役で、首をもうすこしで死ぬところまで絞められたり、縛って宙釣りにされたり、髪毛だけで吊《つ》るされたりして、とても我慢出来ないくらい、苦しかったり痛かったりしたのよ。だけどそのうちにだんだん慣れて来たら、その痛いのや苦しいのが眼のまわるほどよくなって来てね……妾があんまり嬉しそうにして涙をポロポロ流したりするもんだから、おしまいにはヤングの方が羨《うらや》ましがって、いつも持っている小さな鞭《むち》を妾に持たして、それで自分の背中を思いきり打《ぶ》ってくれって言い出したくらいよ。

ええ……妾思いきり打ってやったわ。ヤングなら背中に鞭の痕《きず》がついていても誰も気づかないでしょうし、妾も自分でいじめられる気持ちよさを知っていたんですからね……。イイエ音なんかいくら聞こえたって大丈夫よ。妾ヤングから教わった通りに暢気《のんき》そうに流行歌《はやりうた》を唄《うた》いながら、その調子に合わせて打っていたから、外から聞いたって何かほかのものをたたいているとしか思えなかったはずよ。……でも、そうして寝台の上に長くなっている、ヤングの脂ぎった大きな背中を、小さな革の鞭で力一パイにたたいている間の気持ちのよかったこと……打てば打つほどヤングが可愛くなって来てね……そうしてもしヤングと一緒に亜米利加へ行ったら、そんな遊びが本式に大ビラで出来ると思うと、楽しみで楽しみでたまらなくなっちゃったの。だから……妾は毎晩そんな遊びをする時間をすこしずつ割《さ》いて、ヤングを先生にして一所懸命に亜米利加の言葉を勉強し続けたのよ。

妾は言葉を覚えるのが名人なんですってさあ。ヤングがビックリしていたくらいよ。ヤングとこんな話が出来るようになるまでは一と月とかからなかったし、水兵さん達と悪態のつきっこをするくらいの事なら初めっから訳なかったわ。おしまいにはヤングがよくポケットに入れて持って来る英字新聞《アングリウスクユガゼド》が、すこうしずつ読めるようになったから豪《えら》いでしょう。自分の国の字だと聖書もロクに読めないのによ。ホホホホホホ。だって妾の両親はトテモ貧乏で妾を学校にやる事が出来なかったんですもの……お化粧の道具なんかも、両親から買ってもらった事は一度もなかったのよ。だけどこの時ばかりは学者の奥さんになるのだからと思って、ずっと前から欲しくてたまらなかった型の小さい上品なのを別に買って、バスケットの底にしまって置いたわ。ええ。そりゃあ嬉しかったわよ。だってどうせ両親に売り飛ばされて、こんな酒場の踊り子になっている身の上ですもの……おまけに生れて初めて妾を可愛がってくれて、いろんな楽しみを教えてくれたのが、そのヤングなんですもの……その頃の妾は今みたいなオシャベリの女じゃなくってよ。どんな男を見ても怖ろしくて気味がわるくて、思うように口も利けないうちに、たった一人そのヤングだけが怖くなくなったんですもの……アラ……御免なさいね。涙なんか出して……妾……男の方の前で、こんな事を言って泣くのは今夜が初めてよ。ネ……笑わないでね。

そうしたら……そうしたらね、ちょうどあの月だから十月の末の事よ。ヤングが何時になく、悄気《しょげ》た顔をして入って来てこの室《へや》で妾と差し向いになると、何杯も何杯もお酒を飲んだあげくにショボショボした眼つきをしながら、こんな事を言い出したの……。

「可愛い可愛いワーニャさん。私はいよいよあなたとお別れしなければならぬ時が来ました。あなたをアメリカへ連れて行く事も思いきらなければならぬ時が来ました。私は明日の朝早く、船と一緒に浦塩を引き上げて布哇《ハワイ》の方へ行かなければなりませぬ。そうして日本と戦争を始めなければなりませぬ。そうなったら私は戦死をするかも知れないし、あなたを連れて行く訳にも行かなくなりました。昨夜不意うちに本国からの秘密の命令が来たので、どうする事も出来ないのです。……しかしもしも戦争がすむまで私が死なないでいたらキット貴女《あなた》を連れに来ます。ですからどうぞ今度ばかりは諦めて下さい」

……って……そう言っているうちにポケットからお金をドッサリ詰めた革袋を出して、妾の手に握らせたの。

妾その革袋を床の上にたたきつけて泣いちゃったわ。

「そんな事は嘘だ」

って言ってね。そりゃあ日本が亜米利加と戦争を始めそうだって言う事は、ズット前から聞いているにはいたけれども、ヤングの話はあんまりダシヌケ過ぎて、どうしても本当とは思えなかったんですもの。だから、

「あんたは妾を捨てて行こうとするのだ。何でもいいから妾はあんたを離れない。一緒に軍艦に乗って行く」

……って言って、死ぬほど泣いて泣いて泣いて、何と言っても聴かなかったの。しまいには首ッ玉にしがみついて、片手で軍服のポケットをシッカリ摑《つか》んで離さなかった

の……。

ヤングは本当に困っていたようよ。軍服の肩の処に顔を当ててヒイヒイ泣きじゃくっている妾を膝の上に抱き上げたまま暫《しば》らァくジッとしていたようよ。けれどそのうちにフイッと何か思い出したように私の顔を押離すと、私の眼をキット睨《にら》まえながら、今までとまるで違った低い声で、

「ワーニャさん。いい事がある」

って言ったの。妾はその時、何だかわからないままドキンとして泣き止みながらヤングの顔を見上げたら、ヤングは青白――イ気味の悪い顔になって、私の眼をジ――イと覗《のぞ》き込みながらソロソロと口を利き出したのよ。前とおんなじ低い声でね……。

「ワーニャさん。いい事がある。貴女がそれほどまでに私の事を思ってくれるのなら、一つ思いきった事をやっつけてくれませんか。私が今から海岸の倉庫へ行って大きな麻の袋を取って来ますから、その中へ入ってくれませんか。毛布を身体に巻きつけて置けば人間だか荷物だかわからないし、寒くもないだろうと思いますから、そうして私の荷物に化けて軍艦に来て物置の中に転がっていてくれませんか。そうすれば、そのうちに私がうまく父親の司令官に話して、貴女を士官候補生の姿にして私の化粧室に住まわせて上げますから……その話が出来るまで三度三度の喰《た》べ物は、私が自分で持って行って上げます。随分窮屈で辛《つら》いでしょうけれども暫くの間と思いますから辛棒《しんぼう》してくれませんか」

……って……ネエあんたどう思って……トテモ、ステキな思いつきじゃないの……イイエ、ヤングは本気でそう言っていたのよ。妾を欺《だま》していたんじゃないの。もうすこし先までお話するとわかるわ……ええ今話すわよ。話すからもう一杯飲んで頂戴《ちょうだい》……ソーダーを割って上げるからね……。

妾、この話を聞くと手をタタイて喜んじゃったわ。だって今までに活動や何かで見たり聞いたりした「恋の冒険」の中のどれよりもズット素敵じゃないの。女の児が支那米《しなまい》の袋に入って、軍艦に乗って戦争を見物に行くなんて……ねえ……妾あんまり嬉しかったもんだから思い切りヤングに飛びついてやったわ。そうして無茶苦茶にキスしてやったわ。ヤングも嬉しそうだったわよ。今までになく大きな声を出して歌を唄ったりしてね。そうして妾に、

「……それではドッサリお酒を飲みながら待っていて下さい。今夜は特別に寒いようだから袋の中で風邪を引かないようにね。私はこれから袋を取りに行って来ますから」

って、そう言ううちに帽子をかぶって外套《がいとう》を着てどこかへ出て行ってしまったの。

妾そんな時にちょっと心配しちゃったわ。ヤングがそのまんま逃げて行ったのじゃないかと思ってね……だけどそれは余計な心配だったのよ。ヤングは間もなくニコニコ笑いながら帰って来て妾の顔を見ると、

「……おお寒い寒い……ちょっとその呼鈴を押して主人を呼んでくれませんか」

って言ったの。妾、ヤングの足があんまり早いのでビックリしちゃってね。

「まあ……今の間にもう海岸まで行って来たの……そうして袋はどこに持って来たの……」

って聞いたらヤングは唇に指を当てて青い眼をグルグルまわしながら妙な笑い方をしたの。

「シッ……黙っていらっしゃい……近所の支那人に頼んで外に隠して置いたのです。今にわかりますから……」

ってね……そう言ううちに主人が入って来たら、ヤングはいつもの通り、その晩妾を買いきりにして、お料理やお酒をドンドン運び込ませて、妾に思いきり詰め込ましたのよ。……途中でお腹が空《す》かないようにね……そうして主人にはドッサリチップをくれて、面喰《めんくら》ってピョコピョコしている禿頭《はげ》を扉《ドア》の外へ閉め出すとピッタリと鍵《かぎ》をかけながら、

「明日の朝十時に起してくれエッ」

……て大きな声で怒鳴《どな》ったの。そうして置いて妾の手をシッカリと握ったヤングは、あの窓を指さしながらニヤニヤ笑い出したのよ……。

妾ヤングの怜悧《りこう》なのに感心しちゃったわ。あの窓はその時までもっと大きな二重硝子《ガラス》になっていて、その向うにはあんな鉄網の代りに鉄の棒が五本ばかり並んでいたんだけど、

その硝子窓を外して鉄の棒のまん中へ寝台のシーツを輪にして引っかけて、その輪の中へ突込んだ椅子の脚を壁のうちへ引っかけながら、二人がかりでグイグイと引っぱると一本一本にみんな抜けちゃったの……ええ……電燈を消していたんだから外から見たってわかりゃしないわ。……その穴からヤングが先に脱《ぬ》け出して、あとから這《は》い出した私を抱えおろしてくれたの。

それは浦塩《こ》付《こい》近《ら》に初めて雪の降った晩で、あの屋根の白い斑雪《まだらゆき》もその時に積んだまんまなのよ。風はなかったようだけど星がギラギラしていてね……その横路地に白い舞踏服姿の妾が寝台《ベッド》から取って来た白い毛布にくるまってガタガタに寒くなりながら立っていると、ヤングは大急ぎで向家の横路地の間から隠して置いた支那米の袋を持って来て私の頭の上からスポリとかぶせてくれたの。そうしてそのまんま地べたの上にソッと寝かして、足の処をシッカリとハンカチで結えるとヤットコサと荷《かつ》ぎ上げながら、低い声でこんな事を言って聞かせたのよ。

「さあ……ワーニャさんいいですか。しばらくの間辛いでしょうけども辛棒して下さい。私がもうよろしいって言うまでは、決して口を利いたり声を立てたりしてはいけませんよ」

ってね……。だけど妾は、その袋があんまり小さくて窮屈なので、ビックリしちゃったわ。妾の身体は随分小さいんだけど、それでも足を出来るだけグッと縮めなければ袋の口が結ばらないのですもの。おまけにその臭かったこと……停車場のはばかりみたいな臭いがしてね。ホコリ臭くて息が詰りそうで、何遍も何遍も咳《せき》が出そうになるのをジッと我慢しているのがホントに苦しかったわ。

それからどこを通って行ったのかよくわからないけれど、何でもこのスェッランスカヤから横路地伝いに公園の横へ出て、公使館の近くを抜けながら海岸通りへ出たようなの。途中で下腹や腰のところがヤングの肩で押えられて痛くてしょうがなかったけど、やっとの思いで我慢していたわ。ええ。そりゃあ怖かったわ。ヤングが時々立ち止まるたんびに誰か来たのじゃないかと思ってね……。

海岸に来るとヤングはそこに繋《つな》いであった小さい舟に乗り込んで、妾をソッと底の方へ寝かして、その上に跨《また》がって自分で櫂《かい》を動かし始めたようなの……そこいらはまだ暗くて、波の音がタラリタラリとして、粗《あら》い袋の目から山の手の燈火《あかり》がチラリチラリと見えてね……妾は息が苦しいのも、背中が痛いのも、それから足を伸ばしたくてたまらないのも忘れて、時々聞える汽笛の音に耳をすましながら胸をドキドキさせていたわ。これが故郷とのお別れと思ってね……そうかと思うと亜米利加の町をヤングと連れ立って散歩している自分の姿を考えたり……ヤングと妾の幸福のためにイーコン様にお祈りを捧《さ》げながら、ソッと小さな十字架を切ったりしていたわ。

そうすると間もなく今までとまるで違った波の音が聞え出して、小舟が軍艦に横づけになったようなの。その時に妾はまたドキンとして荷物のつもりで小さくなっていると、こっちからまだ何も言わないのに上の方から男の足音が二人ほど、待っていたようにゴトゴトと音を立てて降りて来たの。そうしてその中の一人が低い声で、

「ヘヘヘヘヘ。今までお楽しみで……」

って言いかけたらヤングが同じように低い声で、

「シッ。相手は通じるんだぞ……英語が」

って叱ったようよ。そうすると二人ともクックッ笑いながら黙り込んで、妾の袋をドッコイショと小舟の中から抱え上げたの。

その時に妾はチョット変に思わないじゃなかったわ。何だか解らないけどその二人の男の抱え方が袋の中に生きた人間がいるって事をチャント知っているとしか思えなかったんですもの。一人は妾の肩の処を……それから、もう一人は腰の処を痛くないようにソーッとネ……だけどこれは大方ヤングが今の間に手真似か何かで打ち合わせたのかも知れないと思っているうちに、一度階段を降りきった二人の足音はまた、別の段々を降り始めて、今度は波の音も何も聞えない、処々に電燈のついた急な階段を二ツばかり降りて行ったの。

その時にヤングはもう何処かへ行っていたようよ。……いいえ船の中はシンとしていたけど、いつヤングが消えてしまったのか解らなかったわ……まあそう……出帆前ってそんなに忙がしいものなの……じゃ矢っ張りあんたの言うように、あの軍艦はずっと前から出

発の準備をして命令が来るのを待っていたんだわ。ね……そうでしょう……ヤングが出帆の日を知らなかったのは無理もないわ。そうして本当に日本と戦争をする気で出て行ったんだけど、途中で日本が怖くなったから止しちゃったんでしょう。……アラ……どうしてそんなに失笑《ふきだ》すの。

イイエ……あんたがいくら笑ったってそうに違いないわよ。だってヤングはおしまいまで一度も嘘をついた事なんぞなかったんですもの。妾がヤングに欺されているように思うのはソリャあんたの嫉妬《やきもち》よ……まあいいから黙ってお酒を飲みながら聞いていらっしゃい。あんたの気もちはよくわかっているんだから。もっとおしまいまで聞いて行くうちにはヤングが言った事が本当か嘘かわかるから……ね……。

……そうしたらね……。

そうしたら、あとに残って妾を抱えている二人の足音がまた一つ急な段々を降りて行くと、どこか遠い処に黄色い電燈がたった一つ点《とも》っている、暗い、板張りらしい処に来たの。それと一緒に二人の男はイキナリ妾を固い床の上にドシンと放り出したもんだから妾は思わず声を立てる処だったわ。だけどまたそれと一緒に、これはどこか近い処に人間がいるからで、妾を荷物と見せかけるためにわざとコンナ乱暴な真似をしたのに違いないと気がついたの。それでやっと我慢して放り出されたなりジッとしていたら、そのうちに誰もいなくなったのでしょう。二人の男は大きな声で話をしいしいユックリユックリと室を出て行ったの。

「アハハハハハ。もう大丈夫だ。泣こうが喚《わめ》こうが」

「ハハハハハハ。しかしヤングの知恵には驚いちゃったナ。露西亜の娘っ子なんて、コンナに正直なもんたあ思わなかったよ」

「ウーム。こんな素晴らしい思いつきはあいつの頭でなくちゃ出て来っこねえ。何しろ革命から後ってものあどこの店でも摺《す》れっ枯らしを追い出して、いいとこのお嬢さんばかりを仕入れたって言うからな……そこを睨《にら》んだのがヤングの知恵よ」

「なるほどナア……ところでそのヤングはどこへ行きやがったんだろう」

「おやじん処へ談判に行ったんだろう。生きたオモチャをチットばかし持込んでいいかってよ」

「……ウーム。しかしなア……おやじがうまくウンと言やあいいが……」

「そりゃあ大丈夫よ。それくらいの知恵なら俺だって持っている。つまり時間が来るまでは他の話で釣っといて、艦《ふね》の中を見まわらせねえようにしとくんだ。そうしてイヨイヨ動き出してから談判を始めせえすりゃあ、十が十までこっちのもんじゃねえか。……まさか引っ返す訳にも行くめえしさ」

「ウーム。ナアルホド。下手を間誤つきゃあ、いい恥さらしになるってえ訳だな」

「ウン……それにおやじだってまんざらじゃねえんだかんナ……ヤングはそこを睨んでい

るんだよ」

「アハハハハ、違えねえ。豪《すげ》えもんだなヤングって奴は……」

「アハハハハハハハハ」

「イヒヒヒヒヒヒヒ」

……妾こんな話をきいているうちにハッキリと意味はわからないまま、もうスッカリ大丈夫なような気になって、グーグー睡《ねむ》ってしまったのよ。

ええ……そりゃあ大胆と言えば大胆なようなもんよ。だけどその時の妾はもう大胆にも何にもしようのないくらいヘトヘトに疲れていたんですもの。最前からオブラーコで飲んだお酒の酔いと、今まで苦しいのを我慢していた疲労《つかれ》が一時《いちどき》に出ちゃって、いつ軍艦が出帆の笛を吹いたか知らないまんまに睡っていたわ。

だけど、そうして眼が醒《さ》めてからの苦しくて情なかった事。軍艦の器械のゴットンゴットンという響きが身体に伝わるたんびに毛布ごしに床板に押しつけられている背中と、腰骨と、曲ったまんまの膝《ひざ》っ節とが、まるで火がついたように痛むじゃないの。妾はもう……早くヤングが来てくれればいい。そうしたら水か何か一パイ飲ましてもらわなくちゃ、咽喉《のど》がかわいて死ぬかも知れない。そうしてモット大きな袋に入れてもらわなくちゃ……と、それぱっかり考えていたわ。そうして人にわからないように少しずつ寝がえりをしかけていると、不意に頭の上で誰かが口を利き出したので、妾はまたハッとして亀の子のように小さくなってしまったの……それは何でも三、四人の男の声で、妾のすぐ傍に突立って、先刻から何か話していたらしいの……。

「まだルスキー島はまわらねえかな」

「ナニもう外海よ」

「……ワン。ツー。スリー。フォーア……サアテン。フォテン……おやァ……一つ足りねえぞこりゃア……フォテン。フィフテン。シックステン……と……あっ。足下に在りやがった。締めて十七か……ヤレヤレ……」

「……様と一緒なら天国までも……って連中ばかりだ」

「惜しいもんだなあ……ホントニ……おやじせえウンと言やあ、布哇《ハワイ》へ着くまで、さんざっぱら蹴《け》たおせるのになア」

「馬鹿野郎。布哇クンダリまで持って行けるか。万一見つかって世界中の新聞に出たらどうする」

「ナアニ。頭を切らして候補生のふうをさせときゃあ大丈夫だって、ヤングがそう言ってたじゃねえか」

「駄目だよ。浦塩の一粒選りを十七人も並べりゃあ、どんな盲目《え》だって看破《みやぶ》っちまわア」

「それにしても惜しいもんだナ。せめてヒリッピンまででも許してくれるとなア」

「ハハハハハまだあんな事を言ってやがる。……そんなに惜しきゃあ、みんな袋ごとくれてやるから手前一人で片づけろ。割り前はやらねえから」

「ブルブル御免だ御免だ」

「ハハハ見やがれ……すけべえ野郎……」

そんな事を言い合っているうちに一人がマッチを擦って葉巻に火を点《つ》けたようなの。間もなく美しい匂いがプンプンして来たから……。

だけど妾はそのにおいを嗅《か》ぐと一緒に頭の中がシイーンとしちゃったの。身体が石みたように固くなって息もつけないくらいになっちゃったの……だって妾みたようにしてこの軍艦に連れ込まれた者は、妾一人じゃないことが、その時にやっとわかりかけて来たんですもの……妾のまわりにはまだいくつもいくつも支那米の袋が転がっているらしいんですもの……。おまけに、それをどうかしに来たらしい荒くれ男が三、四人、平気で冗談を言い合いながら葉巻を吹かしているじゃないの……あんまり恐ろしい不思議な事なので、妾はあと先を考える事も何も出来やしなかったわ。ただ眼をまん丸に見開いて鼻っ先に被さっている袋の粗い目を凝視《みつめ》ながら、両方のお乳を痛いほどキュッと摑《つか》んでいたわ……夢じゃないかしらと思って……。

でも、それは夢じゃなかったの……そうして歯を喰《く》い締めて？　一心に耳をすましていると、ゴットンゴットンという器械の音の切れ目切れ目にドドンドドーンって言う浪の音が、どこからか響いて来るじゃないの。……ええ……おおかた外の女達《ひと》も妾とおんなじに

たようよ。ビックリして小さくなっていたんでしょう。話声をする音も聞えないくらいシンとしてい

そうしたらまたそのうちに、その葉巻を持っているらしい男がひとしきりスパスパと音を立てて吸い立てながら、こんな事を言い出したの。

「待て待て。片づける前に一ッ宣告をしてやろうじゃねえか。あんまりもったいねえから」

「バカ……止《よ》せったら……一文にもならねえ事を……」

「インニャ。このまま片づけるのも芸のねえ話だかんナ……エヘン」

「止せったらジック……そんな事をしたら化けて出るぞ」

「ハハハハ……化けて出たら抱いて寝てやらあ……何でも話の種だ……エヘンエヘン」

「止せったら止せ……馬鹿だなあ貴様は……言ったってわかるもんか」

「まあいいから見てろって事よ……こりゃあ余興だかンナ……俺の言う事が通じるか通じないか……」

って言ううちに、そのジックって男は、また一つ咳払《せきばら》いをしながらハッキリした露西亜語で演説みたいにしゃべり出したの。

「エヘン……袋の中の別嬪《べっぴん》さんたち。よく耳の垢《あか》をほじくって聞いておくんなハイよ。いいかね……お前さん達はみんな情人《いいひと》と一緒になりたさに、こんな姿に化けてここへ担ぎ込

まれて来たんだろう。また……お前さん達の情人もおんなじ料簡《りょうけん》でお前さん達をここまで連れて来たんで、決して悪気じゃなかったんだろうが、残念な事には、それが出来なくなっちゃったんだ。いいかい……だからね。……エヘン……だから怨《うら》むならばだ……いいかい……怨むならば、お前さん達の情人にこんなステキな知恵を授けた、ヤングと言う豪《えら》い人を怨まなくちゃいけないんだよ。……それからもう一人……この艦に乗っている俺たちの司令官《たいしょう》を怨みたきゃあ怨むがいいってんだ。……イヤ……事によると、その司令官だけを怨むのが本筋かも知れないがね……どっちにしてもお前さん達のいい人やそんな連中に頼まれた俺達を怨んじゃいけないよ。いいかい……と言う訳はこうなんだ。さっきヤングさんが司令官に、お前さん達をアメリカまで連れてっていいかって伺いを立ててみたら、アメリカの軍艦の中には食料品《たべもの》よりほかに肉類をいっさい置いちゃイケナイってえ規則になっているんだッてさ……だからね……折角ここまで来ているのをホントにお気の毒でしょうがないけど、ちょうど風も追い手のようだから、お前さん達はその袋のまんま、海を泳いで浦塩の方へ……」

ここまでその男がしゃべって来たらあとは聞えなくなっちゃったの。だって妾のまわりに転がっている十いくつの袋の中から千切れるような金切声が一どきに飛び出して、ドタンバタンとノタ打ちまわる音がし始めたんですもの。中には聞いたような声がいくつもあったようだけど、そんな時に誰が誰だかわかりゃしないわ。ただ耳が潰《つぶ》れるほどキーキーピーピー言うだけですもの。

だけど私は黙っていたの。声を出すより先にどうかして袋を破いてやろうと思って一所懸命にもがいていたの。だけど袋が小さい上にトテモ丈夫に出来ているので嚙《か》みつこうにも嚙みつけないし、力一パイ足を踏ん張ると首の骨が折れそうになるし、その苦しさったらなかったわ。だけど、それでも生命がけの思いで、力のありったけ出してもがいているうちに、妾のまわりの叫び声が一ッ一ッに担ぎ上げられて、四ッか五ッずつ行列を立てながら階段を昇りはじめたの。その時にはチョットの間みんなの叫び声は止んだようだけど、その階段の音が聞えなくなるとまた、前よりもひどい泣き声や金切声がゴチャゴチャに聞え始めたの。めいめいに男の名を呼んでヒイヒイ泣いていたようよ。

だけど妾はそれでも泣かなかったの。そうして死に物狂いになって、両手で頭をしっかりと抱えながら、足の処の結び目を何度も何度も蹴ったり踏んだりしていたら、身体中が汗みどろになって、髪毛が顔中に粘り付いて、眼も口も開けられなくなってしまったの。そのうちに中は湯気が一パイ詰まったように息苦しくなって来るし、髪毛は顔から二の腕まで絡まって、動くたんびにチクチク抜けて行くし、おまけに着物と毛布が胸の処でゴチャゴチャになって袋の中一パイにコダワリながら、お乳を上へ上へと押し上げるので、その苦しさったら……もう死ぬかもう死ぬかと思ったくらいよ。そうしてそのうちに……御覧なさい。この臂《ひじ》の処が両方ともこんなに肉が出てピカピカ光っているでしょう。この臂はヤングが「猫の臂《キャッツェルバウ》」って名をつけてニューヨーク婦人の臂くらべに出すって言っていたくらい柔らかくてスンナリしていたのが、知らないうちに擦り破れてしまって、動くたんびにヒリヒリと痛み出して来たんですもの。……それに気がつくと妾はもう、スッカリ力が抜けてしまって、意地にも張りにも動けなくなったようよ……両方の臂を抱えてグッタリとなったまま、呼吸《いき》ばかりゼイゼイ切らしていたようよ。

そのうちにまた、上の方から四、五人の足音が聞えて来ると、みんなの叫び声がまたピッタリとなっちゃったの。それに連れて降りて来る男たちの話声がよく聞えたのよ。器械の音とゴッチャになったまま……。

「アハハハハ。ひでえ眼に会っちゃったナ。あとでいくらかヤングに増してもらえ」

「ジックの野郎が余計な宣告をしゃべるもんだから見ろ……こんなに血が出て来た」

「ハハハハハ恐ろしいもんだナ。袋の中から耳朶《たぼ》を喰い切るなんて……」

「喰い切ったんじゃねえ。引き千切りかけやがったんだ。だしぬけに……」

「俺あ小便を引っかけられた。コレ……」

「ウワ――。ありゃあスチューワードが持ち込んだ肥《ふと》っちょの娘だろう。あいつの鞭《むち》で結えてあったから……」

「ウン。あのパン屋のソニーさんよ。おかげで高価《たけ》え銭を払ったルパシカが台なしだ。とても五ドルじゃ合わねえ」

「まあそうコボスなよ。女の小便なら縁起がよいかも知れねえ」

「嘘をつけ……ウラハラだあ……」

「ワハハハハハ」

……だってさあ……こんな事を言い合って暢気《のんき》そうに笑いながら、その男たちはまた四ツばかり叫び声を担ぎ上げたの。

「サア温柔《おとな》しく温柔しく。あばれると高い処から取り落しますよ。落ちたら眼の玉が飛び出しますよ」

「小便なんぞ引っかけないように願いますよだ。ハハハハハハ」

「ドッコイドッコイ……どうでえこの腹部《ポッポ》のヤワヤワふっくりとした事は……トテモ千金こてえられねえや」

「アイテテッ。そこは耳朶じゃねえったら……アチチ……コン畜生……」

「ハハハハ。そこへ脳天をぶっつけねえ。その方が早えや」

「アイテテ……またやりやがったな……畜生ッ……こうだぞ……」

って言ううちに……ギャーッて言う声が室中《へやじゅう》にビリビリするくらい響いて来たの。

その声を聞くと妾はまた夢中になってしまって、身体中にありたけの力を出しながら床の上を転がり始めたの。そうして出来るだけ電燈の光りの見えない方へ盲目探りに転がって行って、何かの影を探して隠れよう隠れようとしていたの。そうすると今度は男たちの靴の音が離れ離れになって、一人か二人ずつあとになったり先になったりしながら——次から次に担ぎ上げて行くうちに、とうとう室の中の叫び声が一ッも聞こえなくなってしまったのよ。ただ軍艦の動く響きと、微《かす》かな波の音ばっかり……人間のいるらしい音はまったくなくなってしまってね……。

その時に私はやっと、すこしばかり溜息をして気を落ちつけたようよ。妾の袋はキット何かの陰になって見えなくなっているのに違いないと思い思い、顔中にまつわっている髪毛を掻《か》き除《の》けながら、なおも、ジッと、耳を澄ましていたようよ。

そうすると、それから暫《しばら》く経って、もうみんな何処かへ行ってしまったと思う頃、今度はたった一人の重たい、釘《くぎ》だらけの靴の音が……ゴトーン、ゴトーンと階段を降りて来たの。そうして室のまん中に立ち止まってそこいらをジーイと見まわしながら突立っているようなの。

……その時の怖かったこと……今までの怖さの何層倍だったか知れないわ……妾の寿命はキットあの時に十年ぐらい縮まったに違いないわよ……。もう思いきり小さくなって、いつまでもいつまでも息を殺していると、そこいら中があんまり静かなのと気味がわるいのとで頭がキンキン痛み出して、胸がムカムカして吐きそうになって来たの。それを我慢しよう我慢しようともがいていたために身体じゅうがまた、冷汗でビッショリになってしまったの。

そうすると、もうどこかへ行ったのか知らんと思っていたその男が馬鹿みたいにノロノロした変テコな胴間声《どうま》で口を利き出したの。

「……どうしても一ッ足りねえと思うんだがナア……みんなは、おらが三人担いだというけんど、おらあ二遍しきゃあ階子段《はしごだん》を昇らねえんだがなあ……」

その声と言葉つきを聞いた時に妾はまた、髪毛が一本一本、馳け出したように思ったわ。歯の根がガクガク鳴り出して、手足がブルブル動き出すのを、どうする事も出来なかったわ……だってその声って言うのは、ずっと前に一度オブラーコの酒場《レストラン》へ遊びに来て、さんざっパラ水兵たちにオモチャにされて外に突き出された大きな嫌らしい黒ん坊の声だったんですもの。……その時にその黒ん坊が恨めしそうな、もの凄《すご》い眼つきで妾たちをふり返った顔を袋の中でハッキリと思い出したんですもの……怖いにも何にも妾は生きた空がなくなって、もうすこしで気絶しそうになったくらいよ。今にもゲーッと吐きそうになってね。そうするとその黒ん坊は、

「どうしてもないんだナア……おかしいナア……」

って言いながらマッチを擦って煙草を吸いつけ吸いつけ出て行きそうに歩き出したの。

……そん時の嬉《うれ》しかったこと……妾は思わず手の甲に爪が喰《く》い入るほど力を籠《こ》めてイーコン様を拝んじゃったわ。

……だけどやっぱり駄目だったの……階段の方へノロノロと歩いて行った黒ん坊は間も

なく奇妙な声を立てながらバッタリと立ち止まったの。

「イヨーッ。あんな処に隠れてら。フヘ、フヒ、フホ、フム……畜生畜生」

と言うなりツカツカと近づいて来て、妾の袋へシッカリと抱きついちゃったの。それと一緒に黄臭い煙草のにおいと何とも言えない黒ん坊のアノ甘ったるい体臭《におい》とがムウーと袋の中へ流れ込んで来たようなの。

妾、その時に、どんな風に暴れまわったか、ちっとも記憶《おぼ》えていないのよ……ただ、ちっとも声を立てなかった事を記憶えているだけよ。誰か加勢に来たら大変と思ってね。……だけどその黒ん坊もウンともスンとも言わなかったようよ。おおかた一人で妾をどこかへ担いで行って、どうかしようと思ったのでしょう。暴れまわる妾を何遍も何遍も抱え上げかけては床の上に落したので、そのたんびに妾は気が遠くなりかけたようよ。だけど、それでも妾は声を立てなかったの。そうしてヤッサモッサやっているうちに、どうした拍子か袋の口が解けて、両足が腰の処までスッポンと外へ脱け出した事がわかったの……。

それに気がついた時に妾がどんなに勢よく暴れ出したか……アラまた……笑っちゃ嫌って言うのに……ソレどころじゃなかったわよ。ソン時の妾は……何でもいいから……足が折れても構わないからこの黒ん坊を蹴殺して、その間に袋から脱け出してやろうと思って、頭でも顔でもどこでも蹴って蹴って蹴飛ばしてやったわ。……ええ……黒ん坊も一所懸命だったようよ。袋の上からシッカリと組みついて来て、片っ方の手で妾の両足を押えようとするのだけれども、妾の両足を一緒に摑《つか》まえる事はなかなか出来ないし片っ方だけ捉《つか》まえても妾が死に物狂いで蹴飛ばしてやったもんだから、しまいにはゼイゼイ息を弾《はず》ませて、妾の足と摑み合い摑み合いしながらあっちへ転がり、こっちへ蹴飛ばされしていたようよ。……だけど、そのうちに妾の着物と毛布が両手と一緒にだんだん上の方へ来て、息が出来ないくらいせつなくなって来ると黒ん坊はとうとう妾の両足を捉まえて、足首の処を両手でギューと握り締めちゃったの。

そん時に妾は初めて、大きな声を振り絞ったわ。両手を顔に当てて力一パイ反りかえりながら、

「助けて、助けて、助けて。ヤング、ヤング、ヤング、ヤング」

ってね。ええ……そりゃあ、大きな声だったわよ。咽喉《のど》が破れるくらい呶鳴《どな》ったんですもの。そうして両足を押えられたまま、起き上っては反りかえり反りかえりして固い床板の上に頭をブッつけ始めたの。死んだ方がいいと思ってね。

そうしたら黒ん坊もその勢いに驚いて諦《あき》らめる気になったんでしょう。

「……ウウウウ……そんなに死にてえのかナア……」

って喘《あえ》ぎ喘ぎ言いながら、私の両足を摑んで床の上をズルズルと片隅に引っぱって行く

と思ったら、そこに置いてあったらしい細い針金で足首の処から先にグルグルグルグルと巻き立てて、胸の処まで袋ごしに締めつけてしまったの……。

その時の苦しさったら、そりゃあ、とてもお話ししたって解かりゃしないわよ。だって、チョットでも太い息をするか動くかすると、すぐに長い細い針金が刃物みたいに喰い込んで、そこいら中の肉が切れて落ちそうになるんですもの……それでいて、いくら喘いでも喘いでも喘ぎきれないくらい息がきれているんですもの……妾はそのまま直ぐに気が遠くなっちゃったくらいなの。だけど、またすぐに苦しまぎれに息を吹きかえすとまたもや火のついたように針金が喰い込むでしょう。地獄の責め苦ってほんとうにあの事よ。そうして息も絶え絶えにヒイヒイ言っているうちに今度は本当に気絶してしまったらしいの。

それから何分経ったか、何時間経ったのかわからないけど、また自然と息を吹き返した時には、妾はもう半分死んだようになっていたようよ。手や足の痛さがわからなくなってしまってね。……そうして眼だけを大きく見開いてどこかを凝視《みつ》めていたようよ。だからその時に聞いた話も夢みたように切れぎれにしか記憶《おぼ》えていないの。

「……どうでえ。綺麗《きれい》な足じゃねえか」

「ウーム、黒人《ニガ》の野郎、こいつをせしめようなんて職《しょく》過ぎらあ」

「面が歪《ゆが》んだくれえ安いもんだ。ハハン」

「しかし、よっぽど手酷《ひど》く暴れたんだな。あの好色野郎《すけべえ》が、こんなにまで手古摺《てこず》ったところを見ると……」

「フフン、もったいなくもオブラーコのワーニャさんだかんな」

「ウーム。十九だってえのに惜しいもんだナア……コンナに暴れちゃっちゃあヤングだって隠しとく訳に行くめえが……」

「……シーッ……来やがった来やがった……」

って言ううちにまた一人、スパリスパリと煙草を吹かしながら、軽い気取った足取りで、階段を降りて来て、ゆっくりゆっくりと妾の傍に近づいた者がいるの……。

その足音を聞くと妾は気持ちが一ぺンにシャンとなっちゃったわ。飛び上りたいくらい嬉しくなって……ヤング……って叫ぼうとしたのよ……。

だけど妾が起き上ろうとすると、手や足が、胸の処まで氷みたいになって動かなくなっていることがわかったの。それと一緒に、声がピッタリと咽喉につかえてしまって、名前を呼べるくらいならまだしも、声を立てる事すら出来なくなっているじゃないの。何だかそんな夢でも見ているように胸の処が固《こわ》ばってしまってね。もしかすると、あんまり怖い眼に会い続けたので気が変になっていたのかも知れないけど……。

そうするとヤングは長い大きな溜め息を一つしてから、静かな猫撫《ねこな》で声かと思うくらい優しい口調で、こんなお説教を妾にして聞かせたの。上品な露西亜語でね……。

「ワーニャさん。温柔《おとな》しくしていて頂戴《ちょうだい》……。私は貴女《あなた》が憎いからこんな事をするのじゃありません。よござんすか。よく気を落ち着けて聞いて頂戴……ね。私は貴女が可愛くて可愛くてたまらない余りに、コンナ事をするのです。私貴女が、あんまり綺麗《きれい》で可愛いから、亜米利加の貴婦人と同じようにして殺してみたくなったのです。ね、いつぞやお話しして上げた恋愛ごっこの事をまだ記憶《おぼ》えていらっしゃるでしょう、ね、ね、わかったでしょう。……私は最早《もう》近いうちに日本と戦争をして戦死をするのです。ですからもう貴女以外の女の人と結婚する事は出来ないのです。貴女と一緒に天国に行くよりほかに楽しみはなくなったのです。ですから満足して、私の言う事をきいて頂戴。ね、ね、温柔しく私の言う通りになって死んで頂戴。ね、ね、わかったでしょう。ね、ね……」

そう言ううちにヤングは妾の足に巻かった針金を解き始めたの。そうして胸の上までユックリユックリ解《ほど》いてしまうと、

「サアサア。寒かったでしょうね」

って言いながら、また、もとの通りに袋をかぶせて口をシッカリ括《くく》ってしまったの。

ええ……妾はちっとも手向いなぞしなかったわ。死人のようにグッタリとなって、ヤングのする通りになっていたわよ。

その時のヤングの声の静かで悲しかったこと——ほんのちょっとの間だったけど妾の胸にシミジミと融け込んで、妾に何もかも忘れさしてしまったのよ。……何だか甘い、なつ

かしい夢でも見ているような気持になってね……ネンネコ歌にあやされて眠って行く赤ん坊みたように涙がとめどなく出て来たもんだから、妾はとうとう声を出してオイオイ泣き出しちゃったの。

「……ヤング……ヤング……」

って言ってね……そうするとヤングは一々丁寧に返事をしいしい妾を袋に入れてしまってから、今一度妾の頭の処を袋の上から撫でてくれたわ。

「……ね……ね……わかったでしょう、ワーニャさん。温柔しくするんですよ。サアサア。もう泣かないで泣かないで。いいですか。ハイハイ。私がヤングですよ。いいですか。サ……泣かないで泣かないで」

そう言って妾をピッタリと泣き止まして終《しま》うと、静かに立ち上って、入って来た時と同じように気取った足音を立てながら、悠々と階段を昇ってどこかへ行ってしまったの。

だけど妾はやっぱり夢を見ているような気持ちになって、シャクリ上げシャクリ上げしながらグッタリとなっていたようよ。そうするとあとに残った三人の男たちは手ん手に妾の頭と、胴と、足を抱えて、上の方へ担ぎ上げながら黙りこくって階段を昇りはじめたの。そのゆっくりゆっくりした足音が静かな室中にゴトーンゴトーンと響くのを聞きながら、妾は何だか教会の入口を入って行くような気持ちになっていたようよ。

だけど第一の階段を昇ってしまうと間もなく、一番先に立って妾の足を抱えていた男が、

変な声でヒョッコリと唸《うな》り出したの。そうして何を言うのかと思っていると、

「ウーム。ウメエもんだナア。ヤングの畜生。あの手で引っかけやがるんだナア。どこへ行っても……」

ってサモサモ感心したように言うの。そうすると私の腰を担いでいた男も真似をするように唸り出したの。

「ウーム。まるで催眠術だな。一ぺんで温順《おとな》しくしちまいやがった」

そうするとまた、妾の頭を担いでいた男が老人みたような咳《せき》をゴホンゴホンとしながら、こんな事を言ったの。

「十七人の娘の中で、ワーニャさんだけだんべ……天国へ行けるのはナア」

「アーメンか……ハハハハハ」

こんな事を言っているうちにまた二つばかりの階段を昇ると、ザーザーと言う波の音がして甲板へ出たらしく、袋の外から冷たい風がスースーと入って来て、擦り剝《む》けた臂《ひじ》の処が急にピリピリ痛み出したの。それと一緒に明るい太陽の光りが袋の目からキラキラとさし込んで来て眼が眩《くら》むくらいマブシクなったので、妾は両手で顔をシッカリと押えていたようよ。そうしたら足を抱えていた男が、

「サア……天国へ来た……」

「ウフフフフ。ワーニャさんハイチャイだ。ちっと、ハア寒かんべえけれど」

「ソレ。ワン……ツー……スリイッ……」

と言ううちに、私をゆすぶっていた六ツの手が一時に離れると、私はフワリと宙に浮いたようになったの。

その時に妾は何かしら大きな声を出したようよ。……やっと夢から醒《さ》めたようにドキンとしてね……だけど、そう思う間もなく妾の頭が、船の外側のどこかへぶつかると一しょにガーンとなってしまって、いつ海の中へ落ち込んだかわからなかったの……。

それからまた、妾が気がついて眼を開いたのは一分か二分ぐらい後のようにしか思えないのよ……何だか知らないけれど身体中に痺《しび》れが切れて、腰から下が痒《かゆ》くて痒くてしょうがないと思っているうちに、フイッと眼を開いてみたら、そこは忘れもしないこのレストランの地下室でね。いつぞや肺病で死んだニーナさんが寝かされていたその寝台の上に、湯タンポと襤褸《ぼろ》っ布片《きれ》で包まれながら、素《す》っ裸体《ぱだか》で放り出されているじゃないの。おまけに寝台の横でトロトロ燃えているペーチカの明りでよく見ると、妾の手や足は凍傷で赤ぶくれになっていて、針金の痕《あと》が蛇みたいにビクビクと這《は》いまわっている上から、黒茶色の油膏薬《あぶらぐすり》がベトベトダラダラ塗りまわしてあるじゃないの。その汚ならしくて気味の悪かったこと……妾何だかわからないままビックリして泣き出しちゃったくらいよ。

……だけど、それから間もなく料理番の支那人が持って来てくれた魚汁《ウハー》の美味《おい》しかったこと……その支那人のチーって言うのに聞いてみたら、その時は妾が死んでからちょうど二日目だったそうよ。……妾の袋は、ルスキー島から二海里ばかりの沖へ投げ込まれると間もなく、軍艦とすれちがったジャンクに拾われたので、その船頭の女房の介抱で息を吹き返したんですってさあ。十七番のナターシャさんも同じジャンクで拾われていたし、パン屋のソニーさんも鯨捕り船だったかに拾われて来たのを、白軍の巡邏船《じゅんらせん》が見つけ出して警察に引き渡したんですって。だけどみんな水をドッサリ飲んでいたんで駄目だったんですとさあ。そのほかの袋は十日ばかし経ってから、タッタ二個だけ外海の岸に流れついたそうよ。妾怖いから見に行かなかったけれど……ホントに可哀そうでしようがないの……。

妾……この話をするのはあんたが初めてよ。いいえ……誰も知らないの……みんな死んでいるから。

それからここではかなり評判になっているらしいのよ。……ええ……あんたが知らないのは無理もないわよ。あんたはまだここに来ていなかったんですからね。おまけに警察でもこの家でもまだ秘密にしているから、新聞にも何も書いてないそうよ。おおかた亜米利加を怖がっているのでしょう。あの軍艦がしたらしい事はみんな感づいているんですからね。

ええ……そりゃあ何遍も何遍も訊《き》かれたのよ。一体どうしてこんな眼に会わされたのかってね。妾が気がついてから後の一週間ばかりと言うもの、警察の人や、うちの主人や、そのほかにも役人らしいエラそうな人が何人も何人も毎日のように妾の枕元にやって来ちゃ、威《おど》したり、賺《すか》したりしながら、ずいぶんしつこく事情《わけ》を尋ねたのよ……おしまいには先方からいろんな事を話して聞かせてね……あのヤングって言う士官はトテモ悪い奴で、今年の夏に浦塩に着いた時に、軍艦の荷物が税関にかからないのをいい事にして阿片《あへん》をドッサリ浦塩に持ち込んで、方々に売りつけてお金を儲《もう》けた事がチャンとわかってるんだ……だけどもやり方がナカナカ上手でハッキリした証拠が上らないために、どうすること も出来ないでいたんだ。そうしたらヤングの畜生めスッカリ浦塩の警察を舐《な》めてしまったらしく、今度は配下《てした》の水兵にお金をやるかどうかして、めいめいの色女を十何人も軍艦に担ぎ込んで、上海かどこかの市場《ころしば》に売りに行こうとしやがった。けれども軍艦が沖へ出ると、それが上官に見つかるかどうかしたもんだから、一つ残らず海の中へ放り込ましてしまったのが、やっぱりあのヤングって奴なんだ。……しかもその中で生き残っているのはお前一人なんだからトテモ大切な証人なのだ。俺達はお前の仲間十何人の讐《かた》きを取ってやろうと思っているのだから、早く気をシッカリさして返事をしてくれなければ困る。御褒美の金はいくらでもやるから本当の事を言ってくれ……一体お前は何と言ってヤングに欺《だま》されたのか。どうして船の中に連れ込まれたのか。そうしてドンナ間違いから海の中に放り込まれるような事になったのか……ナンテいろんなトンチンカンな事を真剣になって訊くの……。

だけど妾どうしてもそれに返事する事が出来なかったのよ。……お前さんたちが言っているのはみんな嘘だ。ヤングはそんなに悪い人間じゃない。悪い奴はあの船の司令官一人だって言ってやろうと思っても、どうしてもその訳を話す事が出来なかったの。……何故って言うと、妾、正気にかえってからちょうど一週間ばかりと言うもの、口を利くのが怖くて怖くてしょうがなかったんですもの。どうしても、その時の恐ろしさが忘れられなくなって「ハイ」とか「イイエ」とかいう短かい返事をするのさえ怖くて怖くてたまらない気がしてね。それを無理に口を利こうとすると歯の根がガタガタ言い出して、すぐに吐きそうになって来るんですもの……仕方がないからまるで唖者みたようになって眼ばかりパチパチさせていたら、警察の人達もとうとう諦《あき》らめてしまって来なくなったようよ。

……だけども、そうして妾が一人ボッチになってからウトウトしようとすると、すぐにあの時の気持ちが夢になって見えて来て、寝床の中で汗ビッショリになりながら一所懸命にもがかせられるの。夢うつつに敷布を嚙《か》み破ったり、湯タンポを蹴《け》り落したりしてね。その恐ろしさったらなかったわよ。そうして、そんな夢のおしまいがけにはキットあのヤングの悲しい、静かな声が、どこからともなくハッキリと聞えて来て、妾をサメザメと泣き出させたの。眼が醒めてから後までも妾は、そんな言葉の意味を繰り返し繰り返し考えながら眼をまん丸く見開いて、いつまでも暗い天井を見つめていたわよ。

そのうちに十日ばかりも経つと凍傷《しもやけ》の方が思ったよりも軽くすんだし、針金の痕も切れぎれになってお化粧で隠れるくらいに薄れて来たの。それに連れて身体がもとの通りに元気づくし、口もどうにか利けるようになって来たので、寝ているわけにも行かなくなって思いきって舞踏場へ出て見たら、間もなくあんたが遊びに来たでしょう。

そりゃあ不思議と言えばホントに不思議でしょうがないのよ。妾はあんたに会ったのが神様の引き合せとしか思えないのよ。だって初めてあんたに会ったあの晩ね、あの晩から妾はピッタリとそんな怖い夢を見なくなったのよ。おまけに前と比べるとまるで生まれ変ったようにおしゃべりになってしまってね……そうしてそのうちに、あんたがたまらないほど、可愛くなって来るに連れて、あのヤングが言っていたいろんな言葉の本当の意味が一つ一つに新しく、シミジミとわかって来たように思うの。そうしてヤングから教わったいろんな遊びをあんたに教えて見たくてしょうがなくなって来たの。それも当り前の打ったり絞めたりする遊びなんかじゃ我慢出来ないの……ひと思いにあんたを殺すかどうかして終《しま》わなくちゃトテモやりきれないと思うくらい、あんたが可愛くて可愛くて、たまらなくなったのよ。

……妾、それをやっとの思いで今日まで我慢していたのよ。何故って万が一にも妾からそんな話をきり出したら、あんたがビックリして逃げ出すかも知れないと思ったからよ。

……だけど、それがもう今夜になったらトテモ我慢がしきれなくなっちゃったのよ。

妾はきょうも、いつものように日暮れ前からこの室に入って、お掃除をすまして、ペーチカに火を入れたの。そうしてスッカリお化粧をすましてから、あんたを待ち待ち昨夜の飲み残しのお酒を飲んでいたら、そのうちに室の中が静かアに暗くなってね。向家《むこう》の屋根の雪の斑《まだら》と、その上にギラギラ光っている星だけがハッキリと見えるようになって来たじゃないの……妾もうスッカリあの晩と同じ気持ちになってしまってね……たまらなく息苦しくて息苦しくて……。アラ……睡《ねむ》っちゃ嫌よ。……睡らないで聞いて頂戴《ちょうだい》ってばさあ……まあ嫌だ。本当に酔っちゃったのね……人が一所懸命に話しているのに……。

……ね……わかったでしょう……あんたにもわかったでしょう……妾のそうした気持ちが……ね……妾、お酒に酔って言っているのじゃないのよ……いいこと……ね、ね。だから妾は今夜こそイヨイヨ本当にあんたを殺そうと思って、ワザワザこの短剣を買って来たのよ。英国出来の飛び切りって言うのをサア。ちょっと御覧なさいってば……このよく斬れること……妾の腕の毛がホラ……ヒイヤリとして……ね。ステキでしょう。いいこと。……この切っ尖《さき》であんたの心臓をヒイヤリと刺しとおして、その血のついた刃先を、すぐにズブズブと妾の心臓に突き刺して死んで終おうと思っているのよ……トテモ気持ちのいい心臓と心臓のキッスよ。ヤングが教えてくれた世界一の贅沢《ぜいたく》な……一生に一度っきりの……。

アラッ……妾今やっと思い出したわ。日本の言葉でこんな遊びの事をシンジュウって言うんでしょうね。ね。

……サア。本気で返事して頂戴よ。睡らないでサア。サアってば。……いいわ。妾あんたが睡ってたって構わないから……そのまんま突き刺しちゃうから……いいこと……？ねッ……死んでくれるでしょう。ね……いいこと……殺しても……嬉《うれ》しい……じゃ……お別れの乾杯よ……ね……そうして寝床へ行くのよ……サア……。

鉄《かな》鎚《づち》

――ホントウの悪魔というものはこの世界にいるものかいないものか――。

――いるとすればその悪魔は、どのような姿をしてドンナ処に潜み隠れているものなのか――。

――その悪魔はソモソモ如何なる因縁によって胎生しつつ、どのような栄養物を摂《と》って生長して行くものなのか――。

――その害悪と冷笑とを逞《たく》ましくし行く手段は如何――。

斯様《かよう》な質問に対して躊躇《ちゅうちょ》せずに答え得る人間は、そう余計にはおるまいと思う。しかるに私はまだヤット二十歳《はたち》になったばかしの青二才である。だから聖人でも哲学者でもないはずであるが、しかしこの問いに対しては明白に答え得る確信を持っている。

――ホントウの悪魔とは、自分を悪魔と思っていない人間を指して言うのである――自分では夢にも気付かないまんまに、他人の幸福や生命をあらゆる残忍な方法で否定しながら、平気の平左で白昼の大道を闊歩《かっぽ》して行くものが、ホントウの悪魔でなければならぬ

――。

――だから真個《ほんと》の悪魔というものは誰の眼にも止まらないで存在しているのだ。

――そのような悪魔の現実社会に於《お》ける生活とか、仕事とかいうものが如何に戦慄《せんりつ》すべきものであるかと言う事なぞも、滅多に考えられた事がないのだ――

……と……。

「彼奴《あいつ》は悪魔だ。お前と俺の生涯をドン底まで詛《のろ》って来た奴だ。今度彼奴に会ったら、鉄鎚《かなづち》で脳天を喰《く》らわして遣《や》るんだぞ。いいか。忘れるなよ」

親父は私にこう言って聞かせるたんびに、煎餅蒲団《せんべいぶとん》の上で起き直った。蓬々《ぼうぼう》と乱れた髪《か》毛《み》と髯《ひげ》の中から、血走った両眼をギョロギョロと剝《む》き出して、洗濯板みたいに並んだ肋骨《あばら》を撫《な》でまわしてゼイゼイと咳《せき》をした。そのうちに昂奮《こうふん》して神経が釣り上って来ると、その悪魔が眼の前に坐《すわ》っているかのように、鼻の先の薄暗い空間を睨《にら》みつけてギリギリと歯ぎしりをしながら、骨と皮ばかりの手を振り上げて、鉄鎚をグワンと打ちおろす真似をして見せる事もあったが、その顔の方がよっぽど恐ろしくて、活動に出て来る悪魔ソックリに見えたので、私はいつも子供心に一種の滑稽味《こっけいみ》を感じさせられた。親父は悪魔を取り違えているのじゃないか知らんと思って……。

親父が悪魔と言っているのは、親父の実の弟で、私に取ってはタッタ一人の叔父《おじ》に当る、児島良平という男であった。何でもその叔父というのは、よっぽどタチの悪い人間で、若いうちから放蕩《ほうとう》に身を持ち崩したあげく、インチキ賭博《とばく》の名人になって、親類や友達から見離されていたが、私が三つか四つの年に親父が喘息《ぜんそく》にかかって弱り込むと間もなく、上手に詫《わび》を入れて出入りをするようになった。……と思う間もなく今度は相場師になって身を立てるというので、言葉巧みに親父を誑《たら》し込んで、祖父《じじい》の代から伝わった田地《でんち》田畠《でんはた》を初め銀行の貯金、親父の保険金なぞ言うものを根こそぎ巻き上げてしまったあげく、美しいばかりで知恵の足りない私の母親を連れてどこかへ夜逃げをしてしまったと言うのである。親父の結核性の喘息がひどくなったのもその叔父のせいだし、親類や友達に見限られて、コンナ貧民窟《ひんみんくつ》に潜り込んで、死ぬのを待つばかりの哀れな身の上になったのもその叔父のお陰だと言う。その中でどうにかこうにか私が育って、やっと十三になったと思うと、惜しい小学校を中途で止して、広告屋の旗担ぎ、葬式の花持ち、活動のビラ配り、活版所の手伝いなぞと次から次へと転々として、親を養わなければならなくなったのもその叔父のせいだ……だから俺が生きているうちにその児島良平という叔父を見つけ出したら、すぐに鉄鎚で頭をタタキ潰《つぶ》さなくちゃいけないぞ。良平という奴は生まれながらに血も涙もない奴で、誰の家でも手当り次第に破滅させて、美味《うま》い汁を吸うのが専門の悪魔なのだ。生かして置けば置く程、国家社会のためにならない人間だからナ。彼奴を殺せばどれくらい人助けになるか知れない……イイカ。キット遣っつけるんだぞ。罪はみんな俺が引き受けて遣るからナ……それが俺の人助けの仕納《しおさ》めだ……なぞと親父は毎日のように言って聞かせたので、スッカリその文句を暗記してしまった。そうして子供心に、そんな悪魔みたいな人間が本当にこの世にいるものか知らん。もしいるものならば親父の言う通りにブチ殺したって構わないだろう。人間の頭を鉄鎚で殴ると眼が飛び出すって聞いていたが本当か知らん。本当だったら面白いナ。その時にはどんな気持ちがするだろう……なぞと、いろんな事を連想しいしい、温柔《おとな》しくうなずいて聞いていた。その叔父がどんな顔をしているか、早く会って見たいような気持ちもした。

ところがその悪魔の叔父は、親父が死ぬと間もなくどこからかヒョッコリ現われて、私の眼の前に突立ったのであった。

何でも親父は、私が活版所に出かけた留守のうちに、台所の窓から帯を垂らして首を引っかけたまま死んでいたのだそうで、寝床の煎餅蒲団の下には、

「何事も天命です。誰も怨《うら》む者はありません。ただ年端《としは》の行かぬ倅《せがれ》にこの上の苦労をかけるのが辛《つ》らさに死にます。どうぞよろしくお頼み申します」

と言ったような開き封の遺書《かきおき》が、叔父宛にした密封の書類と一緒に置いてあった。その遺書は巡査が私に見せてくれたが、昔風の曲りくねった字体で丸ッキリ読めなかった。また、親父の死顔も、夜具の下に寝かしてあるのを覗《のぞ》いて見るには見たが、別に悲しくも何ともなかったので困ってしまった。近所の人達や、警官や、医者みたいな連中が、みんな眼をしばたたいたり泣いたりしているらしいのに、私一人だけはツクネンと坐ったまま、

暢気《のんき》そうにポカンと開いた親父の口もとを眺めて、「咳が出なくなったから楽だろう」なぞと思ったりしているのが何となくバツが悪かった。するとそのうちにドカーンと大砲のような音がして、何かしら眼が眩《くら》むほど真白く光ったのでビックリした。あとから聞いてみるとそれは新聞社から来た写真屋がマグネシュームというものを焚《た》いたので、あくる日になるとその写真が私の氏素性と一緒に大きく新聞に出た。……大金持ちの遺児《わすれがたみ》で、この上もない親孝行者で……とか何とか言うので、学校の成績のよかった事や、毎日活動のビラや古新聞の記事を親父に読んで聞かせた事まで無茶苦茶に賞《ほ》め立てて書いてあった。その新聞を持って、まだ薄暗いうちに飛び込んで来たのが悪魔の叔父で、親父の仏様の横に並んで寝ていた私を大きな声で「愛太郎、愛太郎」と呼び起しながら、壊れかかった表の扉をたたいたのであった。

叔父はその時が四十二、三くらいであったろうか。眼の小さい、赤ら顔のデップリとした小男で、額の上に禿《は》げ残った毛を真中からテイネイに二つに分けて、詰襟の白い洋服を着ていたが、トテモ人のいい親切らしい風付《ふうつ》きで、悪魔らしい処はミジンも見えなかったのでガッカリしてしまった。……あのまん丸く光る頭を鉄鎚で殴ってもいいのか知らん……と思うとおかしくなったくらいであった。

「オオ、オオ。愛太郎か。大きくなったナ。十三だと言うんか。ウンウン。親類の人はまだ誰も来ないかナ。ウンそうか。俺はお前のお父さんに誤解されたっ切りで死に別れたのが残念で残念で……」

と言い言い私の頭を撫でて、白い半布《ハンカチ》で涙か汗かを拭《ふ》いているらしかったが、親父が遺書と一緒に置いていた叔父あての密封書を見せると、中味を無造作に引き出して、証文みたようなものを一枚一枚丁寧に検《あらた》めて行くうちに、何とも言えず憎々しい冷笑を浮かべながら、みんな一緒にまとめて内ポケットに押し込んだようであった。そうして自分で葬儀屋を呼んで来たり、アルコールと綿を買って来て親父の身体を綺麗《きれい》に拭き上げたりして、野辺送りを簡単に済ますと、親類や近所の人達に挨拶《あいさつ》をして私を自分の店に引き取った。

叔父はその挨拶の中《うち》で、

「死んだ兄貴に対する、せめてもの恩報じです……」

と言うような事を何度も何度も繰り返していたが、母親の事は一言も言わなかったようである。もっとも私のいる前で二、三人、そんな事を詰問した人もあったが、叔父は馬鹿馬鹿しそうに高笑いしながら、

「そんな事は私が兄貴に追い出された後の出来事で、どんな事情があったのか知りもしませんし、何の関係もない事です。とにかくこのような場合ですからその様な御質問は後にして下さい。この児のためにもなりませんから……」

とキッパリ言い切ったことを記憶《おぼ》えている。あとで考えると叔父は私の母を連れ出して

散々オモチャにした揚句に、どこかへ売り飛ばすか、または人知れず殺すかどうかしたらしい……と思える節がないでもないが、しかしその時の私は顔も知らない母親の事なぞはテンデ問題にしていなかった。それよりも叔父に買ってもらった古い洋服と、帽子と靴が、もの珍しくて嬉《うれ》しいくらいの事であった。

叔父の店は今までいた貧民窟から半里ばかり距《へだた》ったF市の中央《まんなか》の株式取引場の前にあった。両隣りとソックリの貸事務所になっている北向きの二間半口で、表に「H株式取引所員……善《かねぜん》……児島良平……電話四四〇三番」と彫り込んだ緑青《ろくしょう》だらけの真鍮《しんちゅう》看板を掛けて、入口の硝子《ガラス》扉にも同じ文句を剝《は》げチョロケた金箔《きんぱく》で貼り出していた。私は叔父がこんな近い処に住んでいようとは夢にも思わなかったので、子供心に不思議に思いながら叔父に跟《つ》いて中に入ると、上り口は半坪ばかりのタタキで、あと十畳ばかりの板の間に穴だらけのリノリウムを敷いて、天井には煤《すす》ぼけた雲母紙《うんもし》が貼ってあった。その往来に向った窓の処に叔父の机と回転椅子。その右手の壁に株の相場を書いたボールド。そのまた右手に電話機。その反対側の向い合った白壁には各地の米の相場を見せる黒板。汽車の時間表。メクリ暦なぞ……。その下に帳簿方と場況見と二人の店員の机が差し向いになっていた。

しかしそんなものの中で立派だな……と思ったものは一つもなかった。すべてが現在のとおりにドス黒くて、ホコリだらけで、汚ならしかった。ただ入口の正面の壁に並んだ店員の帽子と羽織の間から覗いている一枚の美人画だけが新しくて綺麗に見えるだけであった。その美人画は大東汽船会社のポスターで、十七、八の島田髷《まげ》の少女がこっち向きに、丸卓子《テーブル》に凭《もた》れている処であったが、その肌の色や肉づきは、言うまでもなく、髪毛の一すじ一すじから、花簪《はなかんざし》のビラビラや、華やかな振袖《ふりそで》の模様や、丸卓子の光沢に反映《うつ》っている石竹色《せきちく》の指の爪まで、本物かと思われるくらい浮き浮きと描かれていた。瓜《うり》ざね顔の上品な生え際と可愛らしい腮《あご》。ポーッとした眉《まゆ》。涼しい眼。白い高い鼻。そうして今にも……あたしは、あなたが大好きよ……と言い出しそうに微笑を含んだ口元までも、イキナリ吸いつきたいくらい美しかった。

私はそれまでに、こんなポスターを何枚見たか知れなかったのだけど、この時ばかりはなぜかしら特別のような気がした。……今から思うとこの時が私の思春期に入り初めで、同時にこの時こそ生涯の呪われ初めであったかも知れない。ちょうど昔の伝説の美しい悪魔から霊魂《たましい》を吸い取られる時のように、何とも言えず胸がドキドキして、顔がポッポとなって、気まりが悪くてしようがなかったので、吾《わ》れ知らずうつむきながら、ソーッと上目づかいに見ていたように思う。

しかし叔父は、そんな事は気づかなかったらしく、グングンと私の手を引っぱって電話機の横の扉を開くと、その外にある狭い板張りの横手から暗い階段を昇って、店の真上に在る二階に出た。そこは一方が押入れになっている天井の低い八畳くらいの北向きの室《へや》で、取引所前の往来を見下した高さ四尺くらいの横一文字の一方窓に、真赤に錆《さ》びた鉄の棒と磨硝子の障子が並んでいたが、そこからさし込む往来の照り返しで、室の中は息苦しいほど蒸し暑かった。真黒い天井からブラ下がった十燭《しょく》の電球は蝿の糞《ふん》で白茶気ていた。その下の畳はブクブクに膨れて、何とも言えないむせっぽい悪臭を放っていた。左右の壁や、襖《ふすま》や、磨硝子の窓には、青や赤のインキだの、鉛筆だの筆だので、共同便所ソックリの醜怪な落書が、戦争みたいに押し合いヘシ合いかき散らしてあった。

叔父《おじ》は窓をあけてホコリ臭い風を入れた。それから押入れを一パイに開いて、そこに投げ込んである二、三枚のボロ夜具だの、蚊帳《かや》だの、針金で鉢巻をした大きな瀬戸火鉢だの、古い新聞紙や古電球なぞをジロジロ見まわしているようであったが、やがて今までとはまるで違った、底意地の悪い声を出しながら私をふり返った。

「……いいか……貴様は今夜からここで、店の帳簿方と一緒に寝るんだぞ。蒲団はあとから俥屋《くるまや》が持って来る。貴様のオヤジのだけれども消毒してあるから大丈夫だ。虱《しらみ》なんぞ一匹もいないはずだ。便所はこの階段を降りると突き当りにある。便所の向うの扉を開くと隣りの店に出るから気をつけろ。……貴様は夜中に寝ぼけたり、小便を垂れたりしはしまいナ」

私は黙ってうなずいた。けれどもそれと一緒に、今の今まで、あたたかい親切な人間とばかり見えていた叔父が、急に鉄のポストみたいに冷たい態度にかわって、傲然《ごうぜん》と私を睨《にら》み下しているのに気がついて、またもビックリさせられた。しかし怖い事はちっともなかった。そうしてコンナ落書を勝手にしていいのか知らん……なぞと考えながら、壁に描かれている変テコな絵や文字を、一つ一つに見まわしていた。

その間に叔父は、クルリと私に背中を向けて、サッサと階段を降りて行った。……と思うと、もう麦稈帽《むぎわらぼう》を頭に乗っけて、夕日のカンカン照る往来に出て行った。私はその眩《まぶ》しいうしろ姿を見送りながら、

……やっぱし叔父は悪魔だったのかな。あの頭の真ン中のツルツル光っている処を、鉄《かな》鎚《づち》でコツンとやっても構わないのかな……なぞと、ボンヤリ考えていた。

叔父は毎朝八時半頃から店に出て来た。そうして肥《ふと》った身体を自分の椅子に詰め込んで、新聞を読んだり、手紙を書いたりしたあとは、入れ代り立ち代り電話をかけて来るお客や、店に押しかけてくる椋鳥連《むくどりれん》に向って、トテモ景気のいい……その癖、子供の私が聞いても冷汗の出るような嘘八百を並べては高笑いをするのが仕事の大部分であった。十分ばかり前に来たお客にむりやりに売らせた品物を、その次に来たお客に、押しつけて買わせているような事などショッチュウであった。そのお客というのは叔父が毎晩行く飯屋だの、宿屋だのまたは停車場の待合室や、旅行中の汽車で知り合いになった連中が大部分で、その中でも一番よけいに来るのは、叔父の上花客《じょうとくい》になっている田舎の田地持ちである事が、言葉の端々でよくわかった。中には叔父と花を引いて負けた金の埋め合せをしに来る馬鹿者

も、チョイチョイ交っているようであったが、そんなのに対しては、特別に景気のいい話と高笑いを浴びせかけて、取っときの知恵を授けているかのように装った。しかし、そんな連中がいなくなったあとの叔父は、今まで放送し続けていた陽気な笑い声をピッタリと止めて、打って変った無口な、日陰の石塔を見るような冷たい人間になってしまうので、一層悪魔らしい感じがした。それにつれて二人の店員も、私も同じように無言のまま、その眼色を見て仕事をしなければならなかったので、お客のいない間の店の中はまるで秘密の倶楽部《くらぶ》か何ぞのように、陰気な静けさで充《み》たされていた。

私はそこで給仕同様にコキ使われながら夜学校に通わされる一方に、毎日毎日相場の事ばかり見せられたり聞かされたりした。そのうちにいつからともなく相場の種類や、上り下りの理屈や、馳け引きのうらおもてなどが解って来るに連れて、世の中に相場ぐらい詰らない面白くないものはない……とシミジミに思うようになった。けれどもまたそんなものに引きずられて、血眼《ちまなこ》になっている人間を見るのは非常に面白かった。前にも書いたとおり叔父は大変な嘘つきで、よくお客に中華民国の暦と米相場の高低表を並べて見せて、この日は仏滅だからこの株が下った。この時は日柄が三リンボーだったけれども虎の日の友引きだったから、この株とこの株が後場になって盛り返したのだ。元来この「友引き」とか「先負け」とかいう日取りの組合わせは聖徳太子の御研究で、人気の移りかわって行く順序をあらわしたものです……この相場の高低表と見比べて御覧なさい。一目瞭然《りょうぜん》でしょう……現にこの時にいくら儲《もう》けて……なぞと真面目腐って講釈をしていた。しかもその暦をよく見ると、いい運勢とわるい運勢とが同じ日に幾つも重なり合っていて、相場が上っても下っても理屈がつくようになっているのであったが、それを真剣になって聞いている素人のお客を見ると、トテモ滑稽《こっけい》で気の毒でしょうがなかった。同時に叔父の口先のうまいのにいつも感心させられた。

こうして十六の年に簿記の夜学校を出ると、私は店の電話機の横に机を一個貰って、各地から来る場況や出来をきく役目を言いつかった。同時に今まで毎晩私と一緒に寝ていた帳簿方が結婚をして家を持ったので、私が常設の宿直になった。午後四時から五時の間に叔父や店の者が相前後して店を引けて行くと、私は表を閉めて閂《かんぬき》を入れて後を掃除した。それから翌朝の六時か七時に起きて、近所の出前屋が配達する弁当を喰《く》って、表に水を打って掃除を済まして、詰襟の洋服に着かえるまでの間に、私は小遣銭の許す範囲で古雑誌を買ったり、貸本を取り寄せたりして、いろんな空想を湧かしつつ読み耽《ふけ》った。その中でも特に私の興味を惹《ひ》いたのは「悪」の字を取り扱った小説や講談で、悪党とか、悪魔とか名づけられる人物や、そんな思想を取り入れた読みものは何故だかわからないまま奇妙に惹きつけられて読まされた。皮肉と冷笑とで、あらゆるものを堕落させて行くメフィストフェレスや、人間の尊い血と涙を片っ端から溝泥《どぶどろ》の中に踏み込んで、見返りもせずに闊歩《かっぽ》して行く、ドリアングレーなぞという代表的な連中は、もう親友以上に心安くなって、スッカリ悪魔通になってしまったので、そんな連中に比べると、ケチな椋鳥《むくどり》を引っかけて身代をハタカせるのを唯一の楽しみにしている叔父なぞは、オッチョコチョイの木っ葉悪魔ぐらいにしか見えなくなって来た。

……この世にはもっとスバラシイ、偉大な悪魔が実在していないものか知らん……あの叔父のスベスベした脳天へ、鍛冶屋《かじや》の鉄鎚を天降らせるか何かしたら、私は差し詰め悪魔以上の人間になれる訳だけど、しかし、一方から見るとそれは立派な親孝行にもなるのだから何にもならない。……第一私にはそんな悪魔になり得るだけの力と度胸がないから駄目だ。……ああ悪魔になりたい。そうしたらドンナにか面白いだろうにナア……

なぞとどとんでもない事を考えたりした。そうかと思うと、あの大東汽船の美人画のポスターを、自分でも知らない間に二階に持って来て暗い壁に貼りつけて置いたものを、窓越しに向い合っているような気持ちで飽かず飽かず眺めたり、それを女主人公にしてさまざまの甘ったるいローマンスを描いたり、または、読んだ小説の中の可憐《かれん》な少女に当てはめて同情したりして楽しんだ。

時たま活動を見に行く事もあったが、その時は、隣家の店にいる泊り込みの小使い爺《じい》さんに留守を頼んで、表から南京錠《なんきんじょう》をかけて行った。

叔父は着物と弁当以外に、毎月十円ずつくれた。私の得意は簿記よりも電話であった。

叔父に電話をかけて来るお客の声を、モシモシのモの字一字で聞き分けたり、受話機の外し工合で男か女かを察したり、両方から一時に混線して来た用向きを別々に聞き分けて飲み込んだりするくらいの事はお茶の子サイサイであった。世間の人間はみんな嘘を吐《つ》くけれども、電話だけは決して嘘を伝えない。自分の持っている電気の作用をどこまでも、正直に霊妙にあらわして行くもの……と言うような、一種の生意気な哲学めいた懐かしみさえおぼえた。殊に電話は、あらゆる明敏な感覚を名探偵のように、時々思いもかけぬ報道をしてくれるので面白くてしょうがなかった。それは誰に話しても本当にしてくれまいと思われる電話の魔力であった。

受話機を耳に当てる瞬間に私の聴覚は、何里、もしくは何百里の針金を伝って、直接に先方の電話機の在る処まで延びて行くのであった。その途中からいろんな雑音が入って来ると、このジイジイという音はこちらのF交換局の市外線の故障だ……あのガーガーと言う響きは大阪の共電式の電話機と、中断台との間に起っているのだ……というようなことが、経験を積むにつれて、手に取るように解って来た。その都度にそこの交換局の監督や、主事を呼び出して注意をしたり、手厳しく遣《や》っ付けたりするのが愉快で愉快でたまらなかった。またそれにつれて、各地の交換手の癖や訛《なまり》なぞは勿論《もちろん》、その局の交換手に対する訓練方針の欠点まで呑《の》み込むと同時に、電線に感ずる各地の天候、アースの出工合、空中電気の有無まで通話の最中に感じられるようになった。電話口に向った時の頬や、唇や、鼻の頭、睫《まつげ》なぞの、電流に対する微妙な感じによって雨や風を半日ぐらい前に予知する事も珍しくなかった。

そのうちでも面白かったのは相場の上り下りの予感が電話で来る事であった。

大阪の株式や米の相場なぞは、毎日青木という店から予約電話を通じて、前後数回に分けて知らせて来るので、その時分にそんな贅沢《ぜいたく》な真似をしているのは一軒隣りの「山長」という大商店と叔父《おじ》の処だけであった。叔父はそれがまた、大得意で、来るお客毎に吹聴《ふいちょう》しては店の信用を裏書きする材料にしていたが、何しろ距離が遠いのと雑音が烈しいのとで、並大抵の耳では相手が読む数字を聴き取れないのを、私の鼓膜は雑作なしにハッキリと受け入れた。のみならず私の聴神経はもっと遠い処から来るほかの音響までも、同時に聴こうとしているのであった。

大阪の青木という店は取引所のすぐ近くにあるらしく、表の窓や扉が密閉されていない限り、店の中の物音と往来の騒音とが、相場の読み声と一緒に送話機から入って来た。各地の天候が好晴で電話がスッキリとした日には、立ち合いの物音や呼び声らしいドヨメキまでも聞えることがあった。勿論それは複雑を極めた雑音の奥の奥から伝わる波動で、音響とは感じられない程度の感じであったが、そんな物音と、青木の店員が一息に吹き込む場況とを重ね合わせて聞きながら、上り下りの数字を鉛筆で書き止めて行くと、その瞬間瞬間に、そんな米や株の景気に対するいろいろな予感が理屈なしにピンピンと私の頭に感じて来た。この株は上るな……と思うと持っている鉛筆に力が籠《こ》もった。下るな……と感ずると字の力が抜けるくらいにまで敏感になって来た。その予感を後から配達して来る夕刊の相場面と照し合わせて見ると一々的中しているので、面白くてしょうがなかった。的中していないのはF市の新聞社の誤植である事を翌る日の正午に来る大阪の新聞で発見した事も珍しくない。

けれども私はこうした予感を叔父に知らせた事はなかった。知らせても滅多に信じない事はわかり切っていたし、第一面倒臭くもあったので、ただ数字の控だけを恭《うやうや》しく手渡しすると、叔父は一眼でツラリと見渡して私に返した。それを私は、電話の横にかかったボールドにチョークで書き直すのであったが、それを見ながら叔父は腹の中でいろんな奸策《かんさく》を立て直しつつ、お客の株を売ったり買ったりして、悪銭をカスッている事が私によくわかった。あんなに苦心して危険な銭を摑《つか》んで、火の車に油を指し指しして行くのがこの叔父の一生かと思うと、いつも薄笑いが腹の底から浮かび上って来た。いっその事、死んだ親父の遺言どおりに、この叔父の禿《は》げた脳天をタタキ破った方が功徳になりはしまいか……なぞと考えた事もあった。

けれども店を仕舞うと同時に、私はそんな事をキレイに忘れてしまうのが常であった。そうして鼻歌を唄《うた》い唄い二階に上って、煙草の烟《けむり》と、小説と雑誌と、キネマの筋書の世界に寝ころんだ。活動も時々見た。

私は十円に満足していた。

ところが、こうした私の電話に対する特別の能力が、とうとう外に顕《あら》われる時機が来た。

それは私が十七の年であったと思うから大正十年頃の事である。青木の店員が一気に読み上げる前場の数字のうちで、製糖関係の株が一斉に二分乃至《ないし》五分方の暴落をしているのにビックリしながら鉛筆を走らせていると、どこから混線して来たものか、以前の調子を聞き覚えていた叔父の知人で、大阪随一の相場新聞〝浪華朝報社〟の主筆をやっている猪《いの》股《また》という男の言葉が切れ切れに響いて来た。

「買え買え。きょうの後場はもっと下るかも知れないが構わずに買え……外電のキューバ島の空前の大豊作は嘘だ……」

私はこの意味がちょっと解らなかった。ただ、この頃、製糖会社の株をシコタマ背負い込んでいる叔父がどんな顔をするだろうと思いながら、そんな株の暴落した数字を心持ち大きく書いて示すと、叔父はいつものとおりに一渡り見まわしながら、何喰わぬ顔をしてゴクリと唾《つば》を飲み込んだ。この調子で行くと叔父は破産に近い打撃を受けるであろう事が、その石みたいに冷え切った表情で察しられた。

けれどもその表情をジット凝視しながら、机の端を平手で撫《な》でていると、何故ともなく私の頭の中で或《あ》る暗示が電光のように閃《ひら》めいたので、私は思わず鉛筆を取り上げて叔父が眼を落している机の上の便箋《びんせん》にこう書いた。

「今朝の各新聞に出ているキューバ糖の大豊作の予想は虚報だと思います。浪華朝報社では、キューバ糖が、何者かに依って大仕掛けに買い占められつつある事を探知しているようです。浪華朝報社の相場主任猪股氏はきょうの後場で買いにまわっている事が、たった今電話の混線で……」

ここまで書いた時叔父は、私の手をピッタリと押えた。茫然《ぼうぜん》と血の気を失ったまま、素焼の瀬戸物みたいな表情で私の顔を見た。そうしてブルブルとふるえる手で、その便箋の一枚を摑んで空間を睨《にら》みつつ、腰を浮かしかけたが、また、ドッカと椅子に腰を下して冥《めい》目《もく》一番したと思うと、今度は猛虎のように決然として立ち上って、摑みかかるように私を押し除《の》けると自分自身で電話口へしがみついた。各地の銀行や仲買店を次から次に汗だくで呼び出しつつ、資力の続く限り製糖株を買いまわった。そうして店の者が呆《あき》れた眼を瞠《みは》っている中をフラフラと取引所へ出て行って、その日の後場でメチャメチャに暴落した製糖株を買って買って買いまくった。人々は叔父が発狂したと言っていたそうである。けれども、それから中一日置いてあくる日の前場の引け頃になると、取引所の中に一騒動が起った。叔父は寄ってたかって胴上げにされて、ほうほうの体《てい》で店の中に逃げ込んで来た。そのあとから「万歳、万歳」という声が大波のように雪崩《なだ》れ込んで、店の中から表の往来まで一パイの人になった。私は私でそのさなかに電話口に突立って、八方からかかって来る吉報にてんてこまいをしなければならなかった。

「……米国某新聞系大手筋のキューバ糖大買占め……紐育《ニューヨーク》の砂糖一躍暴騰して、砂糖節約デーの実施運動起る……」

という国際電報が掲載されたのはその翌日の夕刊のことであった。

叔父は一躍して相場師仲間の大立物になった。出入りするお客の数は三倍ぐらいになった。田舎の出米の相場を直接に聞くようになったために電話の忙しさは数倍に達した。けれども叔父は電話機も殖《ふ》やさなければ店も拡張しなかった。ただ私の手当てを一躍五十円に引き上げたほかに、私がトックの昔に忘れていた親孝行に対する新聞社の同情金を叔父が保管していたものが、元利合計二百何円何十何銭かになっていたので、プラチナの腕時計を一個買って下げ渡してくれただけであった。

しかし叔父はそれから後、私に電話以外の用事を絶対に言いつけなくなった。新しく通勤の給仕を一人置いて今までの私の雑務を引き継がせると同時に、各地方の相場を聞く私の態度にすこしも眼を離さぬようになった。電話で伝わって来る相場に限って私が持っている……それこそ悪魔のような敏感さを、叔父がズンズン理解し始めている事が、私にまたズンズン感じられた。

「きょうはトテモ線がわるいんです。広島か岡山あたりで大雪が降って断線しそうになっているんです。きょうの後場の大阪電話はこの調子だと来ないかも知れません」

と言っても叔父は以前のように「千里眼だ」なぞ言って冷笑しなくなった。

「オーイ、大新が落ちているぞ——ォ。大新はいくらだア」

と私が大阪に怒鳴る時、叔父もその日の株界の興味の中心が、その株の上り下りに在る事を知って、熱心に注目している視線が、私の横頰に生あたたかく感じられるくらいにまで、二人の気持ちがピッタリとなって来た。

私は相場の書き取りを叔父に見せる時に、叔父が指で押える株の上り下りを眼顔で知らせた。上り下りの見当がつかないのはチョット頭を振った。また、客から売り買いの相談をかけられた時に、チラリと私の方を見ると、私は左右の眼を閉じたり開いたりして合図をした。その合図を叔父が取り違えると頭を掻《か》いて訂正した。

こうした相場の上り下りに対する私の予感は夏冬の寒暖の変化や天候の工合なぞによって、余計に来る時と来ない時があった。電線の調子の良し悪しや、先方の読み方の上手下手に依《よ》っても違ったが、それでもこの予感のおかげで叔父の身代はメキメキと殖えて行った。何でも二、三年の間に一千万円近くに達したとの事だが、叔父はそれを全部、大阪中の島の浜村銀行に預けているらしかった……と言うのはある時、同銀行の支配人で井田という大阪弁丸出しの巨漢《おおおとこ》がこの事務所を訪れて、事務員や私にまでピョコピョコ頭を下げまわったのに対して、赤ん坊くらいにしか見えない叔父が反《そ》り身になりながら、こんな事を言ったので察しられる。

「僕は何でも相場式に行かなくちゃ気がすまない性分でね。儲《もう》けた金を方々の銀行にチョクチョク入れて、頭かくして尻《しり》かくさず式の安全第一を計るようなケチな真似はしないよ。大阪一流の浜村銀行が潰《つぶ》れた時に、日本中で店を閉めたのはこの薄キタナイ「善《かねぜん》の事務所一軒だけと言う事がわかれば、相場師としてこれ以上の名誉はないじゃないか。ハッハッハッハッハッ」

この財産と共に、叔父《おじ》の肉体もまた、いよいよ丸々と脂切って、陽気な色彩を放って来た。その頭はますます禿げ上った。叔父はそれを撫で上げ撫で上げ人と話した。

私はそれと正反対にますます青白く痩《や》せこけて行った。そうして黒い髪毛ばかりが房々と波打って幽霊のように延びて行ったが、それを両手で摑んだり引っぱったりして、何とも言えない微妙な手ざわりを楽しみつつ、金口の煙草を吸って、小説や雑誌を読むのが私の無上の楽しみであった。私にとっては恋なぞ言うものは、空想の世界の出来事に過ぎなかった。または、錯覚と誇張で性欲を飾ろうとする一種の芝居としか、考えられなかった。私の初恋とも言えるであろう、かの大東汽船の美人画に向って微笑し合っているうちに、時折り思い出したように感ずる胸のトキメキ以外には、本当の恋が存在しようなぞと夢にも思わなかった。私は純然たるなまけものになった。

一方に私の俸給はグングンとセリ上って、とうとう二百五十円まで漕《こ》ぎつけた。叔父はそれを私独特の「相場の予感に対する口止料」であるかのように言い聞かせていたが、実は私という福の神に投げ与えるきわめて安価な足止め料に相違なかった。もっともそのおかげで、私は汚ない二階に寝ころんだまま、煙草と、弁当と、書物の三道楽に憂き身をやつし得るありがたい身分になったわけであるが、同時にその道楽の結果として、自分の頭と、胃袋と、肉体とが日に日に頽廃《たいはい》して行く有様を自分でジッと凝視《みつ》めていなければならなくなったのには、少々悲観させられた。煙草はマドロスパイプを使う舶来の鑵入りでなければ吸えないようになった。弁当は香料の利《き》いた、脂濃い洋食か支那料理に限られて来た。小説もアクドイ翻訳ものか好色本のたぐいでなければ手にしなくなったが、しまいにはそれさえも飽きて来て、神経の切れ端を並べたような新体詩や、近代画ばかり買うようになった。それでも余った札束や銀貨の棒は、片っ端から押入れの隅にある本箱の抽出《ひきだ》しに投げ込んだ。

しかし遂にはそんな書物を買いに行く事すら、面倒臭くなった。苦辛い胃散の味を荒れた舌に沁《し》み込ませながら、破れ畳の上に寝ころんで、そこいらの壁や襖《ふすま》の落書の文句や絵に含まれている異様に露骨な熱情や、拙劣な技巧によって痛切に表現されている心的な波動を、宇宙間無上の芸術でもあるかのように、飽かず飽かず眺めまわしつつ、あらん限りの空想や妄想を逞《たくま》しくする時間が増えて来た。私は自分の肉体と精神の弾力が、日に日にダラケて消え失せて行くのを感じた。しまいには壁の美人画の永久に若い、生き生きした微笑から、一種の圧迫を感ずるくらいにまで神経が弱って行った。……私は近いうちに死ぬかも知れない。病気にかかるか、それともキチガイになるか、自殺するかして……と言うような薄暗い予感に襲われ始めたのはこの頃からの事であった。叔父はこうして私を衰滅させるためにヤケに給料を増やしているのではないか知らん。もしそうならば構う事はない。死にがけに叔父の頭を鉄鎚《かなづち》でなぐってお礼を言ってやろう……なぞと真面目に考えたりした。

そのうちに叔父は満五十歳になった。私は二十歳になった。

叔父が独身者である事を、私が初めて知ったのはこの頃の事であった。

二十歳になるまで七、八年間も一緒にいた叔父が、独身者かどうか気づかなかったと言ったら、笑う人があるかも知れない。しかしこれは私の正真正銘のことであった。私はそれほど左様《さよう》に実世間とかけ離れた世界に生きている人間であった。私は私の神経が、実世間のいかなる問題に触れても、すぐに縮み込むほどに鋭いものであることをよく知っていた。私は現実の世界に在る太陽や、草木や、土や風なぞ言うものが、空想の世界にあらわれる太陽や草木風景なぞよりも遥かに単調子な、平凡な、荒々しいものであることを知り過ぎるくらい知っていた。同様に、金とか、女とか言うものも実際に手に取ってみると存外下らない、飽き飽きしたものである上に、そんなものに対する欲望を持続して行くためには実に馬鹿馬鹿しい、たまらないほど夥《おびただ》しい苦労を続けなければならぬであろうことを考えるだけでもウンザリした。私は現実の一切に諦《あき》らめをつけて、空想の世界に寝ころんでいるのが、私に一番似合い相当した生活であると信じていた。

だから私はこの数年の間に、叔父の自宅らしい処から一遍も電話がかからないのを多少不思議に思いつつも、それについて探偵してみようなぞ言う勇気を起した事はなかった。

一方に月給を取る器械みたような店員たちも、この事に就いて私と雑談するような事は絶無であった。

しかるに……。

忘れもしない去年（大正十三年）の八月の初めの珍しくドンヨリと曇った午後の事であった。店を仕舞ってから給仕に窓や扉《と》を明け放させたまま、電話の前の自分の机に寄りかかって、ずっと以前に読みさしたまま忘れていた翻訳物の探偵小説を読んでいると、肩の処で突然に電話のベルが鳴った。

私は読みさしの小説の中の事件を頭の中で渦巻かせながら立ち上って、受話機を耳に当てると、今までに一度も聞いた事のない、水々しい魅力を持った若い女の声が響いて来たので、私は思わず、顔に蔽《おお》いかかった髪毛を撫《な》で上げた。私は、本能的に全神経を耳に集中した。

「モシモシ……あなたは四千四百三番でいらっしゃいますか」

「そうです……あなたは……」

「……あの……児島はもう帰りましたでしょうか」

「ハイ。主人は今しがた帰りました。失礼ですがあなたは……」

「あの……あなたは……失礼ですけど……愛太郎さんでいらっしゃいますか……」

「ハイ……児島愛太郎です……あなたは……」

「……オホホホホホホホ……」

……受話機のかかる音がした。

私も受話機をかけたが、そのまま電話口のニッケル・カヴァーを見つめてボンヤリと突立っていた。私の電話に対する敏感さをスッカリ面喰《めんく》らわされてしまったまま……。

……千万長者の叔父を呼び棄てにする若い女が一人いる……その女は私の名前を知っている……否《いや》、もっともっと詳しく私について知っているらしい口ぶりである。……そうして何がなしに一寸《ちょっと》冷やかして見ようぐらいの考えで、私を電話口に呼び出してみたものらしい……。

という感じだけが、私の脳髄の中心にキリキリと渦巻き残ったまま……。

私は小説の続きも何も忘れて、表の窓や扉をヤケに手荒く締めると、暗い階子《はしご》段《だん》を二階に上って、蝿の糞《ふん》で真白になった電球の下に仰向けに寝ころんだ。

「ホホホホホホホホ」

という……冷笑とも、皮肉とも、媚《こ》びともつかぬ透きとおった笑い声を、いつまでもいつまでも耳の中で聞き味いつつ、室中《へや》が真白になるまでネーヴィカットの煙を吹き出していた。

その翌《あく》る朝、いつもより早く起きた私は、まだ開店まで一時間以上もあると思い、寝巻のまま叔父の椅子に腰をかけて、投げ込まれた新聞を読んでいると、思いがけなく店の前に大きな自動車が停まって、白いダブダブの詰襟を着たパナマ帽の叔父が、一人の令嬢の手を引いてニコニコしながら入って来た。

それは二階の美人画とは全然正反対の風付きをした少女であったが、それでいてF市界隈《わい》はおろか、東京あたりでも滅多にいないシャンであろうことが、世間狭い私にも容易にうなずかれた。小男の叔父よりもすこし背が低くて、二重まぶたの大きな眼が純然たる茶色で、眉《まゆ》が非常に細長くて、まん丸い顔の下に今一つ丸まっちい腮《あご》が重なっていた。縮《ち》らした前髪を眉の上で剪《き》り揃えたあとを左右に真二つに分け、白い襟首の上にグルグル捲《ま》きを作って、大きな、色のいい、翡翠《ひすい》のピンで止めたアンバイは支那婦人ソックリの感じであった。小ぢんまりした身体には贅沢《ぜいたく》なものらしい透かし入りの白い襦袢《じゅばん》と、ヴェールのように薄い、黒地の刺繍《ししゅう》入りの着物を着込んで、その上から上品な銀色の帯と、血のように真赤な帯締めをキリキリと締めていたが、それが小さな白足袋《たび》に大きなスリッパを突っかけながら、叔父の陰に寄り添ってオズオズと私の前に進んで来た時は、どう見ても大富豪の一人娘か何かで、十六か七ぐらいのろうたけた令嬢としか見えなかった。

私は新聞を手に持って、椅子に腰をかけたまま、唖然《あぜん》としてその姿を見上げ見下した。敏感な私の神経はこの令嬢が昨日、電話で私に笑いかけた声の主である事を、とっくの昔に直覚していたのであったが、しかも、そうした私の直覚と、眼の前にしおらしく伏し眼になって羞恥《はにか》んでいる美少女の姿とは、どう考えても一緒にならないのであった。もししたら私の直覚が、今度に限って間違っているのではなかろうか……なぞと一人で面喰っている間に叔父《おじ》は帽子を脱いで汗を拭《ふ》き拭き、反り身になって二人を紹介した。

「これは俺の拾い物だよ。お前の従妹《いとこ》で俺の姪《めい》なんだ。俺たちには、もう一人トヨ子という腹違いの妹があったんだが、俺達の両親も、お前の死んだ親父もそれを隠していたらしいんだ。そのトヨ子……つまりお前の叔母《おば》さんだね……それが生み残したのがこの友丸伊《ともまるい》奈子《なこ》という娘で、早くから母に別れていろいろと苦労をしたあげく、長崎の毛唐の病院の看護婦をしていたんだが、俺の名前が時々新聞に出るようになったもんだから、もしやと思って、昨日わざわざ長崎から尋ねて来たんだ……いいか……これが昨日話した愛太郎だ。お前たちは、ほかに肉親《しんみ》の者がいないからホントウの兄妹みたようなもんだ。ハハハハハ」

二人は叔父の笑い声の前で椅子から立ち上って「どうぞよろしく」と挨拶《あいさつ》を交した。私は内心気味わる気味わると……彼女は上品に、つつましく……。

叔父はそれから如何《いか》にも得意そうに、脂肪でピカピカ光る顔を撫でまわしながら、伊奈子の母親に関するローマンスを話し始めた。それは……。

……伊奈子が七歳の時であった。K市の富豪友丸家の第二夫人で、まだ若くて美しかった彼女の母親は、伊奈子も誰も知らない正体不明の情夫から夫を毒殺された後に、自分自身もその男から受けた梅毒に脳を犯されて発狂してしまった。そうしていろいろな事を口走り始めたので、その罪の発覚を恐れたらしい情夫は、ある真暗い晩に病室に忍び込んで、枕元の西洋手拭で絞殺すると同時に、一緒に寝ていた伊奈子を誘拐して行った事がその頃の新聞に出ていた。あとの財産はどうなったか解らないが、多分親類たちが勝手に処分したものらしく、正体不明の犯人も、いまだに正体不明のままになっている……。

というようなかなりモノスゴイ筋であった。叔父も一所懸命に力瘤《こぶ》を入れて喋舌《しゃべ》っているようであったが、しかし、私はちっとも傾聴していなかった。それはシナリオや小説を飽きるほど読んでいる私の耳には、頗《すこぶ》るまずい、取ってつけたような話としか響かなかったので、強いて想像を逞《たくま》しくすれば……その美しい第二夫人というのは私の実の母親の事ではないか。そうして正体不明の情夫の正体は取りも直さず叔父自身ではないか。叔父はそうした旧悪に対する一種の自白心理を利用して私たちを誤魔化そうと試みているので、友丸伊奈子と私とはその実、タネ違いの兄妹とも、従兄妹《いとこ》同士ともつかぬ異様な間柄になっているのではないか……と疑えば疑い得る筋がないでもないぐらいの事であった。

しかしそのうちにフト気がついて、叔父の斜めうしろに坐《すわ》っている伊奈子の様子を見ると、こうした私の忌しい疑いも無用である事がわかった。彼女は如何にもつつましやかな態度で、うつむきながら聞いているにはいたが、しかし内心は飽き飽きしているらしく、叔父の話が自分たち母子《おやこ》とまったく無関係である事を、特に私にだけコッソリ知らせたがっている気持ちが、その溜め息のし工合いや、白い絹ハンカチの弄《もてあそ》びようだけでもアリアリと察しられたので、私は何故かしらホッと安心させられたように思った。そうしてあとには大袈裟《げさ》な身ぶりを入れて喋舌っている叔父の、滑稽《こっけい》なくらい真剣な表情だけが印象に残ってしまった。

「……だから……おれは近いうちに、伊奈子と二人で家を借りて住むつもりだ。今までみたいに待合にばかり泊っていちゃ、伊奈子のためにならないからナ。ハハハハハ」

叔父はお終《しま》いに、こう言って笑いながら壁に掛けたパナマ帽子の方へ手を伸ばした。すると……その瞬間に、さすがの私もハッとさせられた事が起った。それは今の今までつつましやかに、うつむいていた伊奈子が大きな眼で上眼づかいに見て、頬をポッと染めながらニッコリと笑って見せたからであった。しかも、その眼つきや口元の表情が、ほんのチョットの間ではあったが、二階の美人画の表情以上に熱烈深刻な意味で、

「あたしは、あなたが大好きよ……」

と言ったように思えたので、私は思わず釣り込まれながらニッコリと微笑を返してしまったのであった。……が……しかし……そのあとで眼を閉じて、ゴックリと冷たい唾液《つば》を呑《の》み込むと、その刹那《せつな》に彼女のすべてが電光のように私の頭の中へ閃《ひら》めき込んだので、私は今一度ギョッとさせられない訳に行かなかった。

……驚いた……驚いた……この女はウッカリすると俺よりも年上だ。のみならず処女でもなければ令嬢でもない……叔父の妾《めかけ》になりに来た女なのだ。……しかも、今まで読んだ小説の中にも滅多に出て来た事のないタイプの妖婦《ようふ》で、叔父から俺の事を聞くとすぐに、電話をかけて笑ってみたものらしい……チョット俺を面喰らわして、丸め込むキッカケを作って置こうぐらいの考えで……大変な阿魔《あま》ッチョだぞ。こいつは……。

私はこう思いながら頭を上げた。昨日から持ち続けていた興味が見る見る醒《さ》めて行くのを感じつつ、改めて伊奈子を見たが、その時にはもう彼女は鵜《う》の毛で突いたほどもスキのない無垢《むく》の処女らしい態度にかわって、つつましやかに眼を伏せているのであった。しかし何も知らない叔父は、如何にも二人の叔父らしい気取った身ぶりで、買い立てらしいパナマ帽を大切そうに頭に載せながら伊奈子を連れて出て行った。その自動車が店の前を辷《すべ》り出すのを見送りながら、私は思わず薄笑いをした。

……阿婆摺《あばず》れめ……来るならこい……と思って……。

けれども伊奈子はそれきり、私にチョッカイを出さなかった。私はまた、平和に二階で寝ころんだ。

それから後、伊奈子が叔父を操った手腕は実に眼ざましいものがあった。

伊奈子はまず叔父に家を買わせた。それも普通の家ではないので、F市街の公園の入口に在る檜御殿《ひのきごてん》と呼ばれた××教の教会堂が、先年の不敬事件に関する信者の大検挙以来、空屋同然になっていたのを自分の名前で買い取らせて、見事な住宅の形に手を入れさせたもので、そこに素敵な自動車や、大勢の女中を雇い込んで女王のように奉仕させた。同時に叔父の待合入りをピッタリと差し止めたので、私はその当時、八方の待合からかかって来る電話を聞かされてウンザリさせられたものであった。あんまり五月蠅《うるさい》ので、あるとき、

「……叔父さん。いくら僕が電話好きでもこれじゃトテモやり切れませんよ。すみませんが彼家《あすこ》にも電話を引いて下さいナ」

と哀願してみたら、叔父は怫然《ふつぜん》として、

「馬鹿野郎……あの家に電話を取って堪《たま》るか……折角ノンビリと気保養している時間を、外から勝手に搔《か》き廻《まわ》されるじゃないか」とか何とか一ペンに跳ねつけられてしまったので、いよいよガッカリ、グンニャリした事もあった。

ところが不思議なことに、それから二月ばかりも経つと、叔父は前よりも一層盛んに待

合入りを始めるようになった。店の仕事も私に代理させる事が多くなった。おまけに今まで一滴も口にしなかった酒を飲むようになって、時々は伊奈子が作ったというカクテールの瓶を店まで持ち込んで来る事すらあるようになった。無論それ等のすべては皆、彼女の手管《てくだ》に違いなかったので、彼女はこうして叔父を翻弄《ほんろう》しつつ、その魂と肉体を一分刻みに……見る見るうちに亡ぼして行こうと試みている事がわかり切っていた。叔父もまた、それを充分に承知していながら、彼女のために甘んじて骨抜きにされて行くのが何とも言えず嬉《うれ》しくて、気持ちがよくてしょうがないと言う風で、つまり叔父は彼女に接してから後、一種の変態性欲である、マゾヒストの甘美な境界へズンズン陥って行きつつある……彼女の小さな赤い舌に全身の体液を吸い取られて、骨の髄までシャブリ上げられたら、どんなにかいい心持ちであろう……と言うような、たまらない欲望に憧《あこが》れつつある……そうして伊奈子のスゴ腕にかかって、自分の生命も財産も根こそぎ奪い去られるであろうドタン場を眼の前に夢想しつつ、スバラシイ加速度で生活状態を頽廃《たいはい》させて行きつつある……という叔父の心理状態が、カクテールを入れた魔法瓶の栓を抜く刹那の憂鬱《ゆううつ》を極めた表情を見ただけでも、明らかに察しられるのであった。

しかし、同時に、そうした叔父の態度や表情を、毎日見せつけられて行くうちに、私はフト妙な事を考え始めたのであった。……彼女のそうした計画を、そのギリギリ決着の処で引っくり返して遣《や》ったら、どんなにか面白いだろう……と……。そうするとその考えが、見る見るうちに言い知れぬ魅力をもって私の頭の中に渦巻き拡がって行くのを、私はどうする事も出来なくなったのであった。

私はいつの間にか新聞も小説も読まなくなって、二階の万年床に引っくり返りながら、葉巻ばかり吹かせるようになっている事に気がついた。今までは架空の小説ばかり読んでいたのが、今度は、自分自身で怪奇小説の中に飛び込んで、名探偵式の活躍を演出しなければならぬ役廻りになって来た事を、ある必然的な運命の摂理ででもあるかのように繰り返し繰り返し考えた。そうするとその都度に胸が微《かす》かにドキドキして、顔がポーッと火熱《ほて》るような気がしたのは今から考えても不思議な現象であった。

私は叔父《おじ》の財産を惜しいとも思わなければ、伊奈子の辣腕《らつわん》を憎む気にもなれなかった。あの真赤に肥った、脂肪《あぶら》光りに光っている叔父の財産が、小さな女の白い手で音もなくスッと奪い去られる。……あとで叔父がポカンとなって尻餅《しりもち》を突いている……という図はむしろ私に取って小説や活動以上に痛快な観物《みもの》に違いなかった。私は空想の世界でしか実現し得ない事を、彼女が現実世界でテキパキと実現して行く腕前の凄《すご》さに敬服する気持ちさえも、私の心の底に湧いて来るのであった。

けれども、今一歩進んでその伊奈子が腕に縒《より》をかけた計画を、その終極点のギリギリの処で引っくり返したら伊奈子はどんな顔をするだろう。そうして開いた口が閉《ふさ》がらずにいる彼女に「天罰思い知れ」とか何とか言ういい加減な文句をタタキつけて、泥の中に蹴《け》たおして、手も足もズタズタに切れ、千切れるような眼に合わしたら、どんなにかいい心持ちだろう。こう思うと私の身体の方々が、不可思議な快感でズキズキして来るように感じた。

私はそれから毎日毎日その計画ばかり考えていた。けれども残念なことに、そうしたいろんな計画が、天井に吹き上げる煙草の烟《けむり》と共に数限りなく浮かんでは消え、消えては浮かんで行くうちに、私はいつも失望しないわけに行かなかった。私があらん限りの知恵を絞って作り上げた伊奈子タタキ潰《つぶ》しの計画は、表面上どんなに完全に見えていても、どこかに空想らしい弱点や欠点が潜んでいることを、後で考え直して行くうちにキット発見するのであった。言葉を換えて言えば伊奈子が叔父を陥れて行きつつある変態性欲の甘美世界から、コッソリと叔父を救い出す方法が発見されない限り……または、伊奈子がその妖婦的な性格をスッカリなくして、初恋と同様の純真さをもって私に打ち込んで来ない限り、私の計画は絶対に、実行不可能と言ってよかった。

こうして伊奈子を血塗《まみ》れにして、七転八倒させつつ冷笑していようと言う私の計画は、私の頭の中でいくつもいくつもシャボン玉のように完成しては、片っ端から、何の他愛もなく瓦解《がかい》幻滅して行った。そうしてそのたんびに、

「ホホホホホホホホ」

と笑う伊奈子の声を幻覚するのであった。

十一月に入ると間もなく、私は今までにない寒さを感じ始めたので、高価《たか》い工賃を払って昼間線を取って、上等の電気炬燵《ごたつ》を一個、敷き放しの寝床の中に入れた。そうしてその日は仕事の始末をソコソコにして潜り込んでみるとその暖かくて気持ちのいい事、身体中の血のめぐりがズンズンとよくなるのがわかるくらいで、私はツイ何もかも忘れてウトウト眠り始めたのであったが、間もなく階下でけたたましく電話のベルが鳴り出したようなので、私はまた渋々起き上った。眠い眼をこすりこすり狭い階段をよろめき降りて電話にかかって、

「オーイ、オーイ、オーイ……モシモシイ……モシモシイ……わかったよ、わかったよ。オーイ、オーイ、オーイ、オーイ、オーイ………」

といくら呼んでも頑強にベルを鳴らしていたが、やがてピタリと震動が止むと、

「オホホホホホホホホ」

という笑い声が、真っ先に聞えた。

「……あなた愛太郎さん。御無沙汰《ごぶさた》しました。叔父さんもう帰って?……」

「エエ……一時間ばかり前に……」

「あなた声が違うようね。お風邪でも召したの……」

「……寝ていたんです……」

「まあ……お昼寝……この寒いのに……」

「……エエ……まあそうです……」

「あたしあなたにお話したい事があるのよ……今から伺ってもいい？……」

「エエ……よござんす……キタナイ処ですよ」

「ええ。知ってますわ。誰もいないでしょう？」

「ええ……僕一人です。しかし……何の用ですか……」

「オホホホホホホ」

私は表の扉の閂《かんぬき》を外すとまた二階に上って、あたたかい夜具にもぐり込んだ。しかし不思議とこの時に限って、彼女に対する何等の期待も計画も浮かばなかった。ただ頭の底にコビリついている残りの睡《ねむ》たさを貪《むさぼ》りながら、いつの間にかグッスリと眠っているらしかったが、そのうちに小さな咳払《せきばら》いを耳にしてフッと眼を醒《さ》ますと間もなく、何とも言えない上品な香水の匂いが、悩ましい女の体臭と一緒にムーッと迫って来たので、一寸《ちょっと》の間狐に抓《つま》まれたような気持ちになった。そうしてよく眼をこすって見ると、私の枕元の暗い電《でん》燈《とう》の下に、青い天鵞絨《びろうど》のコートと黒狐の襟巻に包まれた彼女が、化粧を凝らした顔と、雪白のマンショーを浮き出さして、チンマリと坐《すわ》っているのであった。

「オホホホホホホ」

「…………」

彼女は私を一気に、空想の世界から現実の世界へ引っぱり出してしまった。私は、それから後、ほとんど毎日のように電話をかけて来る彼女の命令のままに、店を仕舞うとすぐに身じまいをして、隣の裏口から抜け出して、そこいらで待ち合わせては、彼女と肩を並べながら夜の街々を散歩するようになった。生まれて初めての背広を派手な格子縞《じま》で作らせられたのはその時であった。カンガルーとエナメルの高価《たか》い靴を買わされたのも同時であった。帽子もゴルフ用の鳥打や、ビバや、お釜帽《かまぼう》を次から次に冠《かぶ》らせられた。それにつれて本箱の抽出《ひきだ》しに突込んだままになっていた皺《しわ》苦茶《くちゃ》の紙幣や銀貨の棒がズンズンと減って行った。

×　×　×　×

私と彼女とが同じ家に入る事はほとんど稀《まれ》であった。彼女はF市内の到る処に在る密会の場所を知っているかのように、いつも意外千万な処へ私を引っぱり込むことが次第に私を驚かし始めた。牡蠣《かき》船だの、支那料理屋の二階だの、海岸の空《あき》別荘だの、煙草屋の裏座敷だの……その中でも特に舌を巻いたのは、まだ明るいうちに、或《あ》る大きな私立病院の玄関から、見舞人のような態度で上り込んで、奥の方に空いていた特等病室の藁《わら》蒲団《ぶとん》の上に落ち着いた時であった。その時に彼女は今までにない高い情熱に駆られたらしく、蠟《ろう》のように青褪《あおざ》めた顔から潤んだ眼を一パイに見開きつつ、白い歯を誇らしげに光らして見せたのであったが、そうした彼女の嬌態《きょうたい》を、ポケットに両手を突込んだまま見下しているうちに、私はフト、形容が出来ないヒイヤリとした気持ちになった。

……この女は、こうした思い切った遊戯の刺激によって、自分自身の美をあらゆる深刻な色彩に燃え立たせ得る術《すべ》を心得ている。そうして異性の弱点をあらゆる方向から蠱惑《こわく》しつつ、その生血を最後の一滴までも吸いつくすのを唯一の使命とし、無上の誇りとし、最高の愉楽と心得ている女である。

……叔父が彼女から逃げまわるようになったのも、こうした彼女のプライドに敵しかねたからである……。

……彼女は暗黒の現実世界に存在する底無しの陥穽《おとしあな》である……最も暗黒な……最も戦慄《せんりつ》すべき……。

……陥穽と知りつつ陥らずにはいられない……というような感じが、みるみるハッキリして来たので……。

……けれどもまた、一方に伊奈子には案外神経質な、用心深いところも、あるにはあった。彼女が私を引っぱり出してこんな事をして遊びまわるのは、叔父が待合に入浸っているか、また旅行している間に限っていたので、公園前の自宅に私を引っぱり込むような事は絶対にしなかった。伊奈子のそうした態度の中には、男の嫉妬というものが如何《いか》に恐ろしいかを知っている気持ちがハッキリと現われていた。多分彼女は叔父と関係する以前に、そんな問題でヒドク懲《こ》りさせられた経験があるらしいので、しかもその相手が西洋人ではなかったろうかと言う事までも同時に察せられたくらいであった。

ところが、彼女のこうした用心深さが物の見事に裏切られたのは、それから一か月と経たない時分の事であった。

それは十二月の初めの割合いあたたかい日であった。その前後の一週間ばかりと言うもの市場が頗《すこぶ》る閑散であったために、これぞという仕事もなく、午後四時過ぎになると店には叔父《おじ》と私と二人切りしかいないようになったが、その時に店のストーブの前で、カクテールを飲み飲みしていた叔父が突然、こんな事を言い出して私をヒヤリとさせた。

「お前はこの頃伊奈子と散歩を始めたそうだな……ウン……そりゃあいい事だ。俺も、セッカクお前にすすめようと思っていたところだ。大引けあとの電話は、大抵、明日の朝きいても間に合う事ばかりだからナ。しかし、あんまり夜更《よふ》かしをすると身体に触るぞ」

これを聞いた時にはさすがの私もどう返事をしていいか解らないまま固くなって叔父の顔を見た。けれど、その次の瞬間にはホット安心をすると同時に、また、それとはまったく違った意味で驚きの眼を瞠《みは》らせられたのであった。……そう言い言いまたも一杯傾けて、舌なめずりをしている叔父の横顔には、

……お前が何もかも知っている事を俺もよく知っているのだ。しかし俺はもう何とも言わない。伊奈子はお前の好き自由にしていい……

という意味の表情が、力なくほのめいていたからであった。……のみならず、その叔父独特の陽気な響きを喪《うしな》った声の中には、今までにない淋《さび》しい……如何にも親身の叔父らしい響きさえ籠《こも》っていた。そうして、そう思って見れば見るほど、叔父の横顔には、今までの悪魔らしい感じがなくなっているのに気がついて来た。この夏時分に比べると、驚くほど青白くなっている頬や瞼《まぶた》には、ヨボヨボの老人に見るようなタルミさえ出来ているのであった。

しかし、それかと言って今更のように叔父を憐《あわ》れむ気には毛頭なれない私であった。すぐに、もとの私に帰ると同時に、一種の冷たい微笑が湧いて来るのを押えつけながら、トボトボと店を出て行く叔父を見送って、平生《いつも》よりイクラカ丁寧に頭を下げただけであった。

……面白いな……まるでお伽噺《とぎばなし》か何ぞのように、小さな美しい悪魔が、大きな醜い悪魔をやっつけて、ただの人間になるまで去勢してしまっている。しかも、あんまりやっつけ過ぎたために、相手は平々凡々のお人好《よ》しを通り越して、何もかも悟りつくした、諦《あきら》め切った人間になってしまっている。叔父は彼女に対する愛着心を消耗しつくすと同時に、彼女の計画のすべてを覚《さと》ってしまいながら、それをどうする事も出来ない立場に自分自身がいる事をまで自覚してしまっている。

……しかし……こうなったら却《かえ》って彼女のために危険な事になりはしまいか。少なくとも彼女が叔父に対して警戒している方向は、とんでもない見当違いになってしまっているではないか……。

……面白いな……この結末がどうなるか……

と心の中で楽しみながら……。

その月の中頃の、或る天気のいい日曜の朝早くであった。伊奈子は大急ぎの口調で私に電話をかけたが、それは叔父が三日ばかりの予定で、その朝早く大阪に発《た》ったので、これからすぐにF市から二十里ばかりの処にあるU岳の温泉に行こうと言うのであった。その温泉は何に利くのか知らないが、いろんな贅沢《ぜいたく》な設備をしたホテルや、待合兼業みたようなステキな宿屋がいくつもあると伊奈子は言ったが、そこで第一等という何とかホテルの大玄関に自動車で乗りつけて、特等室付属の浴場に案内された時には、私も生まれて初めてなのでちょっと眼を丸くした。

高い天井のステインドグラスから落ちて来る光線が、青ずんだ湯の底の底まで透きとおして、見事に彫刻した白大理石の浴槽から音も立てずに溢《あふ》れ出していた。その中に私が先に走り込んで掻《か》きまわすと、その光りが五色の鳥や金銀の魚が入り乱れたように散らばって、その上から一面にモウモウと湧き立つ湯気のために、四方を鏡で張り詰めた室《へや》の中が薄暗くなってしまった。

私は、その湯の中にフンワリと身体を浮かして、いい心持ちにあたたまり始めた。その間に、のぼせ性の彼女は何度も何度も湯から出たり入ったりしていたが、間もなく浴槽の外で男のように突立って、肉づきのいい身体をキュッキュッと洗いながら、突然にこんな事を言い出した。

「叔父さんは自分が死ぬまで、あなたに相場をやらせない……財産も譲らないって言っててよ……」

「当り前だ……」

と私は面倒臭そうに答えた。少々睡《ねむ》くなりかけたところを邪魔されたので……。

「……死んだってくれやしないよ……」

「そうじゃないわよ。あなたは正直で、頭がよくて……」

「馬鹿にするな……」

「いいえ。まったくよ……俺よりも仕事が冴《さ》えている上に、今の財産は愛太郎のお陰で出来たようなもんだから、跡を継がせるのは当り前だって……」

「……ウーン……そんなら早くくれりゃあいいのに……」

「……だけどね……まだ頭の固まらないうちに株だの、お金だのを持たせると欲がさして、株だのお米だのの上り下りがわからなくなるから、まだなかなか譲れない。俺も昔はかなり頭がよかったんだけど、あまり早くから欲にかかったせいかして、肝玉が小さくなって相場が当らなくなったんだ。それを助けてくれたのが貴方《あなた》なんですって……」

「そりゃあ本当だ。叔父の正直なところだろうよ」

「……でしょう。だから叔父さんは、あなたに感謝しててよ。あなたを電話の神様だって言っててよ」

「おだてちゃいけない……」

と私は投げ出すように言った。浴槽のふちに頭を載せて、手足を海月《くらげ》のように漂わそうところみながら……そうすると彼女はチョットそこらを見廻しながら、その私の頭のすぐ横に、青白い、大きな曲線美を持って来て、これ見よがしに腰をかけた。あたかもその肉体の魅力で私を脅迫するかのように、真珠色に濡《ぬ》れた乳をゆらめかせながら、私の顔をニッコリと覗《のぞ》き込んだ。声を低くしてささやいた。

「おだてるのじゃないわよ。……あなた考えなくちゃ駄目よ。……ネ……叔父さんはこの頃、あなたを養子にする事にきめたのよ。そうして自分の財産を全部譲るって言う遺言状を昨日書いてよ。今頃はもう公証人がどうかしているでしょう」

「フーン僕にくれるって……」

と私は平気な声で言った。そのウラに隠されている彼女の手管を見透かしながら……。

「そうよ……」

と言いながら彼女は大きな眼で今一度そこいらを見まわした。気味悪く笑いながら前よりも一層低い声で言った。

「だけど、その遺言状を書かしたのは妾《わたし》よ」

「…………」

「わかって？……」

「……よけいな事を……」

私は思わず噛《か》んで吐き出すようにこう言った。そうして、その私の横顔を急に唇を噛んだまま睨《にら》み付けている彼女の視線をハッキリと感じながら、私は静かに眼を閉じた。

湯気が一しきり濛々《もうもう》と湧き出した。その中に彼女はヒッソリとうなだれたまま、何かしらしきりに考えているようであったが、やがて深い、弱々しいため息を一つすると、また口を利き出した。甘えるような……投げ出すような口調で……

「……あなたって人は……ほんとにしょうのない人ね」

「……ウーン……どうせヤクザモノさ」

「だけど……」

「何だい……」

私は追いかけるようにこう言いながら、心持ち冷笑を含んで彼女を見上げた。その私の視線を彼女はチラリと流し眼に見返したが、やがてウッスラと眼を伏せると、独りでつぶやくように唇を動かした。

「叔父さんはね……もうじき死んでよ」

「フーン……どうして？……」

と、私は一層冷笑したい気持ちになって彼女を見上げ見下した。こんな女にも何かしら直覚力があるのかと思って……しかしその視線を横眼でジッと見返した彼女の全身には、私の冷笑と闘うべく、あらん限りの妖艶《ようえん》さが一時に夕映えのように燃え上って来たかのように見えた。彼女の頬は生娘《きむすめ》のような真剣さのために火のように充血した。その眼は情熱に輝きみちみち、その唇は何とも形容の出来ない恨みに固く鎖《とざ》されて、その撫《な》で上げた前髪の生え際には汗の玉が鈴なりに並んで光っていた。彼女がこれほどに深刻な魅惑力を発揮し得ようとは、今までに一度も、想像し得なかったほどで、私は思わず心のうちで……妖女……妖女……浴室の中の妖女……と叫んだほどに、烈しい熱情と、めまぐるしい艶美さとをあらわしつつ私の眼の前に蔽《おお》いかかって来たのであった。しかしそうした彼女の驚異的な表情をなおも冷やかに、批評的な態度で見上げながら、足の先の処にゴボゴボと流れ込んで来る温泉の音を聞いていると、そのうちに彼女の唇が次第次第に弛《ゆる》みかけて、生え際の汗が一粒一粒に消え失せ始めた……と思うと、やがて剃刀《かみそり》のようにヒイヤリとした薄笑いが片頬に浮き上って来たのであった。

「あなたはエライ方ね……」

私は悠々と自分の足の爪先に視線を返しながら答えた。

「どうして……」

「あまり驚かないじゃないの」

「驚いたってしょうがないさ。そっちで勝手にする事だもの……」

「マア……口惜しいッ……」

と不意に金切声をあげた彼女は、血相をかえて掴《つか》みかかりそうになった。私はそれを避けようとしてドブリと湯の中へ落ち込んだが、その拍子に鼻の穴から湯が入ったのを吐き出そうとして、烈しく噎《む》せながら湯の中に突立った。肩から胸へかけて薄ら寒さを感じつつ、濡れた髪毛を撫《な》で上げ撫で上げ、やっとの事で眼を見開いた。

見ると彼女は蛇紋石の流し場に片手をついたまま、横坐《ずわ》りをして、唇をシッカリと噛んでいた。エバを取り逃がした蛇のように鎌首を擡《もた》げて、血走った眼で私を睨み上げていたが、やがて、怨《うら》めしそうに切れ切れに言った。

「……あたしの気持ちはわかってる癖に……あなたがソンナ悪党ってことは……妾……きょうが今日まで知らなかったわ……にくらしい……」

こう言いながら彼女はまたも、その大きな眼をグルグルさして、二、三度入口の方を振り返った……と思うと不意に、スックリと立ち上って、無手《むず》と私の両手を掴みながら、抱き寄せるようにして湯の中から引っぱり出した。石甃《いしだたみ》の上をダブダブと光り漂う湯の上に、膝《ひざ》を組み合わせるほど近く引き寄せて、私の首に両の腕を絡ませると、興奮のためにふるえる唇を、私の耳に近づけた。喘《あえ》ぐように囁《ささ》やきはじめた。

「……あたしね……聞いてちょうだい……ずっと前、長崎で西洋人の小間使いになっているうちに、ソット毒薬の小瓶を盗んで置いたのよ。……真黒な可愛らしい瀬戸物の小瓶よ。それはね……そのラマンさんと言う和蘭人《オランダ》のお医者の話によると、ジキタリスと言う草を、何とかむつかしい名前の石と一緒に煮詰めた昔から在る毒薬で、支那人が大切にする『鴆《ちん》の羽根』と『猫の頭』と『虎の肝臓《きも》』と『狼の涎《よだれ》』という四つの毒薬のうちで『鴆の羽根』という白い粉と、おんなじものになっているんですってよ。……それをアブサントを台にして作ったカクテールの中に、竹の耳搔《みみか》きで一パイか二ハイずつ混ぜて飲ませると、その人間は間もなく中毒にかかって、いくらでもいくらでも飲みたくなるんですって……アブサントのおかげで青臭いにおいがスッカリ消されている上に、どことなくホロ苦《にが》くてトテモ美味《おい》しいんですって……だけど一度に沢山飲ませると、すぐに眼や鼻から血を噴き出しながらブッたおれて、十分と経たないうちに死んで終《しま》うから駄目なんですってよ……そうして二日目か三日目越しに、竹の耳搔きひと掬《すく》いずつ殖やして行って、その毒が心臓にすっかり沁《し》み込んだ時に……つまり耳搔きに十杯以上……グラムに直して言うと三分の一グラムくらい飲んでも、何ともないようになった時分に、急にその薬を入れるのを止すと、四、五日か一週間も経つうちにいつとも知れず、不意に、心臓麻痺《まひ》とソックリの容態になって死んでしまうので、どんなにエライ博士が来て診察しても、わかりっこないんですってさあ……ね……ステキでしょう……ね……わかって？……」

私の眼の前にモヤモヤと渦巻きのぼる温泉の白い湯気を見守りながら、夢を見るようないい気持ちになって、ウットリと彼女の囁やきに聞き惚《と》れていた。その湯気の中に入道雲みたように丸々と肥《ふと》った叔父《おじ》のまぼろしが、いくつもいくつもあとからあとから浮き出しては消え、あらわれては隠れして行くのを見た。それを見守りながら私は、伊奈子の話が途切れてしまっても、暫《しば》くの間ムッツリと口を噤《つぐ》んでいたが、そのうちにフト気がついて伊奈子を振りかえった。

「……その薬を、僕にも服《の》ましてくれないか……」

「………………」

彼女は、私がふり返った眼の前でサッと血の色を喪《うしな》った。今にも失神しそうにゴックリと唾《つば》を飲み込んで、額からポタポタと冷汗を滴《た》らしながら大きく大きく眼を瞠《みは》った。その眼を覗き込んで私は思い切り冷やかな笑みを浮かべた。

「……驚くこたあないよ。僕も死にたいんだから……僕は、今まで叔父に忠告しなかった事を後悔しているんだ。あんたがそんな女だって言う事をね……だけど、どうせ忠告したって同じ事だと思ったから黙っていたんだ」

「………………」

「……ね……あんたは、まだ、そんな事をするくらいだから、生き甲斐《がい》のある人間に違いないだろう……しかし僕や叔父はもう人間の廃物だからね。この世に生きてたってしょうのない人間だからね……」

「……」

「構わないから、その薬を頒《わ》けておくれよ……僕の財産の全部は内縁の妻伊奈子に譲る……って言う遺言書を書いといたら文句はないだろう……」

彼女はみるみる唇の色まで白くした。反対に私を睨んだ眼は、首を切られる鯛《たい》のように美しく充血した。今にも泣き出しそうにパチパチと瞬《まばたき》をして見せた。

「……アハハハハハハ……アッハッハッハッ……」

と私は不意打ちに笑い出した。彼女が眼まぐるしく瞬きを続けるのを見返りながら、

「……アハアハアハ……嘘だよ……今のは。アハハハハ。まあ、お前さんの好きな様にするさ。おれは知らん顔をしといて遣《や》るから……」

彼女は湯冷めて真白になった全身を、ブルブルと慄《ふる》わせつつ、唇を血の出るほど嚙みしめた。……と思うとやがて、湯気に濡《ぬ》れた長い睫毛《まつげ》を、ソット蛇紋石の床の上に落した。

私は勢いよく大理石槽の湯の中へ飛び込んだ。ザブリザブリと身体を洗いつつ、坐ったまま彫像のように固くなっている彼女を眺めた。たまらない可笑《おか》しさを笑いつづけた。

「アハハハハ。アハハハハハ。ここへお入りよ。風邪を引くよ。……今の嘘だったら、アハハハハハハハ」

それから三日目の寒い晩であったと思う。温泉行以来、音も沙汰《さた》もしなかった伊奈子が、何と思ったかお化粧も何もしない平生着《ふだんぎ》のまま、上等の葉巻を一箱お土産に持って、日暮れ方にヒョッコリとやって来た。そうして近所のカフエーから、不味《まず》い紅茶だの菓子だのを取り寄せながら、私の枕元で夜遅くまで芝居や活動の話をしいしい、何の他愛もなくキャッキャッと燥《はしや》いで帰って行ったので、私は妙に興奮してしまって夜明け近くまで睡《ねむ》れなかった。そうしてヤットの思いでウトウトしかけたと思う間もなく、長距離らしい烈しい電話のベルに呼び立てられたので、私は寝床に敷いていた毛布を俥屋《くるまや》のように身体に纏《まと》いながら、半分夢心地で階段を馳け降りると電話口に突立った。序《ついで》に寝ぼけ眼で店の柱時計をふり返って見たら午前七時十分前であった。

「……モシモシ……モシモシ……四千四百三番ですか……大阪から急報ですよ……お話下さい……」

「……オーッ。青木かア！……何だア！……今頃……」

「……アア、モシモシ。君は児島君かね……」

「イイエ違います。児島愛太郎です……」

「……ヤ……御令息ですか。失礼いたしました。私は青木商店の主人で藤太と申します。まだお眼にかかりませんが、何卒《どうぞ》よろしく……エエ……早速ですが、お父様のお宅にはまだ電話が御座いませんでしたね……ああ……さようで……では大至急お父様にお取次をお願いしたいのですが。実は大変にお気の毒な事が出来まして……」

「……ハア……どんな事でしょうか……」

「もうお聞きになったかも知れませんが、中の島の浜村銀行が今朝、支払停止を貼り出しました……」

「ハア……そうですか」

「頭取の浜村君と、支配人の井田君は昨夜からその筋へ召喚されておりますので、預金者は皆途方に暮れているのです」

「ナルホド」

「あなたのお父様と同銀行とは、かねてから深い御関係になっておられる事を承っておりましたので、取りあえずお知らせ致しますが……実は折返して今一度、至急に御来阪願いまして、その事に就いて御相談致したいと存じますので」

「どうも有り難う御座います。すぐに取次ぎします」

「どうかお願い致します。そうして出発の御時間を、すぐにお知らせ願いたいのですが……甚《はなは》だ恐縮ですが……」

「かしこまりました。しかし叔父はまだ昨夜まで自宅に帰っておりませんので……」

「ハハア。……ナルホド……それは困りましたな……エエトそれではどう致したら……」

「ハイ。けれども昨晩までに帰ると申しておったのですから、事によるともうじき店に来るかも知れません。そうしたら間違いなく……」

「……ハ……どうかお願い致します……では失礼を……」

青木氏の声は落ちついてはいたが、その口調には明らかに狼狽《ろうばい》した響きが含まれていた。ことに依《よ》ると青木氏も叔父と同様に浜村銀行に預金しているのかも知れない。面白いな……と私は微笑しつつ電話を切った。そうしてまだ睡い眼をコスリコスリ、今一寝入りすべく二階へ帰ろうとすると、暗い梯子《はしご》段《だん》を踏みかけぬうちに、また電話口に呼び返された。

「オーイ、交換手……切ってくれエ。話はすんだんだア」

「モシモシ……あなたは愛太郎さん？」

「ナアンだ……伊奈子さんか……ちょうどよかった……今どこからかけているの……」

「公園の中の自動電話よ」

「フーン。何の用？……」

「……あのね……昨夜妾《わたし》が帰ったらね……叔父さんが帰っていたの……」

「フーン。それで……」

「……あのね……そうしたらね……今朝から様子が変になったの」

「……どうして……」

「……あのね……妾……アノお薬を服《の》ませるのを四、五日前から止していたの……大阪へも何も入れないカクテールを持たして上げたの……そうして昨夜も同じのを、あたためて上げたのよ」

「……フーン……だから温泉で僕に打ち明けたんだね」

「……エエ……まあそうよ……そうしたら昨夜、夜中から胸が苦しいと言い出してネ、今朝、お隣りの山際って言うお医者さんに診せたら心臓の工合がわるいって言うの。そうして先刻《さっき》まで何本も注射をしたけどチットも利かないで、物も何も言わずにもがきはじめたの……何を言ってもわからないのよ……もう駄目なんですってさあ」

「ちょうどよかった」

「ええ……だからあなた早く来て頂戴《ちょうだい》な。そうして何とか芝居をして頂戴な……あたし何だか怖くなったから……」

「……バカ……何が怖い……そんな事は覚悟の前じゃないか……初めっから……」

「だって医者が見ている前で口と鼻からダラダラ出血し始めたんですもの……あのお薬は妾が聞いたのと何だか違っているようよ。……お医者が青くなって妾の顔を見ながら、これは何かの中毒だって言ったから、妾身支度をして、うちにある現金と、銀行の通帳を持って、裏口からソッと脱け出してここへ来たの……あなたと一緒に預金を引き出して逃げようか、どうしようかと思って……」

「駄目だよ。浜村銀行は払やしないよ」

「……エッ……どうして？……」

「浜村銀行の頭取と支配人が昨夜大阪で拘引されたんだ。福岡の支店も支払停止にきまっている。叔父《おじ》は破産しているんだよ。残っているのは待合の借りばかりだ」

「…………」

「みんなお前さんの自業自得さ。お気の毒様みたいなもんさ。……どこへでも行くがいい……」

「……ホント……」

「本当さ……今、大阪から電話が掛かって来たから知らせようと思ったところへお前さんが電話をかけたんだ。だから僕はすぐに電話口へ出たろう……ちょうどよかったんだ」

「…………」

「……ジャさようなら……御機嫌よう……」

「待って頂戴……」

「……何だ……」

「チョッと待ってネ。後生だから……あたし……」

「どうしたんだい」

「…………」

彼女が受話機を箱の上に置く音がした。そのあとから自動車らしい警笛がホンノリと通過すると間もなく、彼女が咳払《せきばら》いする音が聞えて来た。

「……モシモシ……モシモシ……時間ですよ……」

「……つないで……ちょうだい」

お金を入れる音がコチーンとした。

「オイオイ……どうしたんだ？」

「……あたし……今ね……叔父さんに上げたお薬の残りを、アブサントに溶いといたのを……みんな飲んでしまったの」

「馬鹿……」

「……妾……今から帰って、お医者様にスッカリ白状するわ。みんな妾が一人でした事だって……ですから貴方《あなた》は……あなたは早く逃げて頂戴……同罪になるといけないから……店の金庫の合牒《あいちょう》はイナコよ……サヨウ……ナラ……」

彼女が受話機を取り落す音がした。そのあとからゴトーンと人間の身体が倒れる様な音が響いた。

「……馬鹿め……勝手にしろ……」

と言い放って私は受話機をかけた。

「……チイ……芝居だ。畜生め……このまま俺が逃げ出したら、立派な犯人が出来上るって寸法だろう……ハハンだ……電話の神様を知らねえか……」

こう思いながら二階に上って、昨夜の吸いさしの葉巻に火をつけたまま、暖かい蒲団にもぐり込むと、エタイの知れない薄笑いが自然《おのず》と唇にニジミ出した。

ウッカリするとそのうちに叔父が店にやって来るかも知れないと思い思い、グッスリと睡ってしまった。

×　　×　　×　　×

警察でも検事局でも私は一切知らない知らないで頑張り通した。血を吐いた叔父と伊奈子の死骸《しがい》を突きつけられた時も、彼女が叔父の妾《めかけ》であったという事以外に何一つ知らないと言い切った。そうして未決監で正月をすますと間もなく証拠不充分で釈放された。その間の寒さは私の骨身にこたえた。

霜の真白な町伝いに取引所前の店に帰ってみると表の扉は南京錠《なんきんじょう》をかけたままになっていた。私はとりあえず支那料理屋に電話をかけると、すぐに二階に上ってなつかしい葉巻の煙に酔いつつ、この遺書《かきおき》を書き始めた。

しかし私は、三週間ばかり前から大評判になっている「檜御殿」の謎を解く目的でこの筆を執ったのではない。同時に私が監房の中で自殺を決心したのは、一文なしになった自分の前途を悲観したからではない。

または……。

……叔父も伊奈子もシンカラの悪魔ではなかった。彼等を眩惑《げんわく》して悶死《もんし》させながら、平気で冷笑していた私こそ……ホントウの……生まれながらの悪魔であった……。

という事をシミジミ自覚したからでもない。

伊奈子の恐ろしい死に顔を見た瞬間に、彼女の真実を知ったからであった。

眼に見えぬ鉄鎚《かなづち》で心臓をタタキ潰《つぶ》されたからであった。

一足お先に

一

……聖書に曰《いわ》く「もし汝《なんじ》の右の眼、なんじを罪に陥さば抉《えぐ》り出してこれを棄てよ……もし右の手、なんじを罪に陥さば之《これ》を断《き》り棄てよ、蓋《そは》、五体の一つ失うは、全身を地獄に投げ入れらるるよりは勝れり」と……。

……けれどもトックの昔に断り棄てられた、私の右足の幽霊が私に取り憑《つ》いて、私に強盗、強姦《ごうかん》、殺人の世にも恐ろしい罪を犯させている事がわかったとしたら、私は一体どうしたらいいのだろう。

……私は悪魔になってもいいのかしら……。

右の膝小僧《ひざこぞう》の曲り目の処が、不意にキリキリと疼《いた》み出したので、私はビックリして跳ね起きた。何かしら鋭い刃物で突き刺されたような痛みであった……。

……と思い思い、半分夢心地のまま、そのあたりと思う処を両手で探りまわしてみると……。

……私はまたドキンとした。眼がハッキリと醒《さ》めてしまった。

……私の右足がない……。

私の右足は股《もも》のつけ根の処からスッポリと消え失せている。毛布の上から叩《たた》いても……毛布をめくっても見当らない。小さな禿《は》げ頭のようにブルブル震えている股の切口と、ブクブクした敷蒲団ばかりである。

しかし片っ方の左足はチャンと胴体にくっ付いている。縒《よ》れ縒れのタオル寝巻の下に折れ曲って、垢《あか》だらけの足首を覗《のぞ》かせている。それだのに右足はいくら探してもない。タッタ今飛び上るほど疼んだキリ、影も形もなくなっている。

これはどうした事であろう……怪訝《おか》しい。不思議だ。

私はねぼけ眼《まなこ》をこすりこすり、そこいらを見まわした。

森閑とした真夜中である。

黒いメリンスの風呂敷《ふろしき》に包まった十燭《しょく》の電燈《でんとう》が、眼の前にブラ下がっている。

窓の外には黒い空が垂直に屹立《そびえた》っている。

その電燈の向うの壁際にはモウ一つ鉄の寝台があって、その上に逞《たくま》しい大男が向うむきに寝ている。脱げはだかったドテラの襟元から、半出来の竜の刺青《ほりもの》をあらわして、まん中の薄くなったイガ栗頭と、髯《ひげ》だらけの達磨《だるま》みたいな横顔を見せている。

その枕元の茶器棚には、可愛い桃の小枝を挿《さ》した薬瓶が乗っかっている。妙な、トンチンカンな光景……。

……そうだ。私は入院しているのだ。ここは東京の築地《つきじ》の奎洋堂《けいようどう》という大きな外科病院の二等室なのだ。向うむきに寝ている大男は私の同室患者で、青木という大連の八百屋《やおや》さんである。その枕元の桃の小枝は、昨日私の妹の美代子が、見舞いに来た時に挿して行ったものだ……。

……こんな事をボンヤリと考えているうちに、またも右脚の膝小僧の処が、ズキンズキンと飛び上るほど疼んだ。私は思わず毛布の上から、そこを圧《おさ》えつけようとしたが、また、ハッと気がついた。

……ない方の足が痛んだのだ……今のは……。

私は開《あ》いた口が塞《ふさ》がらなくなった。そのまま眼球ばかり動かして、キョロキョロとそこいらを見まわしていたようであったが、そのうちにハッと眼を据《す》えると、私の全身がゾーッと粟立《あわだ》って来た。両方の眼を拳固《げんこ》で力一パイこすりまわした。寝台の足の先の処をジイッと凝視《みつめ》たまま、石像のように固くなった。

……私の右足がニューとそこに突っ立っている。

それは私の右足に相違ない……瘠《や》せこけた、青白い股の切り口が、薄桃色にクルクルと引っ括《くく》ってある。……そのまん中から灰色の大腿骨《だいたいこつ》が一寸ばかり抜け出している。……その膝っ小僧の曲り目の処へ、小さなミットの形をした肉腫が、血の気をなくしたまま、シッカリと獅嚙《しが》みついている。

……それはタッタ今、寝台から辷《すべ》り降りたまんまジッとしていたものらしい。リノリウム張りの床の上に足の平を当てて、尺蠖《しやくとりむし》のように一本立ちをしていた。そうして全体の中心を取るかのように、薄暗がりの中で、フウラリフウラリと、前後左右に傾いていたが、そのうちに心もち「く」の字型に曲ったと思うと、普通の人間の片足がするとおりに、ヒヨロリヒヨロリと左手の窓の方へ歩き出した。

私の心臓が二度ばかりドキンドキンとした。そうしてそのまままた、ピッタリと静まった。……と思うと同時に頭の毛が一本一本ザワザワザワザワと動きまわりはじめた。

そのうちに私の右足は、そうした私の気持ちを感じないらしく、悠々と四足か、五足ほど歩いて行ったと思うと、窓の下の白壁に、膝小僧の肉腫をブッつけた。そこでまた、暫《しばら》くの間フウラリフウラリと躊躇《ちゆうちよ》していたが、今度は斜に横倒しになって、切り立った壁をすこしずつ、爪探りをしながら、登って行った。そうしてチョウド窓枠の処まで来ると、框《かまち》に爪先をかけながら、またもとの垂直に返って、そのまま前後左右にユラリユラリと中心を取っていたが、やがて薄汚れた窓硝子《ガラス》の中を、影絵のようにスッと通り抜けると、真暗い廊下の空間へ一歩踏み出した。

「……ア……アブナイッ……」

と私は思わず叫んだが間に合わなかった。私の右足が横倒しになって、窓の向う側の廊下に落ちた。森閑とした病院じゅうに「ドターン」という反響を作りながら………。

「モシモシ……モシモシイ」

と濁った声で呼びながら、私の胸の上に手をかけて、揺すぶり起す者がある。ハッと気がついて眼を見開くと、痛いほど眩《まぶ》しい白昼の光線が流れ込んだので、私はまたシッカリと眼を閉じてしまった。

「モシモシ。新東さん、新東さん。どうかなすったんですか。もうじき回診ですよ」

という男の胴間声《どうま》が、急に耳元に近づいて来た。

私は今一度、思い切って眼を見開いた。シビレの切れかかったボンノクボを枕に凭《もた》せかけたまま、ウソウソと四周《あたり》を見まわした。

たしかに真昼間である。奎洋堂病院の二等室である。タッタ今、夢の中……どうしても夢としか思えない……で見た深夜の光景はアトカタもない。今しがた私の右脚が出て行った廊下の、モウ一つ向うの窓の外には、和やかな太陽の光りが満ち満ちて、エニシダの黄色い花と、深緑の糸の乱れが、窓硝子一パイになって、透きとおっている。その向うの、ダリヤの花壇越に見える特等病室の窓に、昨日までは見かけなかった白麻の、素晴らしいドローンウォークのカーテンが垂れかかっているのは、誰か身分のある人でも入院したのであろうか……。

ふり返ってみると右手の壁に、煤《すす》けた入院規則の印刷物が貼りつけてある。「医員の命令に服従すべし」とか「許可なくして外泊すべからず」とか「入院料は十日目毎に支払うべし」とか言う、トテモ旧式な文句であったが、それを見ているうちに私はスッカリ吾《われ》に還《かえ》る事が出来た。

私はこの春休みの末の日に、この外科病院に入院して、今から一週間ばかり前に、股の処から右足を切断してもらったのであった。それは、その右の膝小僧の上に大きな、肉腫が出来たからで、私が母校のW大学のトラックで、ハイハードルの練習中にこしらえた小さな疵《きず》が、現在の医学では説明不可能な……しかも癌《がん》以上に恐ろしい生命《いのち》取りだと言われている、肉腫の病原を誘い入れたものらしいと言う院長の説明であった。

「ハッハッハッハッ……どうしたんですか。大層唸《うな》っておいでになりましたが、痛むんですか」

今しがた私を揺り起した青木という患者は、こう言って快活に笑いながら半身を起した。私も同時に寝台の上に起き直ったが、その時に私はビッショリと寝汗を掻《か》いているのに気がついた。

「……イヤ……夢を見たんです……ハハハ……」

と私はカスレた声で笑いながら、右足の処の毛布を見た。……がもとよりそこに右足が在ろうはずはない。ただ毛布の皺《しわ》が山脈のように重なり合っているばかりである。私は苦笑も出来ない気持ちになった。

「ハハア。夢ですか。エヘヘヘヘ。それじゃもしや足の夢を御覧になったんじゃありませんか」

「エッ……」

私はまたギックリとさせられながら、そう言う青木のニヤニヤした鬚面《ひげづら》をふり返った。どうして私の夢を透視したのだろうと疑いながら、その脂肪光りする赤黒い顔を凝視した。

この青木という男は、コンナ奇蹟《きせき》じみた事を言い出す性質の人間では絶対になかった。長いこと大連《だいれん》に住んでいるお陰で、言葉つきこそ少々生温《ぬる》くなっているけれども、生まれは生《き》っ粋《すい》の江戸ッ子で、親ゆずりの青物屋だったそうであるが、女道楽で身代を左前にしたあげく、四、五年前に左足の関節炎にかかって、この病院に入ると、ひと思いに股の中途から切断して貰ったので、トウトウ身代限りの義足一本になってしまった。ところが、その時まで一緒にいた細君というのがまた、世にも下らない女で、青木の義足がシミジミ嫌になったらしく、ほかの男と逃げてしまったので、青木の方でも占めたとばかり、早速なじみの芸者をそそのかして、合わせて三本足で道行きをきめ込んだが、それからまた、いろいろと苦労をしたあげく、やっと大連で落ちついて八百屋を開く事になった。するとまたそのうちに、大勢の女を欺《だま》した天罰かして、今度は右の足首に関節炎が来はじめたのであったが、青木はそれを大連に沢山ある病院のどこにも見せずに、わざわざお金を算段して、昔なじみのこの病院に入院しに来た。……だから今度右の足を切られたらまた、今の女房が逃げ出して、新しい女が入れ代りに来るに違いない。それが楽しみで楽しみで……と誰にも彼にも自慢そうにポカポカ話している。それくらい単純なアケスケな頭の持ち主である。タッタ今見たばかりの私の夢を言い当てるような、深刻な芸当が出来ようはずがない。それとも、もしかしたら今、私が夢を見ているうちに、囈言《うわごと》か何か言ったのじゃないかしらん……なぞと一瞬間に考えまわしながら、独りで赤面していると、その眼の前で、青木はツルリと顔を撫《な》でまわして、黄色い歯を一パイに剝《む》き出して見せた。

「ハッハッハッ。驚いたもんでしょう。千里眼でしょう。多分そんな事だろうと思いましたよ。さっきから左足を伸ばしたり縮めたりして歩く真似をしていなすったんですからね。ハッハッハッ。おまけにアブナイなんて大きな声を出して……」

「………」

私は無言のまま、首の処まで赤くなったのを感じた。

「ハッハッ。実は私《あっし》もそんな経験があるんですよ。この病院で足を切って貰った最初のうちは、よく足の夢を見たもんです」

「……足の夢……」

と私は口の中でつぶやいた。いよいよ煙に巻かれてしまいながら……。すると青木も、いよいよ得意そうにうなずいた。

「そうなんです。足を切られた連中は、よく足の夢を見るものなんです。それこそ足の幽霊かと思うくらいハッキリしていて、トッテモ気味がわるいんですがね」

「足の幽霊……」

「そうなんです。しかし幽霊には足がないって事に、昔から相場がきまっているんですから、足ばかりの幽霊と来ると、まことに調子が悪いんですが……もっともこっちが幽霊になっちゃ敵《かな》いませんがね。ハッハッハッ……」

唖然《あぜん》となっていた私は思わず微苦笑させられた。それを見ると青木はますます乗り気になって、片膝《かたひざ》で寝台の端まで乗り出して来た。

「しかし何ですよ。そんな足の夢というものは、切った傷口が痛んでいるうちはチットモ見えて来ないんです。夜も昼も痛いことばっかりに気を取られているんですからね。ところがその痛みが薄らいで、傷口がソロソロ癒合《なおり》かけて来ると、いろんな変テコな事が起るんです。切り小口の神経の筋が縮んで、肉の中に引っ釣り込んで行く時なんぞは、特別にキンキン痛いんですが、それが実際に在りもしない膝っ小僧だの、足の裏だのに響くのです」

私は「成る程」とうなずいた。そうして感心した証拠に深い溜息《ためいき》をして見せた。青木は平生から無学文盲を自慢にしているけれども、世間が広い上に、根が話好きと来ているので、ナカナカ説明の要領がいい。

「実は私も、あんまり不思議なので、そん時院長さんに訊《き》いたんですが、何でも足の神経って言う奴は、みんな背骨の下から三つ目とか四つ目とかに在る、神経の親方につながっているんだそうです。しかもその背骨の中に納まっている、神経の親方ってえ奴が、片っ方の足がなくなった事を、死ぬが死ぬまで知らないでいるんだそうでね。つまりその神経の親方はドコドコまでも両脚が生まれた時と同様に、チャンとくっついたつもりでいるんですね。グッスリと寝込んでいる時なんぞ尚更《なおさら》のこと、そう思っている訳なんですが……ですから切られた方の神経の端ッコが痛み出すと、その親方が、そいつをズット足の先の事だと思ったり、膝っ節の痛みだと感違いしたりするんだそうで……むずかしい理屈はわかりませんが……とにかくソンナ訳なんだそうです。そのたんびにビックリして眼を醒《さ》ますと、タッタ今痛んだばかしの足が見えないので、二度ビックリさせられた事が何度あったか知れません。ハハハハハ」

「……僕は……僕はきょう初めてこんな夢を見たんですが……」

「ハハア。そうですか。それじゃモウ治りかけている証拠ですよ。もうじき義足がはめれるでしょう」

「ヘエ。そんなもんでしょうか」

「大丈夫です。そう言う順序で治って行くのが、オキマリになっているんですからね……青木院長が請合いますよ。ハッハッハ」

「どうも……ありがとう」

「ところがですね……その義足が出来て来ると、まだまだ気色のわりい事が、いくらでもオッ始まるんですよ。こいつは経験のない人に話してもホントにしませんがね。大連みたような寒い処にいると、義足に霜やけがするんです。ハハハハハ。イヤ……したように思うんですがね。とにかく義足の指の先あたりが、ムズムズして痒《かゆ》くてたまらなくなるんです。ですから義足のそこん処を、足袋《たび》の上から揉《も》んだり掻いたりして遣《や》ると、それがチャンと治るのです。夜なぞは外した義足を、煖房《ペーチカ》の入った壁に立てかけて寝るんですが、大雪の降る前なぞは、その義足の爪先や膝っ小僧の節々がズキズキするのが、一間も離れた寝台の上に寝ている、こっちの神経にハッキリと感じて来るんです。気色の悪い話ですが、よくそれで眼を覚まさせられますので……とうとうたまらなくなって、夜中に起き上って、御苦労様にも義足をはめ込んで、そこいらと思う処へ湯タンポを入れたりして遣ると、綺《き》麗《れい》に治ってしまいましてね。いつの間にか眠ってしまうんです。ハハハハハ。馬鹿馬鹿しいたって、これぐらい馬鹿馬鹿しい話はありませんがね」

「ハア……つまり二重の錯覚ですね。神経の切り口の痛みが、脊髄《せきずい》に反射されて、ない処の痛みのように錯覚されたのを、もう一度錯覚して、義足の痛みのように感ずるんですね」

私はこんな理屈を言って気持ちのわるさを転換しようとした。青木の話につれて、タッタ今見た自分の足の幻影が、またも眼の前の灰色の壁の中から、クネクネと躍り出して来そうな気がして来たので……しかし青木は、そんな私の気持ちにはお構いなしに話をつづけた。

「ヘヘエ。成る程。そんな理屈のもんですかねえ。私も多分そんな事だろうと思っているにはいるんですが……ですから一緒に寝ている嬶《かかあ》がトテモ義足を怖がり始めましてね。どうぞ後生だから、枕元の壁に立てかけて寝る事だけは止してくれ……気味がわるくて寝られないからと言いますので、それから後は、冬になると寝台の下に別に床を取って、その中にこの義足を寝かして、湯タンポを入れて寝る事にしたんですが……ハハハハハ。まるで赤ん坊を寝かしたような恰好《かっこう》で、その方がヨッポド気味が悪いんですが、嬶はその方が安心らしく、よく眠るようになりましたよ。ハッハッハッ……でもヒョット支那人《チャンチャン》の泥棒か何かがへえりやがって……あっちでは泥棒と言ったら大抵チャンチャンなんで、それも旧の師走頃《しわす》が一番多いんですが、そんな奴がコイツを見つけたら、肝っ玉をデングリ返すだろうと思いましてね。アッハッハッハッ」

私も仕方なしに青木の笑い声に釣られて、

「アハ……アハ……アハ……」

と力なく笑い出した。けれども、それにつれて、ヒドイ神経衰弱式の憂鬱《ゆううつ》が、眼の前に薄暗く蔽《おお》いかぶさって来るのを、ドウする事も出来なかった。

……コツコツ……コツコツコツコツ……

とノックする音……。

「オ――イ」

と青木が大きな声で返事をすると同時に、足の先の処の扉が開いて、看護婦の白い服がバサバサと音を立てて入って来た。それはシャクレた顔を女給みたいに塗りこくった女で、この病院の中でも一番生意気な看護婦であったが、手に持って来た大きな体温器をチョットひねくると、イキナリ私の鼻の先に突き付けた。外科病院の看護婦は、荒療治を見つけているせいか、どこでもイケゾンザイで生意気だそうで、この病院でも、コンナ無作法な仕打ちは珍しくないのであった。だから私は温柔《おとな》しく体温器を受けとって腋《わき》の下に挟んだ。

「こっちには寄こさないのかね」

と横合いから青木が頓狂《とんきょう》な声を出した。すると出て行きかけた看護婦がツンとしたまま振り返った。

「熱があるのですか」

「大いにあんです。ベラ棒に高い熱が……」

「風邪でも引いたんですか」

「お気の毒様……あなたに惚《ほ》れたんです。おかげで死ぬくらい熱が……」

「タント馬鹿になさい」

「アハハハハハハハ」

看護婦は怒った身ぶりをして出て行きかけた。

「……オットオット……チョットチョット。チョチョチョチョチョチョット……」

「ウルサイわねえ。何ですか。尿器ですか」

「イヤ、尿瓶ぐらいの事なら、自分で都合が出来るんですが……エエ。その何です。チョットお伺いしたいことがあるんです」

「イヤに御丁寧ね……何ですか」

「イヤ。別に何てこともないんですが、……あの……向うの特別室ですね」

「ハア……舶来の飛び切りのリネンのカーテンが掛かって、何十円もするチューリップの鉢が、幾つも並んでいるのが不思議とおっしゃるのでしょう」

「……そ……その通りその通り……千里眼千里眼……もっともチューリップはここから見えませんがね。あれは一体どなた様が御入院遊ばしたのですか……」

「あれはね……」

と看護婦は、急にニヤニヤ笑い出しながら引き返して来た。真赤な唇をユの字型に歪《ゆが》めて私の寝台の端に腰をかけた。

「あれはね……青木さんがビックリする人よ」

「ヘエ——ッ。あっしの昔なじみか何かで……」

「プッ。馬鹿ねアンタは……乗り出して来たって駄目よ。そんな安っぽい人じゃないのよ」

「オヤオヤ……ガッカリ……」

「そりゃあトテモ素敵な別嬪《べっぴん》さんですよ。ホホホホホ……。青木さん……見たいでしょう」

「聞いただけでもゾ——ッとするね。どっかの箱入娘か何か……」

「イイエ。どうしてどうして。そんなありふれた御連中じゃないの」

「……そ……それじゃどこかの病院の看護婦さんか何か……」

「……プーッ……馬鹿にしちゃ嫌よ。勿体《もったい》なくも歌原男爵の未亡人様よ」

「ゲ——ッ……その千万長者の……」

「ホラ御覧なさい。ビックリするでしょう。ホッホッホ。あの人が昨夜《ゆんべ》入院した時の騒ぎったらなかってよ。何しろ、歌原商事会社の社長さんで、不景気知らずの千万長者で、女盛りの未亡人で、新聞でも大評判の吸血鬼《バンパイヤ》と来ているんですからね」

「ウ——ン。それがまた何だってコンナ処へ……」

「エエ。それがまた大変なのよ。何でもね。昨日の特急で、神戸の港に着いている外国人の処へ取引に行きかけた途中で、まだ国府津《こうづ》に着かないうちに、藤沢《ふじさわ》あたりから左のお乳が痛み出したって言うの……それでおつきの医者に見せると、乳癌かも知れないと言ったもんだから、すぐに自動車で東京に引き返して、旅支度のまんま当病院《ここ》へ入院したって言うのよ」

「フ――ン。それじゃ昨夜の夜中だな」

「そうよ。十二時近くだったでしょう。ちょうど院長さんがこの間から、肺炎で寝ていらっしゃるので、副院長さんが代りに診察したら、やっぱし乳癌に違いなかったの。おまけに痛んでしょうがないもんだから副院長さんの執刀で今朝早く手術しちゃったのよ。バンカインの局部麻酔が利かないので、トウトウ全身麻酔にしちゃったけど、そりゃあ綺麗な肌だったのよ。手入れも届いているんでしょうけど……副院長さんが真白いお乳に、ズブリとメスを刺した時には、妾《わたし》、眼が眩《くら》むような思いをしたわよ。乳癌ぐらいの手術だったら、いつも平気で見ていたんだけど……美しい人はやっぱし得ね。同情されるから……」

「フ――ン、大したもんだな。ちっとも知らなかった。ウ――ン」

「アラ。唸《うな》っているわよこの人は……イヤアね。ホホホホホホ」

「唸りゃしないよ。感心しているんだ」

「だって手術を見もしないのにサア。……」

「一体幾歳《いくつ》なんだえその人は……」

「オホホホホホ。もう四十四、五でしょうよ。だけどウッカリすると二十代ぐらいに見えそうよ。指の先までお化粧をしているから……」

「ヘエ――ッ。指の先まで……贅沢《ぜいたく》だな」

「贅沢じゃないわよ。上流の人はみんなそうよ。おまけに男妾《おとこめかけ》だの、若い燕《つばめ》だのがワンサ取り巻いているんですもの……」

「呆《あき》れたもんだナ。そんなのを連れて入院したんかい」

「……まさか……そんな事が出来るもんですか。現在《いま》付き添っているのは年老《と》った女中頭が一人と、赤十字から来た看護婦が二人と、都合四人キリよ」

「でもお見舞人で一パイだろう」

「イイエ。玄関に書生さんが二人、今朝早くから頑張っていて、専務取締とか言う頭の禿《は》げた紳士のほかはみんな玄関払いにしているから、病室の中は静かなもんよ。それでも自動車が後から後から押しかけて来て、立派な紳士が入れ代り立ち代り、名刺を置いては帰って行くの」

「フ――ン、豪気なもんだナ。ソ――ッと病室を覗《のぞ》くわけには行かないかナ」

「駄目よ。トテモ。妾達でさえ入れないんですもの……。あの室へ入れるのは副院長さんだけよ」

「何だってソンナに用心するんだろう」

「それがね……それが泥棒の用心らしいから癪《しゃく》に障《さわ》るじゃないの。威張っているだけでも沢山なのにサア」

「ウ――ン。シコタマ持ち込んでいるんだな」

「そうよ。何しろ旅支度のまんまで入院したんだから、宝石だけでも大変なもんですってサア」

「そんな物あ病院の金庫に入れときゃあいいのに……」

「それがね。あの歌原未亡人って言うのは、日本でも指折りの宝石キチガイでね。世界でも珍しい上等のダイヤを、幾個も仕舞い込んだ革のサックを、誰にもわからないように肌身に着けて持っているんですってさあ」

「厄介な道楽だナ。しかし、そんなものを持っている事がどうしてわかったんだ」

「それがトテモ面白いのよ。誰でも全身麻酔にかかると、とんでもない秘密をペラペラ喋《しゃべ》舌るもの……って言う事を歌原未亡人は誰からか聞いて知っていたんでしょう。副院長さんが、それでは全身麻酔に致しますよって言うと直ぐにね。懐の奥の方から小さな革のサックを出して、これをすみませんが貴方《あなた》の手で、病院の金庫に入れといて下さいって言ったのよ。そうして全身麻酔にかかると間もなく、そのサックの中の宝石の事を、幾度も幾度も副院長に念を押して聞いたのでスッカリ解っちゃったのよ」

「フ――ン。じゃ副院長だけ信用されているんだナ」

「ええ。あんな男前の人だから、未亡人の気に入るくらい何でもないでしょうよ」

「ハハハハ、嫉《や》いてやがら……」

「嫉けやしないけど危いもんだわ」

「何とか言ったっけな。エート。ド忘れしちゃった。副院長の名前は……」

「柳井《やない》さんよ」

「そうそう。柳井博士、柳井博士。色男らしい名前だと思った。……畜生。うめえ事をしやがったな」

「オホホホ。あんたこそ嫉いてるじゃないの」

「ウ――ン。羨《うらや》しいね。涎《よだれ》が垂れそうだ。一目でもいいからその奥さんを……」

「駄目よ。あんたはもう二、三日うちに退院なさるんだから……」

「エッ。本当かい」

「本当ですとも。副院長さんがそう言っていたんだから大丈夫よ」

「フ――ン。俺が色男だもんだから、邪魔っけにして追っ払いやがるんだな」

「プーッ。まさか。新東さんじゃあるまいし……アラ御免なさいね。ホホホホ……」

「畜生ッ。お安くねえぞッ」

「バカねえ。外に聞こえるじゃないの。それよりも早く大連の奥さんの処へ行っていらっしゃい。キット、待ちかねていらっしゃるわよ」

「アハハハハ。スッカリ忘れていた。違えねえ違えねえ。エヘヘヘヘ……」

看護婦は眼を白くして出て行った。

私は情なくなった。こんな下等な病院の、しかも二等室に入院《はい》った事を、つくづく後悔しながら仰向けに寝ころんだ。体温器を出してみると六度二分しかない。二、三日前から続いている体温である。……ああ早く退院したい……外の空気を吸いたい……と思い思い眼をつぶると、眼の前に白いハードルが幾つも幾つも並んで見えた。私にはもう永久に飛び越せないであろうハードルが……。

私はすっかりセンチメンタルになりながら、切断された股《もも》のつけ根を、繃帯《ほうたい》の上から撫《な》でてみた。そうして眠るともなくウトウトしていると、突然にまたもや扉の開く音がして、誰か二、三人入って来た気はいである。

眼を開いてみるとタッタ今噂をしていた柳井副院長が、新米らしい看護婦を二人従えて、ニコニコしながら近づいて来た。鼻眼鏡をかけた、背のスラリと高い、如何《いか》にも医者らしい好男子であるが、柔和な声で、

「どうです」

と等分に二人へ言いかけながら、先ず青木の脚の繃帯を解いた。色の黒い毛ムクジャラの脛《すね》のあたりを、拇指《おやゆび》でグイグイと押しこころみながら、

「痛くないですな……ここも……こちらも……」

と訊《き》いていたが、青木が一つ一つにうなずくと、フンフンと気軽そうにうなずいた。

「大変によろしいようです。もう二、三日模様を見てから退院されたらいいでしょう。何なら今日の午後あたりは、ソロソロと外を歩いてみられてもいいです」

「エッ。もういいんですか」

「ええ。そうして、痛むか痛まないか様子を御覧になって、イヨイヨ大丈夫ときまってから、退院されるといいですな。御遠方ですから……」

青木は乞食みたいにピョコピョコと頭ばかり下げたが、よっぽど嬉《うれ》しかったと見える。

「お陰様で……お陰様で……」

そう言う青木を看護婦と一緒に、尻目《しりめ》にかけながら副院長は、私の方に向き直った。そうしてひと通り繃帯の下を見まわると、看護婦がさし出した膿盤《のうぼん》を押し退《の》けながら、私の顔を見て、女のようにニッコリした。

「もうあまり痛くないでしょう」

私は無愛想にうなずきつつ、ピカピカ光る副院長の鼻眼鏡を見上げた。またも、何とはなしに憂鬱《ゆううつ》になりながら……。

「体温は何ぼかね」

と副院長は傍の看護婦に訊いた。

私は無言のまま、最前から挟んで置いた体温器を取り出して、副院長の前にさし出した。

「六度二分。……ハハア……昨日とかわりませんな。貴方も経過が特別にいいようです。スッカリ癒合していますし、切口の恰好《かっこう》も理想的ですから、もう近いうちに義足の型が取れるでしょう」

私はやはり黙ったまま頭を下げた。われながら見すぼらしい恰好で……「罪人は、罪を犯した時には、自分を罪人とも何とも思わないけれど、手錠をかけられると初めて罪人らしい気持ちになる」と聞いていたが、そのとおりに違いないと思った。手術を受けた時はチットもそんな気がしなかったが、タッタ今義足という言葉を聞くと同時に、スッカリ片輪らしい、情ない気持ちになってしまった。

「……何なら今日の午後あたりから、松葉杖《まつばづえ》を突いて廊下を歩いて見られるのもいいでしょう。義足が出来たにしましても、松葉杖に慣れて置かれる必要がありますからね」

「……どうです。私が言ったとおりでしょう」

と青木が如何にも自慢そうに横合いから口を出した。外出してもいいと聞いたので、一層浮き浮きしているらしい。

「新東さんは先刻《さっき》から足の夢を見られたんですよ」

私は「余計な事を言うな」と言う風に、頬を膨らして青木の方を睨《にら》んだが、生憎《あいにく》、青木の顔は、副院長の身体の陰になっているので通じなかった。

その中《うち》に、副院長は青木の方へ向き直った。

「ハーア。足の夢ですか」

「そうなんです。先生。私も足がなくなった当時は、足の夢をよく見たもんですが、新東さんはきょう初めて見られたんで、トテも気味を悪がって御座るんです」

「アハハハハ。その足の夢ですか。ハハア。よくソンナ話を聞きますが、よっぽど気味がわるいものらしいですね」

「ねえ先生。ありゃあ脊髄《せきずい》神経が見る夢なんでげしょう」

「ヤッ……こいつは……」

と柳井副院長は、チョット面喰《めんくら》ったらしく、頭を掻《か》いて、苦笑した。

「えらい事を知っていますね貴方は……」

「ナアニ。私はこの前の時に、ここの院長さんから聞かしてもらったんです。脊髄神経の中に残っている足の神経が見る夢だ……と言ったようなお話を伺ったように思うんですが」

「アハハハハ。イヤ。何も脊髄神経に限った事はないんです。脳神経の錯覚も混っているでしょうよ」

「ヘヘエー。脳神経……」

「そうです。何しろ手術の直後というものは、麻酔の疲れが残っていますし、それから後の痛みがひどいので、誰でも多少の神経衰弱にかかるのです。その上に運動不足とか、消化不良とかが、一緒に来る事もありますので、とんでもない夢を見たり、酷《すご》く憂鬱になったりするわけですね。中にはかなりに高度な夢遊病を起す人もあるらしいのですが……現にこの病院を夜中に脱《ぬ》け出して、日比谷《ひびや》あたりまで行って、ブッ倒れていた例がズット前にあったそうです。私は見なかったですけれども……」

「ヘエ。そいつあ驚きましたね。片っ方の足がないのに、どうしてあんなに遠くまで行けるんでしょう」

「そりゃあ解りませんがね。誰も見ていた人がないのですから。しかし、どうかして片足で歩いて行くのは事実らしいですな。欧州大戦後にも、よくそんな話をききましたよ。甚《はなは》だしいのになるとある温柔《おとな》しい軍人が、片足を切断されると間もなく夢中遊行を起すようになって、自分でも知らないうちに、他所《よそ》のものを盗んで来る事がしばしばあるようになった。しかも、それはみんな自分が欲しいと思っていた品物ばかりなのに、盗んだ場所をチットモ記憶しないので困ってしまった。とうとうおしまいには、遠方にいる自分の恋人を殺してしまったので、スッカリ悲観したらしく、その旨を書き残して自殺した……というような話が報告されていますがね」

「ブルブル。物騒物騒。まるっきり本性が変ってしまうんですね」

「まあそんなものです。つまり手でも足でも、大きな処を身体から切り離されると、今まででそこに消費されていた栄養分が有り余って、ほかの処に押しかける事になるので、スッカリ身体の調子が変る人があるのは事実です」

「ナアル程。思い当る事がありますね」

「そうでしょう。ちょうど軍縮で国費が余るのと同じ理屈ですからね。手術前の体質は勿論《もちろん》、性格までも全然違ってしまう人があるわけです。神経衰弱になったり、夢中遊行を起したりするのは、そんな風に体質や性格が変化して行く、過渡時代の徴候だと言う説もあるくらいですが……」

「ヘ——エ。道理で、私は足を切ってから、コンナにムクムク肥《ふと》りましたよ。おまけに精力がトテモ強くなりましてね。ヘッヘッヘッ」

副院長は赤面しながら慌てて鼻眼鏡をかけ直した。同時に二人の看護婦も、赤い顔をしいしい扉の外へ辷《すべ》り出た。

「しかし……」

と副院長は今一度鼻眼鏡をかけ直しながら、青木の冗談を打ち消すように言葉を続けた。

「しかし御参考までに言って置きますが、そんな夢中遊行を起す例は、大抵そんな遺伝性を持っている人に限られているはずです。殊に新東君なぞは、立派な教養を持っておられるんですから、そんな御心配は御無用ですよ。ハッハッハッ。まあお大切になさい。体力が回復すれば、神経衰弱も治るのですから……」

副院長はコンナ固くるしいお世辞を言って、自分の饒舌《しゃべ》り過ぎを取り繕いつつ、気取った態度で出て行った。

私はホッとしながら毛布にもぐり込んだ。徹底的にタタキつけられた時と同様の残酷さを感じながら……。

二

午食《ひるめし》が済むと、青木が寝台の隅で、シャツ一枚になって、重たい義足のバンドを肩から斜《はす》かいに吊《つ》り着けた。その上からメリヤスのズボンを穿《は》いて、新しい紺飛白《こんがすり》の袷《あわせ》を着ると、義足の爪先《つまさき》にスリッパを冠《かぶ》せて遣《や》りながら、大ニコニコでお辞儀をした。

「それじゃ出かけてまいります。今夜は片っ方の足が、どこかへ引っかかるかも知れませんが、ソン時は宜《よろ》しくお頼ん申しますよ。アハハハハハ。お妹さんのお好きな紅梅焼を買って来て上げますからナ。ワハハハハ」

とわけのわからない事をしゃべって燥《はしゃ》いでいるうちに、ゴトンゴトンと音を立てて出て行った。

青木の足音が聞えなくなると私もムックリ起き上った。タオル寝巻を脱いで、メリヤスのシャツを着て、その上から洗い立て浴衣《ゆかた》を引っかけた。最前看護婦が、枕元に立てかけて行った、病院備えつけの白木の松葉杖を左右に突っ張って、キマリわるわる廊下に出てみた。

言う迄《まで》もなく、コンナ姿をして人中に出るのは、生まれて初めての経験であった。だから扉を締めがけに、片っ方の松葉杖の処置に困った時には、思わず胸がドキドキして、顔がカッカと熱くなるように思ったが、幸い廊下には誰もいなかったので、十歩も歩かないうちに、気持がスッカリ落ち着いて来た。

私は生まれつきの瘠《や》せっぽちで、身軽く出来ている上に、ランニングの練習で身体のコナシを鍛え上げていたので、松葉杖の呼吸を呑《の》み込むくらい何でもなかった。敷詰めた棕《しゅ》櫚《ろ》のマットの上を、片足で二十歩ばかりも、漕《こ》いで行って、病院のまん中を通る大廊下に出た時には、もう片っ方の松葉杖が邪魔になるような気がしたくらい、調子よく歩いていた。その上に、久し振りに歩く気持ちよさと、持って生まれた競争本能で、横を通り抜けて行く女の人を追い越して行くうちに、もう病院の大玄関まで来てしまった。

その玄関は入院しがけに、担架の上からチラリと天井を見ただけで、本当に見まわすのは今が初めてであった。花崗岩《みかげいし》と、木煉瓦《もくれんが》と、蛇紋石と、スティンドグラスと、白ペンキ塗りの材木とで組み上げた、華麗荘重なゴチック式で、その左側の壁に「御見舞受付……歌原家」という貼札がしてある。その横に、木綿の紋付きを着た頑固そうな書生が二人、大きな名刺受けを置いたデスクを前にして腰をかけているが、その受付のうしろへ曲り込んだ廊下は、急に薄暗くなって、ピカピカ光る真鍮《しんちゅう》の把手《ノッブ》が四つずつ、両側に並んでいる。その一番奥の左側のノッブに白い繃帯《ほうたい》が捲《ま》いてあるのが、問題の歌原未亡人の病室になっているのであった。

私はそこで暫《しばら》く立ち止まっていた。ドンナ人間が歌原未亡人を見舞いに来るかと思ったので……けれどもそのうちに、受付係の書生が二人とも、ジロジロと私の顔を振り返り始めたので、私はさり気なく引き返して、右手の廊下に曲り込んで行った。

その廊下には、大きな診察室兼手術室が、会計室と、外来患者室と、薬局とに向い合って並んでいたが、その薬局の前の廊下をモウ一つ右に曲り込むと、手術室と壁一重になった標本室の前に出るのであった。

私はその標本室の青い扉の前で立ち止まった。素早く前後左右を見まわして、誰もいない事をたしかめた。胸をドキドキさせながら、出来るだけ静かに真鍮の把手《ハンドル》を廻《まわ》してみると誰の不注意かわからないが、鍵《かぎ》が掛かっていなかったので、私は音もなく扉の内側に辷《すべ》り込む事が出来た。

標本室の内部は、廊下よりも二尺ばかり低いタタキになっていて、夥《おびただ》しい解剖学の書物や、古い会計の帳簿類、または昇汞《しょうこう》、石炭酸、クロロホルムなぞ言ういろいろな毒薬が、新薬らしい、読み方も解らない名前を書いた瓶と一所に、天井まで届く数層の棚を、行儀よく並んで埋めている。そうしてソンナ棚の間を、二つほど奥の方へ通り抜けると、今度は標本ばかり並べた数列の棚の間に出るのであったが、換気法がいいせいか、そんな標本特有の妙な臭気がチットもしない。大小数百の瓶に納まっている、外科参考の異類異形な標本たちは、一様に漂白されて、お菓子のような感じに変ったまま、澄明なフォルマリン液の中に静まり返っている。

私はその標本の棚を一つ一つに見上げ見下して行った。そうして一番奥の窓際の処まで来ると、最上層の棚を見上げたまま立ち止まって、松葉《まつば》杖《づえ》を突っ張った。

私の右足がそこに立っているのであった。

それは最上層の棚でなければ置けないくらい丈の高い瓶の中に、股《もも》の途中から切り離された片足のほとんど全体が、こころもち「く」の字形に屈んだままフォルマリン液の中に立っているのであった。それは最早《もう》、他の標本と同様に真白くなっていたし、足首から下は、棚の縁に遮られて見えなくなっていたが、その膝《ひざ》っ小僧の処に獅《し》嚙《が》みついている肉腫の形から、全体の長さから、肉づきの工合なぞを見ると、どうしても私の足に相違なかった。そればかりでなく、なおよく瞳を凝らしてみると、その瓶の外側に貼り付けてある紙きれに、横文字でクシャクシャ病名らしいものが書いてある中に「23」という数字が見えるのは、私の年齢に相違ない事が直覚されたのであった。

私はソレを見ると、心の底からホッとした。

何を隠そう、私は、これが見たいばっかりに、わざわざ病室を出て来たのであった。午前中に同室の青木だの、柳井副院長だのから聞かされた「足の幽霊」の話で、スッカリ神経を掻《か》き乱された私は、もう二度と「足の夢」を見まい……今朝みたような気味のわるい

「自分の足の幻影」にチョイチョイ悩まされるような事になっては、とてもタマラナイ……とスッカリ震え上がってしまったのであった。……のみならず私は、この上に足の夢を見続けていると、そのうちに副院長の話にあったような、片足の夢中遊行を起して、思いもかけぬ処へ迷い込んで行って、とんでもない事を仕出かすような事に、ならないとも限らないと思ったのであった。……私たち兄妹は、早くから両親に別れたし、親類らしい親類も別にいないのだから、私の血統に夢遊病の遺伝性が在るかどうか知らない。しかし、すくなくとも私は、小さい時からよく寝呆《ねぼ》ける癖があったので、今でも妹によく笑われるくらいだから、私の何代か前の先祖の誰かにソンナ病癖があって、それが私の神経組織の中に遺伝していないとは、誰が保証出来よう。しかも、その遺伝した病癖が、今朝みたような、「足の夢」に刺激されて、極度に大きく夢遊し、現われるような事があったら、それこそ大変である。否々《いないな》……今朝から、あんな変テコな夢に魘《うな》されて、同室の患者に怪しまれるような声を立てたり、妙な動作をしたりしたところを見ると、将来そんな心配がないとは、どうして言えよう。天にも地にもタッタ一人の妹に、心配をかけるばかりでなく、両親が、やっとの思いで残してくれた、なけなしの学費を、この上に喰《く》い込むような事があったら、どうしよう。

　私は今後絶対に足の夢を見ないようにしなければならぬ。私は自分の右足がないという事を、寝た間も忘れないようにしなければならぬ義務がある。

それには取りあえず標本室に行って、自分の右足が立派な標本になっているソノ姿を、徹底的にハッキリと頭に印象づけて置くのが一番であろう。

「貴方《あなた》の足に出来ている肉腫は珍しい大きなものですが……当病院の標本に頂戴《ちょうだい》出来ませんでしょうか。無論お名前なぞは書きませぬ。ただ御年齢《とし》と病歴だけ書かして頂くのですが、如何《いかが》でしょうか……イヤ。大きに有り難う。それでは……」

と院長が頭を下げて、特に手術料をまけてくれたくらいだから、キット標本室に置いて在るに違いない。その自分の右足が、巨大な硝子《がらす》筒の中にピッタリと封じ籠《こ》められて、強烈な薬液の中に涵《ひた》されて、漂白されて、コチンコチンに凝固させられたまま、確かに、標本室の一隅に蔵《しま》い込まれているに相違ない事を、潜在意識のドン底まで印象させて置いたならば、それ以上に有効な足の幽霊封じはないであろう。それに上越す精神的な「足禁《あしど》め」の方法はないであろう。

こう決心すると私は矢も楯《たて》もたまらなくなって、同室の青木が外出するのを今か今かと待っていたのであった。そうしてヤット今、その目的を遂げたのであった。果して足の幽霊封じに有効かドウかは別として……。

私のこうした心配は局外者から見たら、どんなにか馬鹿馬鹿しい限りであろう。あんまり神経過敏になり過ぎていると言って、笑われるに違いないであろう事を、私自身にも意識し過ぎるくらい意識していた。だから副院長に話したらわけなく見せてもらえるであろう自分の足の標本を、わざわざ人目を忍んで見に来たくらいであったが、しかし、そうした私の行動がイクラ滑稽《こっけい》に見えたにしても、私自身にとっては決して、笑い事ではないのであった。この不景気のさ中に、妹と二人切りで、利子の薄い、限られた貯金を使って、ドウデモコウデモ学校を卒業しなければならないという、兄らしい意識で、いつも一パイに緊張して来た私は、もう自分ながら同情に堪えないくらい、神経過敏になり切っていた。妹に話したら噴き出すかも知れないほど、臆病者《おくびょうもの》になり切っていたのであった。それはもうこの時既に、逸早《いちはや》く私の心理に蔽《おお》いかかっていた、片輪者らしいヒガミ根性のせいであったかも知れないけれども……。

そう思い思い私は、変り果てた姿で、高い処に上がっている自分の足を見上げて、今一つホーッと溜息《ためいき》をした。

その溜息は、ホントウの意味で「一足お先に」失敬した自分の足の行方を、眼の前に見届けた安心そのもののあらわれに外《ほか》ならなかった。同時に、これからは断然足の夢を見まい……両脚のある時と同様に、快活に元気よくしよう……片輪者のヒガミ根性なぞを、ミジンも見せないようにして、他人様に対しよう……放ったらかしていた勉強もポツポツ始めよう。そうして妹に安心させよう……と心の底で固く固く誓い固めた溜息でもあった。

私はアンマリ長い事あおむいて首が痛くなったので、頭をガックリとうつ向けて頸《くび》の骨を休めた。そのついでに、足下の棚の低い瓶の中に眠っている赤ん坊が、額の中央から鼻の下まで切り割られた痕《あと》を太い麻糸でブツブツに縫い合わせられたまま、奇妙な泣き笑いみたような表情を凝固させているのを見返りながら、ソロソロと入口の扉の前に引き返した。そこで耳をすまして扉を開くと、幸い誰もいない様子なので、大急ぎで廊下へ出た。そうして元来た道とは反対に、賄場《まかないば》の前の狭い廊下から、近道伝いに自分の室《へや》に帰ると、急にガッカリして寝台の上に這《は》い上った。枕元に松葉杖を立てかけたまま、手足を投げ出して引っくり返ってしまった。

久しく身体を使わなかったせいか、僅《わず》かばかりの散歩のうちに非常に疲れてしまったらしい。私は思わずグッスリと眠ってしまった。しかし余り長く眠ったようにも思わないうちに眼を醒《さ》ますと、いつの間にか日が暮れていて、窓の外には青い月影が映っている。その光りで室の中も薄明くなっているが、青木はまだ帰っていないらしく、夜具を畳んだままの寝台の上に、私の松葉杖が二本とも並べて投げ出してある。大方、私が眠っているうちに看護婦が来て、室の掃除をしたものであろう。

いったい何時頃かしらんと思って、枕元の腕時計を月あかりに透かしてみると驚いた……四時をすこしまわっている。恐ろしくよく寝たものだ。ことによると時計が違っているのかも知れないが、それにしても病院中が森閑となっているのだから、真夜中には違いないであろう。とにかく用を足して本当に寝る事にしようと思い思い、もう一度窓の外を振り返ると、その時にタッタ今まで真暗であった窓の向うの特等病室の電燈《でんとう》が、真白に輝き出しているのに気が付いた。こっちの窓一パイに乱れかかっているエニシダの枝越に、白いドローンウォークの花模様が、青紫色の光明を、反射さしているのがトテモ眩《まぶ》しくて美しかった。

私はその美しさに心を惹《ひ》かれるともなく、ボンヤリと見惚《みと》れていたが、そのうちにまた、奇妙な事に気がついた。

気のせいか知れないけれども、病院中がヒッソリと寝鎮まっている中に、玄関の方向から特等室の前の廊下へかけては、何かしらバタバタと足音がしているようである。そう思って見ると、その特等室の眩しい電燈の光りまでもブルブルと震えているようで、人影は見えないけれども、室の中まで何かしら混雑しているらしい気はいが感じられるようである。……もしかしたら歌原未亡人の容態が変ったのかも知れない……と思ううちにどこか遠くからケタタマしく自動車の警笛《サイレン》が聞えて、素晴らしい速度でグングンこっちへ近づいて来た。そうして間もなく病院の前の曲り角で、二、三度ブーブーと鳴らしながらピッタリと止まった。……と思って見ているうちに、今度は、特等室の電燈がパッと消えた。ドローンウォークの花模様のネガチブをハッキリと、私の網膜に残したまま……。

その瞬間に……サテは歌原未亡人が死んだのだな……と私は直覚した。そうして……タッタ今死体を運び出して、自宅へ持って行く処だな……と考えついた。

私はそう考えつきながらタッタ一人、腕を組んで微笑した……が……しかし……ナゼこの時に微笑したのか自分でもよく解らなかった。多分、一昨日の夜中から昨日の昼間へかけて、さしもに異常なセンセーションを病院中に捲《ま》き起した歌原未亡人……まだ顔も姿も知らないまんまに、私の悪夢の対象になりそうに思われて、怖くて怖くてしようがなかったその当の本人が、案外手もなく、コロリと死んでしまったらしいので、チョット張り合い抜けがしたのが可笑《おか》しかったのであろう。それと同時に、介抱が巧《うま》く行かなかった当の責任者の副院長が、さぞかし狼狽《ろうばい》しているだろうと想像した、嘲《あざけ》りの意味の微笑も交っていたように思う。とにかくこの時の私が、妙に冷静な、悪魔的な気分になりつつ、寝台から辷《すべ》り降りたことは事実であった。それから悠々と片足をさし伸ばして、寝台の下のスリッパを探すべく、暗い床の上を爪先《つまさき》で掻《か》きまわしたのであったが、不思議な事に、この時はいくら探してもスリッパが足に触れなかった。私は昨日が昨日まで、片っ方しか要らないスリッパを、両方とも、寝台の枕元の左側にキチンと揃えて置く事にしていたのだから、ドッチかに探り当らないはずはないのであったが……。

そんな事を考えまわしているうちに私は、何かしら、ドキンドキンとするような、気味のわるい予感に襲われたように思う。そうして尚《なお》も不思議に思い思い、慌てて片足をさし伸ばして、遠くの方まで爪先で引っ掻きまわしているうちにまた、フト気がついた。これは寝がけに松葉杖《まつばづえ》を突いて来たのだから、ウッカリして平生と違った処にスリッパを脱いだものに違いない。それじゃイクラ探しても解らないはずだと、またも微苦笑しいしい電燈のスイッチをひねったが……その途端に私はツイ鼻の先に、思いもかけぬ人間の姿を発見したので、思わずアッと声を上げた。寝台のまん中に坐《すわ》り直して、うしろ手を突いたまま固くなってしまった。

それは入口の扉の前に突っ立っている、副院長の姿であった。いつの間に入って来たものかわからないが、大方私がまだ眠っているうちに、コッソリと忍び込んだものであろう。霜降りのモーニングを着て、派手な縞《しま》のズボンを穿《は》いているが、鼻眼鏡はかけていなかった。髪の毛をクシャクシャにしたまま、青白い、冴《さ》え返るほどスゴイ表情をして、両手を高々と胸の上に組んで、私をジイと睨《にら》みつけているのであったが、その近眼らしい眩しそうな眼つきを見ると、発狂しているのではないらしい。鋭敏な理知と、深刻な憎悪の光りに満ち満ちているようである。

臆病者の私が咄嗟《とっさ》の間に、これだけの観察をする余裕を持っていたのは、吾《われ》ながら意外であった。それは多分、眼が醒めた時から私を支配していた、悪魔的な冷静さのお蔭であったろうと思うが、そのまま瞬《また》きもせずに相手の瞳を見詰めていると、柳井副院長も、私に負けない冷静さで私の視線を睨み返しつつ、タッタ一言、白い唇を動かした。

「歌原未亡人は、貴方が殺したのでしょう」

「………」

私は思わず息を詰めた。高圧電気に打たれたように全身を硬直さして、副院長の顔を一瞬間、穴の明くほど凝視した……が……その次の瞬間には、もう、全身の骨が消え失せたかと思うくらい力が抜けて来た。そのままフラフラと寝床の上にヒレ伏してしまったのであった。

私の眼の前が真暗になった。同時に気が遠くなりかけて、シイイイインと耳鳴りがし始めた……と思う間もなく、私の頭の奥の奥の方から、世にもおそろしい、物すごい、出来事の記憶がアリアリと浮かび現われ始めた……と見るうちに、次から次へと非常な高速度でグングン展開して行った。……と同時に私の腋《わき》の下からポタポタと、氷のような汗が滴り始めた。

それはツイ今しがた、私が起き上る前の睡眠中に起った出来事であった。

私はマザマザとした夢中遊行を起しながら、この室をさまよい出て、思いもかけぬ恐ろしい大罪を、平気で犯して来たのであった。しかも、その大罪に関する私の記憶は、普通の夢中遊行者のソレと同様に、夢遊発作のあとの疲れで、グッスリと眠り込んでいるうちに、あとかたもなく私の潜在意識の底に消え込んでしまっていたので、ツイ今しがた眼を醒ました時には、チットモ思い出し得ずにいたのであったが……そのタマラナイ浅ましい記憶がタッタ今、副院長の暗示的な言葉で刺激されると同時に、いともアザヤカに……電光のように眼まぐるしく閃《ひら》めき現われて来たのであった。

それは確かに私の夢中遊行に違いないと思われた。

……フト気がついてみると私は、タオル寝巻に、黒い革のバンドを巻きつけて、一本足の素跣足《すはだし》のまま、とある暗い廊下の途中に在る青ペンキ塗りの扉の前に、ピッタリと身体を押しつけていた。そうして廊下の左右の外れにさしている電燈の光りを、不思議そうにキョロキョロと見まわしているところであった。

その時に私はチョット驚いた。……ここは一体どこなのだろう。俺は松葉杖を持たないまま、どうしてコンナ処まで来ているのだろう。そもそも俺は何の用事があってコンナペンキ塗りの扉の前にヘバリ付いているのだろう……と一所懸命に考え廻《まわ》していたが、そのうちに廊下の外れから反射して来る薄黄色い光線をタヨリに、頭の上の鴨居《かもい》に貼りつけてある瀬戸物の白い標札を読んでみると、小さなゴチック文字で「標本室」と書いてあることがわかった。

それを見た瞬間に私は、私の立っている場所がどこなのかハッキリとわかった。……と同時に私自身を、この真夜中にコンナ処まで誘い出して来た、或《あ》るおそろしい、深刻な欲望の目標が何であるかという事を、身ぶるいするほどアリアリと思い出したのであった。

私はソレを思い出すと同時に、暗がりの中で襟元をつくろった。前後を見まわしてニヤ・

リと笑いながら、タオル寝巻の片袖《かたそで》で、手の先を念入りに包んで、眼の前の青ペンキ塗りの扉に手をかけたが、昼間の通りに何の苦もなく開いたので、そのまま影法師のように内側へ辷り込んで、コトリとも言わせずに扉を閉め切る事が出来た。

向うの窓の磨硝子《すりガラス》から沁《し》み込む、月の光に照らし出されたタタキの上は、大地と同様に、シットリとして、冷たかった。私はその上を片足で飛び飛び、向うの棚の端まで行ったが、その端の方に並んでいる小さな瓶の群の中でも、一番小さい一つを取り上げて、中を透かしてみると、何も入っていないようである。キルクの栓を開けて嗅《か》いでみても薬品らしい香気がまったくない。

私はその瓶を片手に持ったまま、室の隅に飛んで行って、そこに取り付けてある手洗場の水でゆすぎ上げて、指紋を残さないように、竜口栓《コツク》の周囲まで洗い浄めた。それからその瓶を懐中に入れて、またも一本足で小刻みに飛びながら棚の向う側に来たが、ちょうど下から三段目の眼の高さの処に並んだ、中くらいの瓶の中でも、タッタ一つホコリのたかっていない紫色のヤツを両袖で抱え卸《おろ》して、月あかりに透かしてみると、白いレッテルに明瞭《めいりよう》な羅馬《ローマ》字体で「CHLOROFORM」……「十ポンド」と印刷してあった。

その瓶の中に七分通り満たされている透明な、冷たい麻酔薬の動揺を両手に感じた時の、私の陶酔気分と言ったらなかった。この気持ちよさを味わいたいために、私はこの計画を思い立ったのだと考えても、決して大袈裟《おおげさ》ではないくらいに思った。

私はその瓶を大切に抱えたまま、ソロソロと月明りの磨硝子にニジリ寄った。窓の框《かまち》に瓶の底を載せて、パラフィンを塗った固い栓を、矢張り袖口で捉《とら》えて引き抜いた。顔をそむけながら、その中の液体を少しずつ小瓶の中に移してしまうと、両方の瓶の栓をシッカリと締めて、大きい方を元の棚に返し、小さい方を内懐に落し込んだ……が……その濡《ぬ》れた小瓶が、臍《へそ》の上の処で直接に肌に触れて、ヒヤリヒヤリとするその気持ちよさ……。

それから私はソロソロと扉《ドア》の処へ帰って来て、聴神経を遠くの方まで冴え返らせながら、ソット扉を細目に開いてみると、相変らず誰もいない。病院中は地の底のようにシンカンと寝静まっている。

私の心は又も歓喜にふるえた。心臓がピクンピクンと喜び踊り出した。それに無理に押ししずめて廊下に出ると、ゼンマイ人形のようにピョンピョン飛び出したが、鍛えに鍛えた私の趾《あしゆび》の弾力は、マットを敷いた床の上に何の物音も立てないばかりでなく、普通人が歩くよりも早い速度で飛んで行くのであった。

私の胸はまたも躍った。

片足の人間がコンナに静かに、早い速度で行けるものとは誰が想像し得よう。これは中学時代からハードルで鍛え上げた私にだけ出来る芸当ではなかろうか。これならドンナ罪を犯しても知れる気づかいはないであろう。……逃げる早さだって女なぞより早いかも知れないから、逸早《いちはや》く自分の病室に帰って来て寝ておれば、誰一人気づかないであろう。

……俺は片足をなくした代りに、ドンナ悪事をしても決して見つからない天分に恵まれたのかも知れない……なぞと考えまわすうちに、モウ玄関の処まで来てしまった。

……これは拙《まず》かった。こっちへ来てはいけなかった。やはりひと先《ま》ず自分の病室に帰って裏の廊下伝いに行かなければ……と私はその時に気がついたが、そう思い思い壁の陰からソッと首をさし伸ばしてみると、いい幸いに重症患者がいないと見えて、玄関前の大廊下には人っ子一人影を見せていない。玄関の正面に掛かった大時計が、一時九分のところを指しながら……コクーン……コクーン……と金色の玉を振っているばかりである。

その大きな真鍮《しんちゅう》の振り子を見上げているうちに、私の胸が言い知れぬ緊張で一パイになって来た。

……グズグズするな……。

……ヤッチマエ……ヤッチマエ……。

と舌打ちする声が、廊下の隅々から聞えて来るように思ったので、我れ知らずピョンピョンと玄関を通り抜けて向うの廊下のマットに飛び乗って行った。そうして昼間見た特等一号室の前まで来ると、チョットそこいらを見まわしながら、小腰を屈《かが》めて鍵穴《かぎあな》のあたりへ眼を付けたが、不思議な事に鍵穴の向うは一面に仄白《ほのじろ》く光っているばかりで、室内の模様がチットモわからない。変だなと思って、なおよく瞳を凝らしてみると何の事だ。向う側の把手《ハンドル》に巻きつけてある繃帯《ほうたい》の端ッコが、ちょうど鍵穴の真向うにブラ下がっているのであった。

私はこの小さな失敗に思わず苦笑させられた。しかしまた、そのお陰で一層冷静に返りつつ、扉の縁と入口の柱の間のわずかな隙間に耳を押し当てて、暫《しばら》くの間ジットしていたが、室の中からは何の物音も聞えて来ない。一人残らず眠っている気はいである。

「一般の入院患者さん達よ。病院泥棒が怖いと思ったら、ドアの把手を繃帯で巻いてはいけませんよ。すくなくとも夜中だけは繃帯を解いて鍵をかけて置かないと剣呑《けんのん》ですよ。その証拠は……ホーラ……御覧のとおり……」

とお説教でもしてみたいくらい軽い気持ちで……しかし指先は飽く迄《まで》も冷静に冴え返らせつつソーッと扉を引き開いた。その隙間から室の中を一渡り見まわして、四人の女が四人ともイギタナイ眠りを貪《むさぼ》っている様子を見届けると、なおも用心深く室の中にニジリ込んで、うしろ手にシッカリと扉を閉じた。

私は出来るだけ手早く仕事を運んだ。

室の中にムウムウ充満している女の呼吸と、毛髪と、皮膚と、白粉と、匂いに噎《む》せかえりながら、片手でクロロホルムの瓶をシッカリと握り締めつつ、見事な絨毯《じゅうたん》の花模様の上を、膝《ひざ》っ小僧と両手の三本足で匍《は》いまわった。第一に、歌原男爵未亡人の寝床の側に枕を並べている、人相のよくないお婆さんの枕元に在る鼻紙に、透明な液体をポタポタと落して、あぐらを掻《か》いている鼻の穴にソーッと近づけた。しかし最初は手が震えていたらしく、薬液に濡れた紙を、お婆さんの顔の上で取り落しそうになったので、ヒヤリとして手を引っこめたが、そのうちにお婆さんの寝息の調子がハッキリと変って来たのでホッと安心した。同時にコレくらいの僅《わず》かな分量で、一人の人間がヘタバルものならば、俺はチットばかり薬を持って来過ぎたな……と気がついた。

その次には厚い藁蒲団《わらぶとん》と絹蒲団を高々と重ねた上に、寝ている歌原未亡人の枕元に匍《は》い寄って、そのツンと聳《そび》えている鼻の穴の前にソーッと瓶の口を近づけたが、何だか効果がなさそうに思えたので、枕元に置いてあった脱脂綿を引き千切って、タップリと浸しながら嗅がしていると、ポーッと上気していたその顔が、何時となく白くなったと思ううちに、何だか大理石のような冷たい感じにかわって来たようなので、またも慌てて手を引っこめた。

それから未亡人の向う側の枕元に、婦人雑誌を拡げて、その上に頬を押し付けている看護婦の前に手を伸ばしながら、チョッピリした鼻の穴に夫人のお流れを頂戴《ちょうだい》させると、見ているうちにグニャグニャとなって横たおしにブッ倒れながら、ドタリと大きな音を立てたのには胆《きも》を冷やした。思わずハッとして手に汗を握った。するとまたそれと同時に、入口の近くに寝ていた一番若い看護婦が、ムニャムニャと寝返りをしかけたので、私はまた、大急ぎでその方へ匍い寄って行って、残りの薬液の大部分を綿に浸して差し付けた。そうしてその看護婦がグッタリと仰向けに引っくり返ったなりに動かなくなると、その綿を鼻の上に置いたままソロソロと離れ退いた。……モウ大丈夫という安心と、スバラシイ何とも言えない或るものを征服し得た誇りとを、胸一パイに躍らせながら……。

私は、その嬉《うれ》しさに駆られて、寝ている女たちの顔を見まわすべく、一本足で立ち上りかけたが、思いがけなくフラフラとなって、絨毯の上に後ろ手を突いた。その瞬間にこれは多分、最前から室の中の息苦しい女の匂いに混っている、麻酔薬の透明な芳香に、いくらか脳髄を犯されたせいかも知れないと思った。……が……しかし、ここで眼を眩《ま》わしたり何かしたら、大変な事になると思ったので、モウ一度両手を突いて、気を取り直しつつソロソロと立ち上った。並んで麻酔している女たちの枕元の、生冷たい壁紙のまん中に身体を寄せかけて、落ち着こう落ち着こうと努力しいしい、改めて室の中を見まわした。

室のまん中には雪洞《ぼんぼり》型の電燈《でんとう》が一個ブラ下って、ホノ黄色い光りを放散していた。それはクーライト式になっていて、明るくすると五十燭《しょく》以上になりそうな、瓦斯《ガス》入りの大きな球であったが、その光りに照し出された室内の調度の何一つとして、贅沢《ぜいたく》でないものはなかった。室の一方に輝き並んでいる螺鈿《らでん》の茶棚、同じチャブ台、その上に居並ぶ銀の食器、上等の茶器、金色燦然《さんぜん》たる大トランク、その上に置かれた枝垂れのベゴニヤ、印度の宮殿を思わせる金糸の壁かけ、支那の仙洞を忍ばせる白鳥の羽箒《はぼうき》なぞ……そんなものは一つ残らず、未亡人が入院した昨日の昼間にかけて運び込まれたものに相違ないが、トテモ病院の中とは思えない豪奢ぶりで、スースーと麻酔している女たちの夜具までも、赤や青の底眩ゆい緞子ずくめであった。

そんなものを見まわしているうちに、私は、タオル寝巻一枚の自分の姿が恥かしくなって来た。吾れ知れず襟元を掻き合わせながら、男爵未亡人の寝姿に眼を移した。

白いシーツに包んだ敷蒲団を、藁蒲団の上に高々と積み重ねて、その上に正しい姿勢で寝ていた男爵未亡人は、麻酔が利いたせいか、離被架の中から斜かいに脱け出して、グル巻きの頭をこちら向きにズリ落して、胸の繃帯を肩の処まで露わしたまま、白い、肉づきのいい両腕を左右に投げ出した。ダラシない姿にかわっている。ムッチリした大きな身体に、薄光りする青地の長襦袢を巻きつけているのがちょうど全身に顰をしているようで、気味のわるい蠱惑的に見えた。

その姿を見返りつつ私は電球の下に進み寄って、絹房のついた黒い紐を引いた。同時に室の中が眩しいほど蒼白くなったが、私はチットも心配しなかった。病室の中が夜中に明るくなるのは、決して珍しい事ではないので、窓の外から人が見ていても、決して怪しまれる気遣いはないと思ったからである。

私はそのまま片足で老女の寝床を飛び越して、男爵未亡人の藁蒲団に凭たれかかりながら、横坐りに坐り込んだ。胸の上に置かれた羽根蒲団と離被架とを、静かに片わきへ引き除けて、寝顔をジイッと覗《のぞ》き込んだ。

麻酔のために頰と唇が白味がかかっているとは言え、電燈の光りにマトモに照し出されたその眼鼻立ち、青い絹に包まれているその肉体の豊麗さは何にたとえようもない。正にあたたかい、柔かい、スヤスヤと呼吸する白大理石の名彫刻である。ラテン型の輪郭美と、ジュー型の脂肪美とを併せ備えた肉体美である。限りない精力と、巨万の富と、行き届いた化粧法とに飽満した、百パーセントの魅惑そのものの寝姿である……ことに、その腮《あご》から頸《くび》すじへかけた肉線の水々しいこと……。

私はややもするとクラクラとなりかける心を叱りつけながら、未亡人の枕元に光っている銀色の鋏《はさみ》を取り上げた。それは新しいガーゼを巻きつけた眼鏡型の柄の処から、薄っぺラになった尖端《せんたん》まで一直線に、剣のように細くなっている。非常に鋭利なものであったが、その鋏を二、三度開いたり閉じたりして、切れ味を考えると間もなく、未亡人の胸に巻きつけた夥《おびただ》しい繃帯を、容赦なくブスブスと切り開いて、まず右の方の大きな、まん丸い乳房を、青白い光線の下に曝《さら》し出した。

その雪のような乳房の表面には、今まで締めつけていた繃帯の痕跡《あと》が淡紅色の海草のように、ダンダラになってヘバリついていたが、私は溜息《ためいき》をせずにはいられなかった。この女性が、エロの殿堂のように唄《うた》われているのは、その比類のない美貌《びぼう》のせいではなかった。またはその飽く事を知らぬ恋愛技巧のせいでもなかった。この女性の今までに、あらゆる異性の魂を吸い寄せ、迷い込ませて来たエロの殿堂の神秘力は、その左右の乳房の間の、白い、なめらかな皮膚の上に在る……底知れぬ××××と、浮き上るほどの××××が、さり気なくほのめき輝かしているミゾオチのまん中に在る……ということを眼のあたりに発見した私は、それこそ生まれて初めての思いに囚《とら》われて、思わず身ぶるいをさせられたのであった。

それから私は、瞬きも出来ないほどの高度な好奇心に囚われつつ、未亡人の左の肩から掛けられた繃帯《ほうたい》を一気に切り離して、手術された左の乳房を光線に晒《さら》した。見るとまだ焮衝《きんしょう》が残っているらしく、こころもち潮紅したまま萎《しな》び潰《つぶ》れていて、乳首と肋《あばら》とを間近く引き寄せた縫い目の処には、黒い血の塊がコビリ着いたまま、青白い光りの下にシミジミと戦《おのの》きふるえていた。

私は余りの傷《いた》ましさに思わず眼を閉じさせられた。

……片っ方の乳房を喪《うしな》った偉大なヴィナス……

……黄金の毒気に蝕《むし》ばまれた大理石像……

……悪魔に嚙《か》じられたエロの女神……

……天罰を蒙《こうむ》ったバンパイヤ……

なぞと言う無残な形容詞を次から次に考えさせられた。

けれども、そんな言葉を頭に閃《ひら》めかしているうちにまた、何とも知れない異常な衝動がズキズキと私の全身に疼《うず》き拡がって行くのを、私はどうする事も出来なくなって来た。この女の全身の肉体美と、痛々しい黒血を嚙み出した乳房とを一緒にして、明るい光線の下に晒してみたら……というようなアラレモナイ息苦しい願望が、そこいら中にノタ打ちまわるのを押し止める事が出来なくなったのであった。

私はそれでもジッと気を落ち着けて鋏を取り直した。軽い緞子の羽根蒲団を、寝床の下へ無造作に摑《つか》み除けて未亡人の腹部に巻きついている黒繻子《くろしゅす》の細帯に手をかけたのであったが、その時に私はフト奇妙な事に気がついた。

それは幅の狭い帯の下に挟まっている、ザラザラした固いものの手触りであった。

私はその固いものが指先に触れると、その正体が未《ま》だよくわからないうちに、一種の不愉快な、蛇の腹に触ったような予感を受けたので、ゾッとして手を引っこめたが、またすぐに神経を取り直して両手をさしのばすと、その緩やかな黒繻子の帯を重なったまま引き上げて、容赦なくブツリブツリと切断して行った。そうしてその下の青い襦袢の襟に絡まり込んでいる、茶革のサックようのものを引きずり出したが、その二重に折り曲げられた蓋《ふた》を無造作に開いて、紫天鵞絨《びろうど》のクッションに埋められた宝石行列を一眼見ると、私はハッと息を吞《の》んだ。……生まれて初めて見る稲妻色の光りの束……底知れぬ深藍色《しんらんしょく》の反射……静かに燃え立つ血色の焰《ほのお》……それは考える迄《まで》もなく、男爵未亡人の秘蔵の中でも一粒選《え》りのものでなければならなかった。生命と掛け換えの一粒一粒に相違なかった。

私はワナナク手で茶革の蓋を折り曲げて、タオル寝巻の内懐に落し込んだ。そうしてジッと未亡人の寝顔を見返りながら、堪《たま》らない残忍な、愉快な気持ちに満たされつつ、心の底から押し上げるように笑い出した。

「……ウフ……ウフ……ウフウフウフウフウフウフ……」

それから私がドンナ事を特一号室の中でしたか、まったく記憶していない。ただ、いつの間にか私は一糸も纏《まと》わぬ素《す》っ裸体《ぱだか》になって、青白い肋骨を骸骨《がいこつ》のように波打たせて、骨だらけの左手に麻酔薬の残った小瓶を……右手にはギラギラ光る舶来の鋏を振りまわしながら、瓦斯入り電球の下に一本足を爪立《つまだ》てて、野蛮人のようにピョンピョンと飛びまわっていた事を記憶しているだけである。そうしてその間じゅう心の底から、

「ウフウフウフ……アハアハアハ……」

と笑い続けていた事を、微《かすか》に記憶しているようである……が……しかし、それはただそれだけであった。私の記憶はそこいらからパッタリと中絶してしまって、その次に気がついた時には奇妙にも、やはり丸裸体のまま、貧弱な十燭の光りを背にして、自分の病棟づきの手洗場の片隅に、壁に向って突っ立っていた。そうして片手で薄黒いザラザラした壁を押さえて、ウットリと窓の外を眺めながら、長々と放尿しているのであったが、その時に、眼の前のコンクリート壁に植えられた硝子《ガラス》の破片に、西に傾いた満月が、病的に黄色

くなったまま引っかかっている光景が、タマラナク咽喉《のど》が渇いていたその時の気持ちと一緒に、今でも不思議なくらいハッキリと印象に残っているようである。

私はその時にはもう、今まで自分がして来た事をキレイに忘れていたように思う。そしてユックリと放尿してしまうと、電球の真下の白いタイル張りの上に投げ出してある白いタオル寝巻きと、黒い革のバンドを取り上げて、不思議そうに、検《あら》めていた事を記憶《おぼ》えている。……俺はドウしてコンナに丸裸体になったんだろう……と疑いながら。しかし私は子供の時分から便所に入る時に限って、冬でも着物を脱いで行く習慣があったので、多分夢うつつのうちに、そうした習慣を繰り返したのだろうと考えつくと、格別不思議にも感じなくなったように思う。そうして別に深い考えもなしに、どこかへ汚れでも着いていはしないかと思って、一通り裏表を検めて、バンドと一緒に、二、三度力強くハタイただけで、元の通りにキチンと着直した。それから片隅の手洗場のコックを捻《ひね》って、勢よく噴き出る水のシブキに噎《む》せかえりながら、ゴクゴクと腹一パイになるまで呑んだ。それから、そのあとで丁寧に手を洗ったのであったが、それとても平生よりイクラカ念入りに洗ったぐらいの事で、左右の掌には何の汚染《よごれ》も残っていなかったように思う。そうしてヤットコサと自分の室に帰ると、いつもの習慣通り、寝がけに枕元に引っかけて置いた西洋手拭《てぬぐい》で、顔と手を拭《ふ》いたが、その時にはもう死ぬほどねむくなっていたので、スリッパを穿《は》かずに出かけていたことなぞは、ミジンも気づかないまま、倒れるように寝台に這《は》い上ったのであった……。

私の記憶はここでまた中絶してしまっている。そうしてタッタ今眼を醒《さ》ましても、まだその記憶を思い出さずにいた。……昼間からズーッと眠り続けたつもりでいたのであったが、そうした深い睡眠と、甚だしい記憶の喪失が、私の恐ろしい夢中遊行から来た疲労のせいであったことは、もはや疑う余地がなかった。しかも、そうしたタマラナイ、浅ましい記憶の全部を、現在眼の前で、副院長に図星を差された一刹那《せつな》に、電光のような超スピードで、ギラギラと回復してしまった私は、もう坐《すわ》っている力もないくらい、ヘタバリ込んでしまったのであった。

……相手はソンナ実例を知りつくしている、医学博士の副院長である。私の行動を隅から隅まで、研究しつくして来ているらしい人間である。神の審判の前に引き出されたも同然である……。

……と……そんな事までハッキリと感づいてしまうと、私の腸のドン底から、浅ましい、おそろしい、タマラナイ胴ぶるいが起って来た。どうかして逃れる工夫はないかと思い思い……その戦慄《せんりつ》を押さえつけようとすればするほど、一層烈しく全身がわななき出すのであった。

その時に副院長の、柔かい弾力を含んだ声が、私の頭の上から落ちかかって来た。

「そうでしょう。それに違いないでしょう」

三

「…………」

「歌原男爵夫人を殺したのは貴方《あなた》に違いないでしょう」

私は返事はおろか、呼吸をする事も出来なくなった。寝台の上にひれ伏したまま胴震いを続けるばかりであった。

副院長はソット咳払《せきばら》いをした。

「……あの特等室の惨事が発見されたのは、今朝の三時頃の事です。隣の二号室の付添看護婦が、あの廊下の突当りの手洗い場に行きかけると、あの室の扉が開いて眩《まぶ》しい電燈《でんとう》の光りが廊下にさしている。それで看護婦はチョット不思議に思いながら、室《へや》の中を覗《のぞ》いたのですが、そのまま悲鳴をあげて、宿直の宮原君の処へ転がり込んで来たものです。私はその宮原君から掛かった電話を聞くとすぐに、中野の自宅からタクシーを飛ばして来たのですが、その時にはもう既に、京橋署の連中が大勢来ていて、検屍《けんし》が済んでしまっておりましたし、犯人の手がかりも集められるだけ集めてあったらしいのです。ですから私は現場に立ち会っていた宮原君から、委細の報告を聞いたわけですが、その話によりますと歌原男爵未亡人はミゾオチの処を鋭利なトレード製の鋏《はさみ》で十センチ近くも突き刺されている上に、暴行を加えられていた事が判明したのです。それから入口の近くに寝ていた看護婦も、麻酔が強過ぎたために、無残にも絶息している事が確かめられましたが、その上に犯人は、未亡人が大切にしていた宝石容れのサックを奪って逃走している事が、間もなく眼を醒ました女中頭の婆さんの証言によって判明したのだそうです。

……しかし、犯人が、それからどこへドウ踪跡《そうせき》を晦《くら》ましたかという事は、まだ的確に解っていないらしいのです……室の中には分厚い絨毯《じゅうたん》が敷いてあるし、廊下は到る処にマットが張り詰めてありますから、足跡などは到底、判然しないだろうと思われるのですが、しかし、それでも警察側では犯人が夕方から、見舞人か患者に化けて、この病院の中に紛れ込んでいたもので、出て行きがけには、明け放しになっていた屋上庭園から、玄関の露台に降りて、アスファルト伝いに逃走したものと見込みをつけているらしく、そんな方面の事を看護婦や医員に聞いておりましたそうです。私が来ました時にも官服や私服の連中が、屋根の上から、玄関のまわりを熱心に調査していたようです。

……一方に歌原家からは、身内の人が四、五人駈《か》けつけて来ましたので、その筋の許可を得て、夫人の死体を引き渡したのが、今から約三十分ばかり前の事ですが……むろん確かな事はわかりませんけれども、その筋ではよほど大胆な前科者か何かと考えているらしく、敷蒲団の血痕《けっこん》や、雪洞《ぼんぼり》型の電球蔽《おお》いに付着しているボンヤリした血の指紋なぞを調べながら『おんなじ手口だ』と言って肯《うなず》き合ったり『田端だ田端だ』と口を辷《すべ》らしていた……と言うような事実を聞きました。チョウド一週間ばかり前のこと、田端で同じような遣《や》り口の後家さん殺しがあった事が、大きく新聞に書き立ててあったのですから、その筋では事によると、同じ犯人と睨《にら》んでいるのかも知れません。

……しかし私はまだ、それでも不安のように思っておりますうちに、丁度玄関で帰りかけている旧友の予審判事に会いましたので、私はいい幸いと思いまして、特に力強く証言して置きました。歌原未亡人が、この病院に入ったのは、まだ昨夜の事で、新聞にも何も出ていないのだから、これは多分、かねてから未亡人をつけ狙っていた者で、急に思いついて実行した事であろうと思う。この病院の現在の患者は、皆相当の有産階級や知識階級である上に、動きの取れない重症患者や、身体の不自由な者ばかりで、こんな無鉄砲な、残忍兇暴《きょうぼう》な真似の出来るものは一人もいないはずである……と……」

私は頭をシッカリと抱えたまま、長い、ふるえた溜息《ためいき》をした。それは今の話を聞いて取りあえず、気が遠くなるほど安心すると同時に、わざわざこんな事を私に告げ知らせに来ている、副院長の心を計りかねて、何とも言えない生々しい不安に襲われかけたからであった。……だから……私はそう気づくと同時に、その溜息を途中で切って、続いて出る副院長の言葉を聞き澄ますべく、ピッタリと息を殺していた。

「……新東さん。御安心なさい。貴方は私がオセッカイをしない限り、永久に清浄な身体でおられるのです。すくなくとも社会的には青天白日の人間として、大手を振って歩けるのです。……けれども貴方御自身の良心と同時に、私の眼を欺《あざむ》く事は出来ないのですよ。いいですか。……私は特一号室の出来事を耳にすると同時に、何よりも先に貴方の事を思い出しました。……昨日の午前中に、貴方を回診した時の事を思い出したのです。あの夢遊病の話を聞いておられた貴方の、異様に憂鬱《ゆううつ》な表情を思い出したのです。そうして誰よりも先に貴方に疑いをかけながら、自動車を飛ばして来たのです。……そうして歌原未亡人の死体を家人に引き渡すとすぐに、病室の取片づけ方を看護婦に命じて、新聞記者が来ても留守だと答えるように頼んでから、コッソリと裏廊下伝いにこの室に来て、貴方の寝台のまわりを手探りで探したのです。盗まれた茶革のサックがどこかに隠して在りはしまいかと思って……。

……ところで私はまず第一に、あなたの枕元に在る、その西洋手拭いを摑《つか》んでみたのですが、果せる哉《かな》です。タッタ今手を拭いたように裏表から濡《ぬ》れておりました。貴方がズット以前から熟睡しておられたものならば、そんな濡れ方をしているはずはないのです。それから私は気がついて、あの向うの二等病室づきの手洗い場に行ってみましたが、手洗い場の竜口栓《コック》は十分に締まっていない上に、床のタイルの上に水滴が夥《おびただ》しく零《こぼ》れておりました。多分貴方は、コンナ事は怪しむに足りない、よくある事だからと思って、故意《わざ》とソンナ風にして血痕を洗われたのかも知れませんが、私の眼から見るとそうは思われません。

血痕という特別なものを、そこで洗い落された貴方が、貴方自身の心の秘密を胡麻化《ごまか》すためにそうされたので、頭のいい、技巧を弄《ろう》し過ぎた洗い方だとしか思われないのです。……私はそれから正面に三つ並んでいる大便所を、一つ一つ開いてみましたが、あの一番左側の水洗式の壺《つぼ》の中に、コルクの栓が一個浮いているのを見逃しませんでした。マッチを擦ってみると、その水の表面にはホコリが一粒も浮いていない。つまり最近に流されたものである事を確かめて、イヨイヨ動かす事の出来ない確信を得ました。貴方はあの特一号室から出て来て、この室に品物を隠された後に、あそこに行って手足の血痕を洗い落されました。そうしておろかにも、麻酔に使われた硝子《ガラス》の小瓶を、水洗式の壺に投げ込んで打ち砕いたあとで、水を放流されたまでは、誠に都合よく運ばれたのですが、その軽いコルクの栓が、U字型になっている便器の水堰《せき》を超え得ないで、烈しい水の渦巻きの中をクルクル回転したまま、またもとの水面に浮かび上がって来るかどうか見届けられなかったのは、貴方にも似合わない大きな手落ちでした。明日にも私が警官に注意をすれば、あの便所の中から瓶の破片を発見する事は、さして困難な仕事ではないだろうと思われます。……どうです。私がお話する事に間違いがありますか」

私は私の身体の震えがいつの間にか止まっているのに気がついた。そうして私が丸ッキリ知らない事までも、知っているように話す副院長の、不可思議な説明ぶりに、全身の好奇心を傾けながら耳を澄ましている私自身を発見したのであった。

……何だか他人の事を聞いているような気持ちになりながら……。

その時に副院長はまた一つ咳払いをした。そうして多少得意になったらしく、今迄《いままで》よりも一層滑かに、原稿でも読むようにスラスラと言葉を続けた。

「……警察の連中のはたしかに方針を誤っているのです。十中八、九までこの事件を、強力犯係の手に渡すに違いないと思われます。その結果、この事件は必然的に迷宮に入って、有耶無耶《うやむや》の中に葬られる事になるでしょう。……しかし、かく申す私だけは、専門家ではありませんが、警察の連中に欠けている医学上の知識を持っている御陰で、この事件の真相をタヤスク看破する事が出来たのです。この事件が当然知能犯係の手に廻《まわ》るべきものである事を、一目で看破してしまったのです。

……この事件は時日を経過するにつれて、非常に真相のわかり難い事件になるでしょう。……何故かと言うとこの事件は、すくなくとも三重の皮を冠《かぶ》っているのですからね……その表面から見ると疑いもない普通の強窃盗事件ですが、その表面の皮を一枚めくって、事件の肉ともいうべき部分を覗《のぞ》いてみますと、きわめて稀有《けう》な例ではありますが、夢遊病者が描き現わした一種特別の惨劇と見る事が出来るのです。夢中遊行者の行動は必ずしもフラフラヨロヨロとした、たよりのないものばかりに限られているわけではありませんからね。普通人のようにシッカリした足取りで、普通人以上に巧妙な知恵を使って、複雑深刻を極めた犯罪を遂行する事があると、記録にも残っているくらいですが、まさにその通りです。貴方は、貴方特有の強健な趾《あしゅび》と、アキレス腱《けん》の跳躍力を利用して、この事件を遂行されたに違いないのです。あなた独得の明敏な頭脳と、スバラシク強健な足の跳躍力を一緒にして、この惨劇を計画されたに相違ないのです。あなたは標本室の薬液を盗んで、四人の女を眠らせて、この兇行《きょうこう》を遂げられたのです。そうして夫人の懐中《かみいれ》を奪って、この室に帰って、その懐中を寝床の下に隠してから、知らぬ顔をして便所に行かれたのでしょう。そこで血痕を残らず洗い浄めた後に、初めて安心して眠られたのでしょう」

私はまたも、肋骨《あばらぼね》が疼《うず》き出すほどの、烈しい動悸《どうき》に囚《とら》われてしまった。今の今まで他人の事のように思って耳を傾けていた事件の説明が、急角度に私の方に折れ曲って来たので……そうして身動きも出来ない理詰の十字架に、ヒシヒシと私を縛りつけ始めたので……。

「貴方はもう、それで十分に犯罪の痕跡を湮滅《いんめつ》したと思っていられるかも知れませんが……しかし……もし……万が一にも私が、あの標本室に残された、貴方の重大な過失をあばき立てたらドウでしょう。あなたが持って行かれた、あの小さな瓶のあとに残っている薄いホコリの輪と、クロロホルムの瓶の肩に、不用意に残された小指らしい指紋の断片とを、司法当局の前に提出したらどうでしょう。……さもなくとも直接事件の調査に立ち会った宿直の宮原君が、警官から当病院内の麻酔薬の取扱方について質問された時に、『それは平生、標本室の中に厳重に保管してある。しかもその標本室の鍵《かぎ》はこの通り、宿直に当ったものが肌身離さず持っているのだから、盗み出される気遣いは絶対にない』と答えていなかったらどうでしょう。そればかりでなく、その後で、警官たちが他の調査に気を取られている隙に、宮原君が念のため先廻《さきまわ》りをして、標本室の扉に鍵が掛かっているかどうかを確かめていなかったとしたら、どうでしょう。……あそこから麻酔薬を盗み出したものが確かにいる。……その人間の小指の指紋はコレダという事を警官に突き止められたとしたら、ソモソモどんな事になったでしょうか」

「…………」

「あなたはそれでも、すべてを夢中遊行のせいにして、知らぬ存ぜぬの一点張りで押し通されるかも知れませんね。また、司法当局も、あなたの平常の素行から推して、今夜の兇行を貴方《あなた》の夢中遊行から起った事件と見做《みな》して、無罪の判決を下すかもしれませんネ。しかし……しかし、多分、その裁判には私も何かの証人として呼び出される事と思いますが……また、呼び出されないにしても、勝手に出席する権利があると思うのですが……その裁判に私が出席するとなれば、断じてソンナ手軽い裁判では済みますまいよ。……私は事件の真相のモウ一つ底から考えても、貴方は死刑を免れない事になるのですよ。どの方面からの真相を知っているのですから……」

……私は愕然《がくぜん》として顔を上げた。

私は今の今まで私の胸の上に巻きついて、肉に喰《く》い込むほどギリギリと締まって来た鉄の鎖が、この副院長の最後の言葉を聞くと同時に、ブッツリと切れたように感じたのであった。そうして吾《われ》を忘れて、まともに副院長の顔を見上げた……その唇にほのめいている意地の悪い微笑を……その額に輝いている得意満面の光りを、臆面《おくめん》もなく見上げ見下す事が出来たのであった。……事件の真相の底……真相の底……私の知らないこの事件の真相の奥底……と、二、三度心の中で繰り返してみながら……。そうして、

……この男は、まだこの上に、何を知っているのだろう……。

と疑い迷っているうちに、またもグッタリと寝台の上に突っ伏して、重ね合わせた手の甲に額の重みを押しつけたのであった。ヘトヘトに疲れた気持ちと、グングン高まって来る好奇心とを同時に感じながら……。

その時に副院長は、すこし音調を高くして言葉を継いだ。あたかも私を冷やかすかのように……。

「あなたはエライ人です。あなたはこんな仕事に対する隠れたる天才です。あなたは昨日の朝、足の夢を見られると同時に……そうしてかの有名な宝石蒐集《しゅうしゅう》狂の未亡人が、入院した事を聞かれると同時に、この仕事の方針を立てられたのです。……否《いや》……あなたはズット前から、何かの本で夢遊病の事を研究しておられたもので、足の夢を見られたというのも、あなたがこの事件に就いて計画された、一つの巧妙なトリックだったかも知れないのです。

……その証拠というのは、特別に探すまでもありません。昨夜の出来事の全部が、その証拠になるのです。貴方は、あなたが遂行された歌原未亡人惨殺事件の要所要所に、夢遊病の特徴をハッキリとあらわしておられるのです。……雪洞《ぼんぼり》型の電燈の笠《かさ》にボヤケた血の指紋をコスリつけられたところと言い、一等若い、美しい看護婦の唇の上に、わざとクロロホルムの綿を置きっ放しにして、殺してしまわれた残忍さと言い……その綿は馬鹿な警官が、大切な証拠物件として持って行ったそうですが……そのほか男爵未亡人の枕元に在った鼻紙と、その上に置いて在った硝子製の吸呑器《すいのみき》を蹴《け》散らしたり、百燭《しょく》の電燈をつけっ放しにして出て行ったり、如何《いか》にも夢遊病者らしい手落ちを都合よく残しておられます。その中でも特に、男爵未亡人の着物や帯をムザムザと切断したり、繃帯《ほうたい》を切り散らして、手術した局部を露出したり、最後にまたその兇行に使用した鋏《はさみ》を、モウ一度深く胸の疵口《きずぐち》に刺し込んだまま出て行かれたりしている処は、百パーセントに夢中遊行者特有の残忍性をあらわしておられるのです。かつて専門の書類でそんな実例を読んだ事のある私とても、この事件に対する貴方の準備行為を見落していたならば……ただ、事件そのものだけを直視していたならば、物の見事に欺かれていたに違いないと思われるほどです。あなたの天才的頭脳に翻弄《ほんろう》されて、単純な夢遊病の発作と信じてしまったに違いないと思って、人知れず身ぶるいをしたくらいです」

「………………」

「……どうです。私がこれ以上にドンナ有力な証拠を握っているか、貴方にわかりますか。この惨劇の全体は、夢遊病の発作に見せかけた稀《まれ》に見る知能犯罪である。貴方の天才的頭脳によって仕組まれた一つの恐ろしい喜劇に過ぎないと、私が断定している理由がおわかりになりますか」

「…………」

「……フフフフ。よもや知るまいと思われても駄目ですよ、私は何もかも知っているのですよ。……貴方は昨日の午後のこと、同室の青木君が外出するのを待ちかねて、この室《へや》を出られたでしょう。そうしてあの特一号室の様子を見に、玄関先まで来られたでしょう。それから標本室へ行って麻酔薬の瓶が在るかどうかを確かめられたでしょう。貴方はあの標本室の中に、いろんな薬瓶が置いてあるのを前からチャント知っておられたに違いないのです。……そうでしょう……どうです……」

「…………」

「……ウフフフフ。私がこの眼で見たのですから、間違いはないはずです。それは貴方の巧妙な準備行為だったのです。私があの時に、あなたの散歩を許さなければコンナ事にはならなかったかも知れませんが、貴方は巧みに偶然の機会を利用されたのです。そうしてこの犯行を遂げられたのです」

「…………」

「……私の申し上げたい事はこれだけです。私は決して貴方を密告するような事を致しません。私は貴方がW大文科の秀才でいられる事を知っていますし、亡くなられた御両親の学界に対する御功績や、現在の御生活の状態までも、ある人から承って詳しく存じている者です。このような事を計画されるのは無理もないと同情さえして上げているのです。ですからこそ……こうしてわざわざ貴方のために、忠告をしに来たのです」

「………………」

「……もう二度とコンナ事をされてはいけませんよ。人を殺すのは無論の事、かりそめにも貴重品を盗んだりされてはいけませんよ。貴方の有為な前途を暗闇にするような事をなすっては、第一あなたの純真な……お兄さん思いのお妹さんが可哀相ではありませんか。あの美しい、お兄様大切と思い詰めておられる、可哀相なお妹さんの前途までも、永久に葬る事になるではありませんか」

副院長は声を励ましてこう言いながら、ポケットに手を突っ込んだ。そうして薄黒い懐《かみ》中《いれ》みたようなものを取り出すと、掌の中で軽々と投げ上げ始めた。

「——いいですか。これはタッタ今、あなたの寝台のシーツの下から探し出した、歌原未亡人の宝石入りのサックです。この事件と貴方とを結びつける最後の証拠です。同時に貴方の夢中遊行が断じて、夢中の遊行ではなかった、きわめて鋭敏な、かつ高等な常識を使った計画的な殺人、強盗行為に相違なかった事を、有力に裏書きする証人なのです。もう一つ一つ詳しく説明しますと、この中に在る宝石や紙幣の一つ一つを冷静に検査して行かれた貴方の指紋は、そのタッタ一ツでも間違いなく、貴方を絞首台上に引っぱり上げる力を持っているでしょう……それほどに、恐ろしい唯一無上の証拠物件なのです。……ですから……コンナものを貴方が持っておられると大変な事になりますから、とりあえず私がお預かりして行くのです。

もう間もなく、あの特等病室のよごれた藁蒲団《わらぶとん》を、人夫が来て片づけるはずですから、その時に私が立ち会って、寝床の下から出て来たようにして報告して置いたらドンナものかと考えているところですが……むろん、その前にこの中の指紋をキレイにして置かなければ、何もなりませんが……ドチラにしても、死んだ人には気の毒ですが、今更取り返しがつかないのですから、後はこの病院の中から、縄つきなどを出さないようにしなければなりません。すぐに病院の信用に響いて来ますからね……いいですか。……忘れてはいけませんよ。今夜の事は、この後ドンナ事があっても、二度と思い出してはいけない……他人に話してはならない。勿論《もちろん》お妹さんにも打ち明けてはいけません……という事を……」

そう言ううちに副院長は、ジリジリと後しざりをした。そうして扉のノッブに凭《よ》りかかったらしく、ガチャリと金属の触れ合う音がした。

その音を聞くと同時に、ベッドの上にヒレ伏したままの私の心の底から、形容の出来ない不可思議な、新しい戦慄《せんりつ》が湧き起って、みるみる全身に満ちあふれ始めた。それにつれて私は奥歯をギリギリと噛《か》み締めて、爪が喰《く》い入るほどシッカリと両手を握り締めさせられたのであった。

しかし、それは最前のような恐怖の戦慄ではなかった。

……俺は無罪だ……どこまでも青天白日の人間だ……

という力強い確信が、骨の髄までも充実すると同時に起った、一種の武者ぶるいに似た戦慄であった。

その時に副院長が後ろ手で扉のノッブを捻《ねじ》った音がした。そうして強いて落ち着いた声で、

「……早く電燈を消してお寝みなさい。そうして……よく考えて御覧なさい」

という声が私を押さえつけるように聞えた。

途端に私は猛然と顔を上げた。出て行こうとする副院長を追っかけるように怒鳴った。

「……待てッ……」

それは病院の外まで聞えたろうと思うくらい、猛烈な喚《わ》めき声であった。そう言う私自身の表情はむろん解らなかったが、恐らくモノスゴイものであったろう。

副院長は明らかに胆《きも》を潰《つぶ》したらしかった。不意を打たれて度を失った恰好《かっこう》で、クルリとこっちに向き直ると、まだ締まったままの扉を小楯《こだて》にとるかのように、ピッタリと身体を

寄せかけて突っ立った。電燈の光りをまともに浴びながら、切れ目の長い近眼を釣り上らして、瞬きもせずに私の顔を睨《にら》みつけた。

その真正面から私は爆発するように怒鳴りつけた。

「犯人は貴様だ……キ……貴様こそ天才なんだゾッ」

副院長の身体がギクリと強直した。その顔色が見る見る紙のように白くなって来た。扉のノッブに縋《すが》ったままガリガリとふるえ出していることが、その縞《しま》のズボンを伝わる膝《ひざ》のわななきでわかった。

こうした急激な打撃の効果を、眼の前に見た私はイョイョ勢いを得た。

その副院長の鼻の先に拳固《げんこ》を突きつけたまま、片膝でジリジリと前の方へニジリ出した。

……と同時に洪水のように迸《ほとばし》り出る罵倒《ばとう》の言葉が、口の中で戸惑いし始めた。

「……キ……貴様こそ天才なのだ。天才も天才……催眠術の天才なのだ。貴様は俺をカリガリ博士の眠り男みたいに使いまわして、コンナ酷《むご》たらしい仕事をさせたんだ。そうして俺のする事を一々陰から見届けて、美味《うま》い汁だけを自分で吸おうと巧《たく》らんだのだ。……キット……キットそうに違いないのだ。さもなければ……俺の知らない事まで、どうして知っているんだッ……」

「…………」

「……そうだ。キットそうに違いないんだ。貴様は……貴様は昨日の正午過ぎに、俺がタッタ一人で午睡《ひるね》している処へ忍び込んで来て、俺に何かしら暗示を与えたのだ……否《いや》……そうじゃない……その前に俺を診察しに来た時から、何かの方法で暗示を与えて……俺の心理状態を思い通りに変化させて、こんな事件を起すように仕向けたのだ。そうだ……それに違いないのだ」

「…………」

……バタリ……と床の上に何か落ちる音がした。それは副院長の手から、床の上の暗がりに辷《すべ》り落ちた、茶革の懐中《かみいれ》の音に相違なかった。

しかし私はその方向には眼もくれなかった。のみならず、その音を聞くと同時にイヨイヨ自分の無罪を確信しつつ、メチャクチャに相手をタタキつけてしまおうと焦燥《いらだ》った。

「……そうなんだ。それに違いないのだ。俺に散歩を許したのは誰でもない貴様なんだ。標本室の扉の鍵《かぎ》をコッソリと開けて置いたのも貴様だろう。クロロホルムの瓶をあそこに置いたのも貴様かも知れない。……男爵未亡人を凌辱《りょうじょく》したのも貴様に違いない。そうして残虐を逞《たくま》しくして、茶革の懐中を奪って、俺の処へ……イヤイヤ……そうじゃない。そうじゃないんだ。……俺は決して嘘は言わない。俺は今夜偶然に夢中遊行を起したのだ。そうしてあの室に行った。四人の女を麻酔さして、未亡人の繃帯《ほうたい》と帯とを切ったに違いないのだ。けれども、それ以上の事は何もしていなかったのだ……それ以上犯罪に属する仕事は……みんな貴様がした事なんだ。宿直員の話でも、その宝石に残っている俺の指紋の一件でも、ミンナ貴様の出まかせの嘘ッパチなんだ。貴様はただ偶然に、昨日の昼間、標本室に入って行く俺の姿を見つけたに過ぎないんだ。それから今夜も、歌原未亡人の容態を監視するつもりか何かでこの病院に居残っているうちに、またも偶然に、俺の夢中遊行を見つけたので、あとからクッついて来て様子を見届けているうちに思いついて、スッカリ計画を立ててしまったのだ。そうして俺が出て行ったあとでソノ計画通りにヤッツケて、一切の罪を俺に投げかけて、俺の口を閉《ふさ》ごうという企らみの下に、わざわざこの室まで押しかけて来て……イヤッ……ソ……そうじゃないんだッ。そ……そんな事じゃないんだッ……」

私は突然に素晴らしい、インスピレーションに打たれたので、片膝を叩《たた》いて飛び上った。私は私自身が徹底的に絶対無限に潔白であることを、遺憾なく証明し得るであろう、そのインスピレーションを眼の前に、凝視したまま、躍り上らんばかりに喚めき続けた。

「……オ……俺は何にもしていないんだ。昨日の夕方からこの室を出ないんだぞッ……チ畜生ッ……コ……この手拭《てぬぐい》は貴様が濡《ぬ》らしたんだ。その茶革のサックも貴様が持って来たんだ。そうして貴様はやっぱり催眠術の大家なんだッ」

「…………」

「俺はこの事件と……ゼ絶対に無関係なんだ……。俺は貴様の巧妙な暗示にかかって、昨日の午後から今までの間、この寝台の上で眠り続けていたんだ。そうして貴様から暗示された通りの夢を見続けていたんだ。夢遊病者が自分で知らない間に物を盗んだり、人を殺したりするという実例を貴様から話して聞かせられた……そのとおりの事を自分で実行している夢を見続けていたのだ。そうして丁度いい加減の処で貴様から眼を醒《さ》まさせられたのだ……それだけなんだ。タッタそれだけの事なんだ……」

「…………」

「しかも、そのタッタそれだけの事で、俺は貴様の身代りになりかけていたんだぞ。貴様がしたとおりの事を、自分でしたように思い込ませられて、貴様の一生涯の汚名を背負い込ませられて、地獄のドン底に落ち込ませられかけていたんだぞ。罪も報いもないまんまに……本当は何もしないまんまに……エエッ。畜生ッ……」

私の目が涙で一パイになって、相手の顔が見えなくなった。けれども構わずに私は怒鳴り続けた。

「……ええっ……知らなかった……知らなかった。俺は馬鹿だった。馬鹿だった。貴様が俺に夢遊病の話をして聞かせた言葉のうちに、こんなにまで巧妙な暗示が含まれていようとは、今の今まで気がつかなかった。エエッ……この悪魔……外道ッ……」

私はここ迄《まで》言いさすと堪《た》まらなくなって、片手で涙を払い除《の》けた。

そうして、なおも、相手を罵倒すべく、カッと眼を剝《む》き出したが……そのままパチパチと瞬きをして、唾液《だえき》をグッと呑《の》み込んだ。呆《あき》れ返ったように自分の眼の前を見た。

いつの間に取り上げたものか、私の松葉杖《まつばづえ》の片ッ方が、副院長のクシャクシャになった髪毛《かみ》の上に振りかざされている。二股《ふたまた》になった撞木《しゅもく》の方が上になって、両手で握り締められたままワナワナと震えている。……その下に、まったく形相の変った相手の顔があった。……放心したようにダラリと開いた唇、真赤に血走ったまま剝き出された両眼、放散した瞳孔《どうこう》、片跛に釣り上った眉《まゆ》。額の中央にうねうねと這《は》い出した青すじ……悪魔の表情……外道の仮面……。

その上に振り上げられた松葉杖のわななきが、次第次第に細かい戦慄にかわって行った。今にも私の頭の上に打ち下されそうに、みるみる緊張した静止に近づいて行くのを私は見た。

私はその杖の頭を見上げながら、寝床の上をジリジリと後しざって行った。片手をうしろに支えて、片手を松葉杖の方向にさし上げながら、大きな声を出しかけた。

「助けて下さア――イ」

……と……。けれどもその声は不思議にも、まだ声にならないうちに、大きな、マン丸い固りになって咽喉《のど》の奥の方につかえてしまった。

……何秒か……何世紀かわからぬ無限の時空が、一パイに見開いている私の眼の前を流れて行った。

…………………………

「……お兄さま……お兄様、お兄様……オニイサマってばよ……お起きなさいってばよ……」

…………私はガバと跳ね起きた。……そこいらを見まわしたが、ただ無暗に眩《まぶ》しくて、ボ――ッと霞《かす》んでいるばかりで何も見えない。その眼のふちを何遍も何遍も拳固でコスリまわしたが、こすればこするほどボ――ッとなって行った。

その肩をうしろから優しい女の手がゆすぶった。

「お兄様ってば……あたしですよ。美代子ですよ。ホホホホホ。モウ九時過ぎですよ。……シッカリなさいったら。ホホホホホ」

「…………」

「……お兄様は昨夜の出来ごと御存じなの……」

「…………」

「……まあ呆《あき》れた。何て寝呆助《ねぼすけ》でしょう。モウ号外まで出ているのに……オンナジ処にいながら御存じないなんて……」

「…………」

「……あのねお兄様。あのお向いの特等室で、歌原男爵の奥さんが殺されなすったのよ。

胸のまん中を鋭い刃物で突き刺されてね。その胸の周囲に宝石やお金が撒《ま》き散らしてあったんですって……おまけに傍に寝ていた女の人達はみんな麻酔をかけられていたので、誰も犯人の顔を見たものがいないんですってさ」

「……ちょうど院長さんは御病気だし、副院長さんは昨夜から、稲毛《いなげ》の結核患者の処へ往診に行って、夜通し介抱していなすった留守中の事なので、大変な騒ぎだったんですってさあ。犯人はまだ捕まらないけど、歌原の奥さんを怨《うら》んでいる男の人は随分多いから、キットその中の誰かがした事に違いないって書いてあるのよ。妾《わたし》その号外を見てビックリして飛んで来たの……」

妹の声が次第に怖えた調子に変って来た。

するとその向うからモウ一つ大きな、濁った声が重なり合って来た。

「アハハハハハ。新東さん。今帰りましたよ。あっしも号外を見て飛んで帰ったんです。ヒョットしたら貴方《あなた》じゃあるめえかと思ってね。アハハハハ。イヤもう表の方は大変な騒ぎです。そうしたら丁度玄関の処でお妹さんと御一緒になりましてね……へへへ……これはお土産です。お約束の紅梅焼です。眼ざましにお二人でお上んなさい」

「……アラマア……どうもすみません。お兄さまってば、お兄さまってば。お礼をおっしゃいよ。こんなに沢山いいものを……まだ寝ぼけていらっしゃるの……」

「アハハハハハ……また足の夢でも御覧になったんでしょう……」

「……まあ……足の夢……」

「ええ。そうなんです。足の夢は新東さんの十八番《おはこ》なんで……ヘェ。どうぞあしからずってね……ワハハハハハハ……」

「マア意地のわるい……オホホホホ……」

「…………」

冗談に殺す

一

私は「完全な犯罪」なぞいうものは空想の一種としか考えていなかった。丸之内の某社で警察方面の外交記者を勤めて、あくまで冷酷な、現実的な事件ばかりで研ぎ澄まされて来た私の頭には、そんなお伽話《とぎばなし》じみた問題を浮かべ得る余地すらなかった。そんな話題に熱中している友達を見ると軽蔑《けいべつ》したくなるくらいの私であった。

その私が「完全な犯罪」について真剣に考えさせられた。そうして自身にそれを実行すべく余儀なくされる運命に陥ったというのは、実に不思議な機会からであった。すべてが絶対に完全な犯行の機会を作ってグングンと私を魅惑して来たからであった。

今年の正月の末であった。私はいつものとおり十二時前後に社を出ると、寒風の中に立ち止まって左右を見まわした。私は毎晩社を出てから、丸之内や銀座方面をブラブラして、どこかで一杯引っかけてから、霞ヶ関の一番左の暗い坂をポツポツと登って、二時キッカリに三年町の下宿に帰る習慣がついていたので……そうしないと眠られないからであったが……今夜はサテどっちへ曲ろうかと考えたのであった。

するとその私の前をスレスレに、一台の泥ダラケのフォードが近づいて来たと思うと、私の鼻の先へ汚れた手袋の三本指があらわれた。それは新しい鳥打帽を眉深《まぶか》く冠《かぶ》って、流感除《よ》けの黒いマスクをかけた若い運転手の指であったが……私はすぐに手を振って見せた。けれども自動車は動かなかった。今度は運転手がわざわざ窓の所へ顔を近づけて、私にだけ聞こえる細い声で、

「無賃《ただ》でもいいんですが」

といった。ドウヤラ笑っている眼つきである。

私はチョット面喰《めんくら》った……が……直ぐに一つうなずいて箱の中に納まった。コイツは何か記事《タネ》になりそうだ……と思ったから……すると運転手も何か心得ているらしく、行先も聞かないままスピードをだして、一気に数寄屋橋《すきやばし》を渡って銀座裏へ曲り込んだ。

その時に私はいくらかドキドキさせられた。いよいよ怪しいと思ったので……ところが間もなく演舞場の横から、築地河岸の人通りの少いところへくると、急にスピードを落した運転手が、帽子とマスクを取り除けながら、クルリと私の方を振り向いた。

「新聞に書いちゃイヤヨ。ホホホホ……」

私は思わず眼を丸くした。

それは二週間ばかり前から捜索願が出ている、某会社の活劇女優であった。彼女はズット前に、ある雑誌の猟奇座談会でタッタ一度同席した事のある断髪のモガで、その時に私

がこころみた「殺人芸術」に関する漫談を、蒼白《あおじろ》く緊張しながら聞いていた顔が、今でも印象に残っているが、それが「女優生活に飽きた」という理由でスタジオを飛びだして、東京に逃げ込んでくると、所もあろうに三年町の私の下宿の直ぐ近くにある、小さなアバラ家を借りて、弁当生活を始めた。そうして男のような本名の運転手免状を持っているのを幸いに、そこいらのモーロー・タクシーの運転手に化けこんで、モウ大丈夫という自信がついてから悠々と私を跟《つ》けまわしはじめた……と彼女は笑い笑い物語るのであった。モウ一度、

「新聞に書いちゃ嫌よ」

と念を押しながら……。

彼女の話を聞いた私は何よりも先に、彼女が特に私を相手に選んだそのアタマの作用に少なからぬ関心を持たされた。彼女がコンナにまで苦心をして、絶対の秘密のうちに私を追っかけまわした心理の奥には、何かしら恋愛以上の或《あ》るものが潜んでいるに違いないことが感じられる……その心理の正体が突き止めて見たくなった。同時に彼女の男装の巧《うま》さにも多少の興味を引かれたので、そのまま二人で絶対安全の秘密生活を始めるべく、自動車をグルグルまわしながら打ち合わせをしたのであった。

その結果、私は毎晩、社の仕事が済むと、例の習慣を利用して、一時間だけ彼女のとこ

ろに立ち寄る事になった。彼女も引き続いて毎日、運転手姿で市中を流しまわる事にした。そうして私の前でだけ女になる事にきめた……一日にタッタ一時間だけ……。

……すこぶる簡単明瞭《めいりょう》であった。しかも、それだけに私達の秘密生活は、百パーセントの安全率を保有しているわけであったが……。

ところがこの「百パーセントの安全率」がソックリそのまま「完全なる犯罪」の誘惑となって、私に襲いかかるようになったのは、それから間もなくの事であった。……二人の秘密生活がはじまってから一週間も経たないうちに、彼女の性格の想像も及ばぬ異常さが、マザマザと私の眼の前に露出しはじめてからの事であった。

彼女は何の飾りもない、殺風景なアバラ家の中でホットウイスキーを作るべく湯をわかして私を待っている間に、いろいろなイタズラをして遊んでいるらしかった。……むろん私は彼女が、何かしら特別な趣味を持っているらしい事を、初対面から察しているにはいたが、しかし、それが始めて私の眼に触れるまでは、まさかにコンナひどい趣味であろうとは、夢にも想像していなかった。それは商売の警察廻《まわ》りで、アラユル残忍な事件に神経を鍛えあげられて来た私でさえも、正視しかねたほどの残忍な遊戯であった。

彼女はどこからか迷い込んで来たポインター雑種の赤犬を一匹、台所のタタキの上に繋《つな》いで、バタを塗ったジレットの古刃を三枚ほど喰《く》わせて、悶死《もんし》させているのであった。もっとも私が彼女の門口を押した時には、最早《もう》、犬は血の泡の中に頭を投げ出して、眼をウッスリと見開いているだけであったが、それでもタタキの上に一面に残っている血みどろの苦悶《くもん》の痕跡《あと》を一眼見ただけで、ゾッとさせられたのであった。

「……ホホホホホ……何故モット早く来なかったの。アンタに見せようと思って繋いどいたのに……。あのね……ジレットを食べさせるとね、噛《か》もうとする拍子に、奥歯の外側に引っかかってナカナカ取れないのよ。だから苦しがって、シャックリみたいな呼吸をしいしい狂いまわるの……。それをこの犬ったらイヤシンボでね。三枚も一緒にペロペロと喰《た》べたもんだからトウトウ一枚、嚥《の》み込んじゃったらしいの。それで死んだに違いないのよ。ちょうど四十五分かかってよ死ぬまでに……そりゃあ面白かってよ。息も吐けないくらい……犬なんて馬鹿ね。ホントに……」

「…………」

「……アンタすまないけどこの犬に石を結《ゆわ》いつけて、裏の古井戸に放り込んでくれない。前のテニスコートの垣根の下に、石ころだの針金だのがいくらでも転がっているから……タタキの血は妾《わたし》がホースで洗っとくから……ね……ね……」

そういううちに彼女は突然にキラキラと眼を輝かした。……と思う間もなく、バタと犬の息気にしみた両手をさし伸ばして、イキナリ私の首にカジリつくと、ガソリン臭いキスを幾度となく私の頬に押しつけるのであった。

しかし私は最前から吐きそうな気持ちになっていた。そうしたいろいろな臭気の中で、底の知れないほど残忍な彼女の性格を考えさせられたので……それが彼女の接吻《せっぷん》を受けているうちにイヨイヨたまらなくなったので……私はシッカリと眼をつむって、思い切り力強く彼女を押し除《の》けると、その拍子に彼女はドタンと畳の上に尻《しり》もちを突いた。そうしてそのままテレ隠しらしく靴下を脱ぎながら、高らかに笑いだした。

「オホホホホ。駄目ねアンタは……。わたしの気持ちがわからないのね。……でも今にキットわかるわよ。アンタならキット……オホホホホ……」

私はやはり眼を閉じたまま、頭を強く左右に振った。そういう彼女の心持ちが、わかり過ぎるくらいわかったので……。彼女が、こうした遊戯の刺激でもって、その性的スパスムを特異の状態にまで高潮させる習慣を持った、一種特別の女であることが、この時にやっと分ったので……そうして同時に彼女はこの私を、彼女のこうした趣味の唯一の共鳴者として、初対面からメモリをつけていたに違いない……その気持ちまでもがアリアリとうなずかれたので……。

それは彼女自身にも気づいていない、彼女の本能的な盲情であったろうと考えられる。……その盲情が、ズット前の猟奇座談会で、私が試みた漫談に刺激されて、眼ざめた結果、こんな趣味に囚《とら》われるようになった。そうしてその結果、彼女はこうして一切を棄てて、本能的に私と結びついてくるようになったのではないか……それを彼女は私に恋しているかのように錯覚しているのではないか……。

……と……ここまで考えてくると、私は思わずまた一つ、頭を左右に振った。髪毛がザワザワして、背中がゾクゾクし始めたので……。

しかも彼女のこうした心理は、それからまた二、三日目に、彼女が肉片を引っかけた釣針で、近所のドラ猫を釣って、手繰《たぐ》ったり、ゆるめたりして遊んでいるのを発見した時に、イヨイヨドン底まで印象づけられたのであった。同時に彼女が、こうした趣味の道連れとして私を選んだのが、とんでもない間違いであった……私の中には彼女の想像した以上の恐ろしいものが潜んでいた……という事実までも、私自身にハッキリと首肯《うなず》かれたのであった。

彼女はその時に私の機嫌を取るつもりであったらしい。釣糸の先に引っかかった一匹の虎斑《とらぶち》の猫を、ここに書くさえ気味のわるいアラユル残忍な方法でイジメつけながら、たまらないほど腹を抱えて笑い興じるのであった。声も立て得ないまま瞳《め》を大きく見開いているその猫のタマラナイ姿を、一所懸命の思いで、生汗をかきかき正視しているうちに、私は、私の神経がみるみる恐ろしい方向に冴《さ》えかえって行くのに、気がついていた。

……この女は有害無益な存在である。

……この女は地上に在りとあらゆる法律上の罪人のドレよりも消極的な、つまらない存在である……と同時に、そのドレよりも詛《のろ》わしい、忌《い》まわしい、しつっこい存在でなければならぬ。

……この女は外国の残虐伝に出てくる女性たちの性格を、モッと小さくして、モッと近代的に尖鋭化《せんえいか》した本能の持ち主である……しかもこの女は、こうした趣味のためにワザワザ女優生活を飛びだして、人間世界から遠ざかって、こんなところに潜み隠れているので、私の眼に触れた動物以外に、まだドレくらいの動物の死体を、裏の古井戸に投げ込んでいるかわからない……。

……この女はトテも私には我慢出来ない一つの深刻な悪夢である。……と同時に社会的にも、一つの尖鋭を極めた悪夢的存在でなければならぬ……。

……と……そんなような考えを凝視しいしい、台所の暗いところと向き合って、眼を一パイに見開いている私の背後から、虎の門のカーブを回る終電車の軋《きし》りが、遠く遠く長く長く響いて来た。

私はゾーッとして思わず額の生汗を撫《な》であげた。見ると彼女はイツの間にか猫の死骸《しがい》を……それは生きたままであったかも知れない……井戸の中に投げ込んでしまったらしく、寝床の中の電気こたつに暖まりながら、気持ちよさそうに眼を閉じているのであった。

私が彼女を殺さねばならぬ運命をマザマザと感じたのは実にその瞬間であった。……と同時に、その運命がみるみる不可抗的に大きな魅力となって、ヒシヒシと私を取り囲んで、息も吐かれぬくらいグングンと私を誘惑し始めたのも、実にその寝顔を見下した次の瞬間からであった。

……この悪夢をこの世から抹殺し得るものは、この世に一人しかいない。ここに突っ立っている私、タッタ一人しかいない。……この女を殺すのは私の使命である。

……否《いな》。否。この女は私と初対面の時から、こうなるべく運命づけられていたのだ。

……その証拠にこの女はこのとおり、絶対に完全な犯罪を私に遂げさせるべく、自ら進んでここに来ているではないか……そうしてこのとおりジッと眼を閉じて、私の手にかかるべく絶好の機会を作りつつ、待っているではないか。

……私は彼女の死体をここに寝かして、電燈《でんとう》を消して、いつもの時間通りに下宿に帰ればいいのだ。何も知らずに眠ってしまえばいいのだ。そうして明日の晩からまた、以前の通りの散歩を繰り返せばいいのだ。

……運命……そうだ……運命に違いない……これが彼女の……。

こんな風に考えまわしていくうちに私は耳の中がシィ――ンとなるほど冷静になって来た。そうしてその冷静な脳髄で、一切の成行きを電光のように考えつくすと、何の躊躇《ちゅうちょ》もなく彼女の枕許《まくらもと》にひざまずいて、四、五日前、冗談にやってみたとおりに、手袋のままの両手を、彼女のぬくぬくした咽喉《のど》首へかけながら、少しばかり押えつけてみた。むろんまだ冗談のつもりで……。

彼女はその時に、長いまつげをウッスリと動かした。それから大きな眼を一しきりパチパチさして、自分の首をつかんでいる二つの黒い手袋と、中折帽子を冠《かぶ》ったままの私の顔を見比べた。それから私の手の下で、小さな咽喉仏を、二、三度グルグルと回して、唾液《つばき》をのみ込むと、頰を真赤にしてニコニコ笑いながら、いかにも楽しそうに眼をつむった。

「……殺しても……いいのよ」

二

私が何故に、彼女を殺したか。

その彼女を殺した手段と、その手段を行なった機会とが、如何《いか》に完全無欠な、見事なものであったか。

そうして、そう言う私はソモソモどこの何者か。

そんな事は三週間ばかり前の東京の各新聞を見てもらえば残らずわかる。多分特号活字で、大々的に掲載してあるであろう「女優殺し」の記事の中に在る「私の告白」を読んでもらえば沢山である。そうしてその記事によって……かく言う私が、某新聞社の社会部記者で、警察方面の事情に精通している青年であって、同時に極端な唯物主義的なニヒリスト式の性格で、良心なぞというものは旧式の道徳観から生まれた、遺伝的感受性の一部分ぐらいにしか考えない種類の男であった……という事実をハッキリと認識してもらえば、それで結構である。

ところでその私が、現在、ここで係官の許可を得て、執筆しているのは、そんな新聞記事の範囲に属する告白ではない。または警察の報告書や、予審調書に記入さるべき性質の告白でもない。すなわち、その新聞記事や、予審調書にあらわれているような告白を、私がナゼしたかと言う告白である。……事件の真相のモウ一つうらに潜む、きわめて不可思議な恐ろしい真相の告白である。……すべての犯罪事件を客観的に考察し、批判する事に狎《な》れた、頗《すこぶ》る鋭利な冷静な頭の持ち主でも意外に思うであろう……光明の中心×暗黒の核心＝X……とも形容すべき告白である。

　冗《くど》く言うようであるが、私はモウ一度念を押して置きたい。

　あの新聞記事を徹底的に精読してくれた、きわめて少数の人々……もしくは直感の鋭い、或《あ》る種のアタマの持ち主は直ぐに気づいたであろう。私はこの事件に就いては、どこまでも知らぬ存ぜぬの一点張りで、押し通し得る自信を持っていた。如何なる名探偵や名検事が出て来ても、一分一厘の狂いなしに「証拠不充分」の処まで押しつけ得る、絶対無限の確信を持っていた……という私の主張を遺憾なく首肯してくれるであろう……にもかかわらずその私が、何故に自分から進んで自分の罪状をブチマケてしまったか……モウ一歩突込んで言うと、良心なるものの存在価値を、絶対に否認していた私……同時に自分の手にかけた彼女に対しては、一点の同情すら残していなかったはずの私が……何故にコンナにも他愛なく泥を吐いてしまったか……ホンノ当てズッポーで投げかけた刑事の手縄に、何故にこっちから進んで引っかかって行ったか……。

……こうした疑問は、あの記事を本当の意味で精読してくれた何人かの頭に必然的に浮かんだ事と思う。「何故に私が白状したか」という大きな疑問に、一直線にぶつかったはずと考えられる。

ところが不思議な事に、この事件を担当した警察官や裁判所の連中は、コンナ事をテンカラ問題にしていないらしい。現在私を未決檻《みけつ》にブチ込んでいながら、この点に関しては一人も疑問を起したものがいないらしい。それはこの点について、私に訊問《じんもん》した事が一度もない……という事実が、何よりも雄弁に証拠立てている。

しかし考えてみるとこれは無理もない話である。彼等は私の自白にスッカリ満足してしまって、ソレ以上の事に気がつかないでいるのだから……。彼等は要するに犯人を捕える無知な器械に過ぎないのだから……そうしてそんな器械となって月給を取るべく彼等は余りに忙し過ぎるのだから……。

だから私はこの一文を彼等の参考に供しようなぞ思って書くのではない。あの記事を精読してくれて、私の自白心理に就いて疑問を起してくれた少数の頭のいい読者と、わざわざ私のために係官の許可を得て、この紙と鉛筆とを差し入れてくれた官選の弁護士君へ、ホンの置土産のつもりで書いているのだ。

そうして私の「完全な犯罪」を清算してしまいたい意味で……。

私は「彼女の死」以外に、何等の犯跡を残していない空屋を出ると、零度以下に冷え切った深夜のコンクリートの上を、悠々《ゆうゆう》と下宿の方へ歩いて帰った。それは、いつも新聞社からの帰りがけに、散歩をしている通りの足取であったが、あんまり寒いせいか、途中には犬コロ一匹いなかった。ただ街路樹の処々に残った枯葉が、クローム色の星空の下で、あるかないかの風にヒラリヒラリと動いているばかりであった。

すべてが私の予想通りに完全無欠で、かつ理想的であった。「完全なる犯罪」を実行し得る無上の一刹那《せつな》を、私のために作り出してくれた天地万象が、どこまでも私のアタマのヨサを保証すべく、私の注文通りに動いているかのようであった。こころみに下宿の門口に立ち止まって、軒燈《けんとう》の光りで腕時計を照してみると、いつも帰って来る時間と一分も違っていなかった。

……彼女はモウ、これで完全に過去の存在として私の記憶の世界から流れ去ってしまったのだ。そうして私はこれから後、当分の間、毎晩その通りの散歩を繰り返せばいいのだ。あの空家で彼女と媾曳《あいびき》することだけを抜きにして……。

そう思い思い私は下宿の表口の呼鈴を押して、閂《かんぬき》を外《はず》してくれた寝ぼけ顔の女中に挨拶《あいさつ》をした。いつものとおりに「ありがとう……お休み」……と……その時に、帳場の上にかかった柱時計が、カッタルそうに二時を打った。

その時計の音を耳にしながら私は、神経の端の端までも整然として靴の紐《ひも》を解く事が出来た。それから、いつもの足どりで、うつむき勝ちに階段を昇ったが、それは吾《わ》れながら感心するくらい平気な……ねむたそうな跫音《あしおと》となって、深夜の階上と階下に響いた。

……もう大丈夫だ。何一つ手ぬかりはない。あとは階段の上のとっ付きの自分の室に入って、いつものとおりにバットを一本吹かしてから蒲団を引っかぶって睡《ね》むればいいのだ。……何もかも忘れて……。

そんな事を考え考え幅広い階段を半分ほど昇って、そこから直角に右へ折れ曲る処に在る、一間四方ばかりの板張りの上まで来ると、そこで平生《いつも》の習慣が出たのであろう。何の気もなく顔を上げたが……私は思わずハッとした。モウすこしで声を立てるところであったかも知れなかった。

……「私」が「私」と向い合って突立っているのであった……板張りの正面の壁に嵌《は》め込まれた等身大の鏡の中に、階段の向うから上って来たに違いない私が、頭の上の黄色い十燭《しょく》の電燈に照らされながら立ち止まって私をジット凝視しているのであった。……蒼白《あおじろ》いいかにも平気らしい……それでいて、どことなく犯人らしい冴《さ》え返った顔色をして……底の底まで緊張した、空虚な瞳《め》を据えて……。

「この鏡の事は予想していなかった」……と気づくと同時に私は、私の全神経が思いがけなくクラクラとなるのを感じた。私の完全な犯行をタッタ今まで保証して……支持して来てくれた一切のものが、私の背後で突然ガラン、ガラン、ガランと崩壊して行く音を聞いたように思った。……と同時に、逃げるように横の階段を飛び上って、廊下のとっ付きの自分の室に転がり込んで行く、自分自身を感じたように思った……が、間もなく、その次の瞬間には、もとの通りに固くなって、板張りの真中に棒立ちになったまま、鏡と向い合っている自分自身を発見した。……自分自身に、自分自身を見透かされたような、狼狽《ろうばい》した気持ちのまま……。

するとその時に、鏡の中の私が、その黒い、鋭い眼つきでもって、私にハッキリとこう命令した。

「お前はソンナに凝《じっ》然と突立っていてはいけないのだぞ。今夜に限ってこの鏡の前で、そんな風に特別な素振りをするのは、非常な危険に身を晒《さら》す事になるのだぞ。一秒躊躇《ちゅうちょ》すれば一秒だけ余計に『自分が犯人』である事を自白し続ける事になるのだぞ。

……しかし、そんなに神経を動揺さしたまま、俺の前を立ち去るのは尚更《なおさら》ケンノンだ。お前は今すぐに、そのお前の全神経を、いつものとおりの冷静さに立ち帰らせなければならぬ。そうして平生のとおりの平気な足取りで、お前の右手の階段を昇って、お前の室に帰らなければならぬ。……いいか……まだ動いてはいけないぞ……お前の神経がまだ震えている……まだまだ……まだまだ……」

こんな風に隙間もなく、次から次に命令する相手の鋭い眼つきを、一所懸命に正視しているうちに、私は、私の神経がスーッと消え失せて行くように感じた。それにつれて私の全身が石像のように硬直したまま、左の方へグラグラと傾き倒れて行くのを見た……ように思いながら慌てて両脚を踏み締めて、唇を血の出るほど嚙《か》み締めながら、鏡の中の自分の顔を、なおも一心に睨《にら》みつけていると、そのうちにいつの間にかまたスーッと吾《われ》に返る事が出来た。やっと右手を動かして、ポケットからハンカチを取り出して、顔一面に流れる生汗を拭《ぬぐ》うことが出来た。そうするとまた、それにつれて私の神経がグングンと弛《ゆる》んで来て、今度は平生よりもズット平気な……むしろガッカリしてしまって、胸が悪くなるような、ダレ切った気持ちになって来た。

私は変に可笑《おか》しくなって来た。タッタ今まで妙に狼狽していた自分の姿が、この上もなく滑稽《こっけい》なものに思えて来た。そうして「アハアハアハ」と大声で笑い出してみたいような……「笑ったっていいじゃないか」と怒鳴ってみたいようなフザケた気持ちになった。

私は鏡の中の自分を軽蔑《けいべつ》して遣《や》りたくなった……「何だ貴様は」とツバを吐きかけて遣りたい衝動で、一パイになって来た。そこでモウ一度ポケットから、ハンカチを出して顔を拭い拭い、そこいらをソット見まわしてから、鏡の中を振り返ると、鏡の中の私もまた、瀬戸物のように、血の気のない顔をして、私の方をオズオズと見返した……が……やがて突然に、思い出したように、白い歯を露《あら》わして、ひややかにアザミ笑った。

私は思わず眼を伏せた。……ゴックリと唾液《つば》を吞《の》んだ。

それから一週間ばかり後の或《あ》る朝であった。私はいつものとおり朝寝をして、モウ起きようか……どうしようかと思い思い、昨夜新聞社から持って帰った、今日の朝刊を拡げていると、階下の帳場で話している男と女の声が、ゆくりなくも障子越しに聞えて来た。私はその声を聞くと新聞から眼を離した。……ハテ……どこかで聞いたような……と思い思い新聞を見るふりをして聞くともなく聞いていると、それは顔馴染《なじ》みの警視庁のT刑事と、下宿の女将《おかみ》の話声だった。

「フ――ン……何かその男に変った事はないかね……近頃……」

T刑事は有名な胴間《どうま》声であった。

「イイエ。別に……そりゃあキチョウメンな方ですよ」

女将も評判のキンキン声であったが、きょうは何となく魘《おび》えている様子……。

私は新聞紙を夜具の上に伏せて、天井の木目を見ながら一心に耳を澄ました。大丈夫こっちの事ではない……と確信しながら……。

「フ――ン。身ぶり素振りや何かのチョットした事でもいいんだが……隠さずに言ってもらわんと、あとで困るんだが」

「……ええ……そうおっしゃればありますよ。チョットした事ですけども……」

「どんな事だえ……」

女将の声が急に聞えなくなった。T刑事の耳に口を寄せて囁《ささや》いているらしい気はいであったが、ジッと耳を澄ましている私には、そうした芝居じみた情景がアリアリと見透かされて、何となく滑稽な気持ちにさえなった。……と思ううちにまたも、T刑事の太い声が筒抜けに聞え始めた。

「………ウ――ン……いつも鏡の前を通るたんびにチョット立ち止まるんだな。ウンウン。そうしてネクタイを直して、色男らしい気取った身振りを一つして、シャッポを冠《かぶ》り直して降りて行く。……それがこの頃その鏡を見向きもしない。色っぽい男だから、そんな癖は女中がみんな気をつけて知っている……この一週間ばかり……フ――ン……ちょうど事件の翌日あたりからの事だな……フ――ン……モウ外《ほか》にはないかね……気のついた事は……」

「………」

私はガバと跳ね起きた。社に出るにはまだ早かったが、そんな事を問題にしてはいられなかった。しかし決して慌てはしなかった。万一の用心のために、あらゆる場合を予想していたのだから……手早く着物を脱ぎ棄てて、テニスの運動服に着かえたが、その時に恥かしい話ではあるが胸が少々ドキドキした。まさか……まさかと思っていたのが案外早く手がまわったので……同時にすくなからず腹も立った。どうしても一番手数のかかる、最後の手段を執らなければならない事が予想されたので……。

……彼奴《きやつ》等はいつもコンナ当てズッポー式の見込捜索をやるから困る。当り前に動かぬ証拠を押えて来るとなれば、百年かかってもここへ遣って来るはずはないのに……チェッ……。おまけに今、俺を引っかけようとしているトリックの浅薄さ加減はドウダ……そんな古手に引っかかる俺と思うか……と言いたいが今度だけは特別をもって引っかかって遣る……その古手を利用して遣る。その代り一分一厘間違いなしに証拠不充分になって見せるから、その時に吠面《ほえづら》かくな……。

そんな事を思い思い運動服の上から、スエーターをぬくぬくと着込んで、ガマ口を尻《しり》のポケットへ押し込んで、鳥打帽子と西洋手拭《てぬぐい》と、ラケットと運動靴を抱えると、石鹸《せっけん》を塗って辷《すべ》りをよくして置いた障子をソーッとあけて、裏町の屋根を見晴らした二階の廊下に出た。そこで念のために前後を見まわしたが誰もいない。

……シメタナ。事によったら今の芝居は、芝居じゃなかったかも知れないぞ。逃げる余裕が充分に在るのかも知れないぞ……しかしまだ往来まで出てみないとわからない……と考えながら裏口の階段に続く廊下を、もしやと疑いながら曲り込むと、果してそこに立っていた……張り込んでいたに違いないAという、やはり警視庁の老刑事にバッタリと行き合ってしまった。

私はその時にハッと眼を丸くして立ち竦《すく》んだ……ように思う。何故かと言うとこのAという老刑事が出て来る時は、ほとんど十中八、九まで確定した犯人を逮捕する時にきまっていたのだから……そうしてあの晩見た、鏡の中の自分の姿を、その瞬間にチラリと思い浮かべたように思ったから……。

A刑事はゴマ塩の無性髭《ひげ》を撫《な》でながらニッコリと笑った。

「……ヤア……早くから……どこへ行くかね……」

私は二、三度眼をパチパチさせた。すぐに笑い出しながら、何か巧《うま》い弁解をしようと思ったが、その一刹那《せつな》にまたも、鏡の中の自分の姿が、眼の前に立ち塞《ふさ》がったような気がしたので、思わずラケットを持った手で両方の眼をこすってしまった。

「……エ……エ……そのチョット……」

私は吾《わ》れながら芝居の拙《まず》いのに気がついた。腋《わき》の下から冷汗がポタポタと滴り落ちるのがわかった。老刑事も無論、私のいつにないウロタエ方に気がついたらしい。心持ち顔の筋肉を緊張させながらニッコリと笑った。

「チョットどこへ……」

「テニスをしに行くんです……約束がありますから……」

老刑事は悠々と私を見上げ見下した。相かわらず顎《あご》を撫でまわしながら……。

「……フ――ン……どこのコートへ……」

私はここでヤット笑う事が出来た。ドンナ笑い顔だったか知らないけど……。

「日比谷のコートです……しかし何か御用ですか」

「ウン……チョット来て貰いたい事があったからね」

「僕にですか」

「ウン……大した用じゃないと思うが……」

「そうじゃないでしょう……何か僕に嫌疑をかけているのでしょう」

……平生のとおりズバズバ遣るに限る……とかねてから覚悟していた決心が、この時にヤットついた私は、思い切ってそう言って遣った。すると果して老刑事の微笑が見る間に苦笑に変って行った。かなり面喰《めんくら》ったらしい。

「そ……そんな事じゃないよ。君は新聞社の人間じゃないか」

私は腹の中で凱歌《がいか》をあげた。ここでこの刑事を憤らして、遮二無二私を捕縛さしてしまえばいよいよ満点である。

「だってそうじゃないですか。何でもない用事だったら電話をかけてくれた方が早いじゃないですか。まだ社に出る時間じゃないんですから直ぐに行けるじゃありませんか」

老刑事の顔から笑いがまったく消えた。疑い深い眼つきをショボショボさして、モウ一度私を見上げ見下した。

その顔をこっちからも同時に見上げ見下しているうちに、私は完全に落ち着きを回復した。頭が氷のようになって、あらゆる方向に冴《さ》え返って行った。

私は事態が容易でないのをモウ一度直覚した。老刑事が私を容易に犯人扱いにしようとしないのは、証拠が不充分なままに私を的確な犯人と睨《にら》んでいる証拠である……だから何とかして私を狼狽《ろうばい》さして、不用意な、取り返しのつかないボロを出さして置いてから、ピッタリ押えつけようとこころみている、この刑事一流の未練な駈《か》け引きであることが、よくわかった。

……しかし警視庁ではドウして俺に目星をつけたんだろう……その模様によっては慌てない方がいいとも思うんだが……ハテ……。

そう考えながらホンノ一、二秒ばかり躊躇《ちゅうちょ》しているうちに、老刑事はまたもニコニコ笑い出しながら、私の耳に口をさし寄せた。そうして私が身を退く間もなく、ボソボソと囁き出したが、その言う事を聞いてみると、私が想像していたのと一言一句違わないと言ってもいい内容であった。

「……ええかね君……温柔《おとな》しく従《つ》いて来たまえ。悪くは計らわんから。ええかね。君はあの女優が殺された空屋の近くに住んでいるだろう。そうして毎晩、社から帰りにあの家の前を通って行くじゃろう。それから手口が非常に鮮かで何の証拠も残っておらん。よほど頭と腕の冴えた人間で、手筋をよく知っている人間の仕事に違いないというので、極《ご》く秘密で研究した結果、君に札が落ちたのだよ。別に証拠がある訳じゃない。だから出る処に出ればキット証拠不充分になる。これは絶対に保証出来る。ええかね。わかっとるじゃろう。……これは職務を離れた心持ちで、君を助けたいばっかりに言う言葉じゃから信用してくれんと困る。君は頭がええから解るじゃろう。わしも君には今まで何度も何度も仕事の上で助けてもらったことがあるからナ……ナ……」

この言葉のウラに含まれている恐るべく、憎むべき罠《わな》が見え透かない私じゃなかった。同時にその裏を掻《か》いて行こうとしている私の方針を考えて、思わず微笑したくなった私であった。

しかし私は、そんな気ぶりを色に出すようなヘマはしなかった。そんな甘口に引っかかって一寸《ちょっと》でも躊躇したら、その躊躇がそのまま「有罪の証拠」になる事をいち早く頭に閃《ひら》めかした私は、老刑事の言葉が終るか終らないかに、憤然として言い放った。

「……駄目です。冗談は止《よ》して下さい……僕を引っぱったら君等の面目は立つかも知れないが、僕の面目はどうなるんです。面目ばかりじゃない。飯の喰《く》い上げになるじゃないですか。厚顔無恥にもほどがある。……失敬な……退き給え……」

と大声で怒りつけながら、老刑事を突き退けて裏口の階段の方へ行こうとしたが、この時の私の腹の工合は、吾れながら真に迫った傑作であったと思う。老刑事のネチネチした老獪《ずる》い手段が、ホントウに自烈《じれっ》たくて腹が立っていたのだから……。

しかし、こうした私の行動が、滅多に、無事に通過しないであろう事は、私もよく知っていた。

老刑事は私が思っていたよりも強い力で、素早く私の肩を押えて引き戻した。そうしてラケットと靴を持った両手をホンノ一寸たたいたと思ったら、パッチリと生あたたかい手錠をかけてしまった。……と……私の背後の縁側からT刑事と、モウ一人の新米らしい若い刑事が、待ち構えていたように曲り角から出て来て、私の背後に立ち塞《ふさ》がってしまった。

私はその中でも見知り越しの二人の刑事の顔を、わざと不思議そうに見まわした。それから如何《いか》にも面目ない恰好《かっこう》でグッタリとうなだれる拍子に、思わずヨロヨロとよろめいて横の壁にドシンと背中を寄せかけると、あとからT刑事がツカツカと近寄って来て、チョットお辞儀をするように私の顔を覗《のぞ》き込んだ。そうして私を憫《あわ》れむように……または言いわけをするように、見えすいた空笑いをした。

「ハハハハハ。今の芝居に引っかかったね」

「…………」

「……相手が君だと滅多にボロを出す気づかいはない。トテモ一筋縄では行くまいとは思ったが、チョット鎌をかけたら案外引っかかってくれたんで助かったよ。まあ諦《あきら》めてくれ給え。決して悪くは計らわないからね……元来知らない仲じゃなし……ハハハハ……」

そう言うT刑事の笑い声が終るか終らないかに、頭を下げていた私は突然、脱兎《だっと》のように若い刑事の横をスリ抜けて、二階廊下の欄干《てすり》に片足をかけて飛び降りようとした。無論、自殺の恰好で……それを若い刑事にシッカリと抱き止められると、そのまま両手の手錠を、眼の前の欄干へ砕けよと打ちつけながら、泣き声を振り絞って絶叫した。

「……嘘です……嘘です……間違いです……この手錠を取って下さいッ……冤罪《えんざい》です。僕は無罪です。……僕はあの女を知ってます。だけども関係はありません。どこにいるかさえ知らなかった……僕は……僕は毎晩十二時に社を出て二時キッカリに下宿へ帰って来るのです。ずっと前から……そうなんです……二、三年前から……手錠を取って下さい。この手錠を……僕はテニスしに行くんです。天気がいいから……エエッ放して……放してエ――ッ」

しかしボールとテニスで鍛えた私の体力も、三人の刑事には敵《かな》わなかった。これも無論、最初から知れ切った事であったが、しかし法廷で知らぬ存ぜぬを押し通すためには、その準備行動として、是非とも一度、徹底的に暴れて置かねばならぬと思ったので……それからモウ一つには同宿の連中や、近所隣りの家族たちに同情的な心証を残して置くと、後になってから非常に有利な事がある実例を知っていたので、コンナにヘトヘトになるまで、悲鳴をあげて抵抗し続けたのであった。

それから私は予定のとおり、スエーターもパンツも破れ歪《ゆが》んだミジメな姿で、三人の刑事に引っ立てられて立ち上った。そうしてシッカリと眼を閉じて仰向いたまま、ハアハアと息を切らしながら、板張りの廊下を真直ぐに、表口の階段へかかったのであったが、その途中の鏡の前まで来ると、私はまたもギックリとして立ち止まった。この間の晩のとおりに……何故だかよくわからないまま……。

……大鏡の中には色の黒い、厳《いか》めしい三人の男と、いつの間にか鼻血にまみれている青ざめた、ミジメな私の顔が並んで突立っていた。

……その変り果てた自分の姿を、吸いつけられたような気持ちで凝視しているうちに、私は何故ともなく髪毛が、ザワザワと逆立って来るのを感じた。私は構成した「完全無欠の犯罪」がこの鏡一つのために、コッパミジンにブチ壊されてしまった事をハッキリと意識したように思った。

……と……気がつくと同時に私は、自分の姿と向い合ったまま、無限の谷底をグングン落ち込んで行くような感じがした。気が遠くなってフラフラと倒れそうになった。

それを一所懸命の思いで踏みこたえながら、私は鏡の中の自分の姿に向って一歩踏み出した。今にも真暗くなりそうな瞳《め》をシッカリと据えながら、この世限りの憎々しい表情を作って自分の顔の鼻の先に近づけた。思い切り顎《あご》を突き出して見せた。

「……オレダヨオ――オ――」

解説

夢野久作のいささか福禄寿《ふくろくじゅ》めく長大な頭と、茫洋《ぼうよう》と捉《とら》えどころのない表情の写真を見るたび、私はその中で渦巻いていた暗い狂熱を思って慄然《りつぜん》とする。この脳髄にはマアどれほどの悪念が奔騰し、歯嚙《はが》みし呻《うめ》きながら出口を求めていたことだろう。たったいま人を殺したい首を締めたいナイフで切り刻みたい殺人願望。もうすぐ発狂するに違いない無限の暗黒へ向けた失墜の予感。あるいはしんしんと凍りつくほどに襲ってくる自殺への希求。ほんものの天才にだけ課せられる、それら天の仕置に堪えて、ようやく夢野の唇を洩《も》れたのは、初めのうち次のような『猟奇歌』のいくつかであった。

誰か一人
殺してみたいと思ふ時
君一人かい………

……………と友達が来る
頭の中でピチンと何か割れた音
イヒ、、、、
……と……俺が笑ふ声

自殺しやうか
どうしやうかと思ひつつ
タッタ一人で玉を撞《つ》いてゐる

だが幸いなことに、この奔騰する熔岩《ようがん》はもうひとつの出口を持った。めくるめく喜びに溢《あふ》れ、読む者も己れの心も灼《や》き尽す勢いで宙天に噴きあがると、そのまま平穏な麓《ふもと》の村々へなだれこんだ。それが僅《わず》か十年の間に書かれたおびただしい小説群である。
幸いなことに？　それはどちらともいうことはできない。焼かれた村は復讐《ふくしゅう》を誓い、ひそかに一人の刺客を放ったと覚しいからである。
昭和十一年（一九三六）四十七歳
三月十一日、来客と対談中急死。

という年譜の一行がそれを証《あか》しする。そればかりか村ではその後の三十年あまりを、夢野久作の名を抹殺することに決め、みごとにそれを果たした。昭和四十四年に三一書房から全集が刊行され始めるまで、この怪物は巨人ゴーレムさながらに眠り続け、麓の文壇村は退屈無残な祝《ほが》いの日日を過すことができたのである。

＊

ここに収められた七編はいまから四十五年あまりも前に書かれたものだが、それは決して冷えきった熔岩ではなく、いまなお毒焰《どくえん》というに足る陰火を明滅させている。ことに昭和三年十月に発表された『瓶詰の地獄』と『死後の恋』は短編中の白眉《はくび》で、人によっては第一番に指を折るほどの代表作である。僅か二十枚にも充《み》たぬ『瓶詰の地獄』は、夢野特有のきりもない饒舌《じょうぜつ》をみごとに圧縮しきって、第三の瓶の内容というカタカナ書きの数行が鮮烈なまでの効果をあげている。『ドグラ・マグラ』でも主人公の青年は色白で肥《ふと》っているという設定だが、この市川太郎君もまた〝日に増し丸々と肥って〟ゆくのが無気味で、これがともに陰鬱《いんうつ》に痩《や》せた神経質な青年だったら効果は半減するだろうし、新約聖書一冊だけで覚えた文字使いという点にも細かい神経が働いてい、ともすればただの怪腕――腕づくの強引さと思われかねない小説作法に周到な用意のあったことが知られる。

これは「猟奇」という地方誌に載ったが、『死後の恋』は発表誌が「新青年」だけに当時から注目されて賞讃《しょうさん》を受けた。これにしろ『氷の涯』にしろ、またこの巻に併載されている『支那米の袋』にしろ、ハルビンやウラジオの町を舞台に華麗奔放な〝ロシアもの〟を書く材料をどこで仕入れたのか私は詳《つまび》らかにしないが、それに限って語りくちも話の展開もグングンと読者を引込むかたちで拡がってゆき、ウオッカの酔いさながらに強烈な酩《めい》酊《てい》感を味わわせる。ことに『死後の恋』では、すでに多くの人が語っていることだが、森の中の虐殺場面がすばらしく、〝青々と晴れ渡った、絵のようにシインとした原ッパ〟の描写と、それに続く血みどろな結末は、夢野独自の狂気に存分に彩られた無残絵であろう。

＊

周知のようにロマノフ朝最後の皇帝ニコライ二世とその一族の死は多くの謎を秘めてい、一九一八年の七月十六日、エカテリンブルクの幽閉所で監視隊長ユロフスキイの指揮の下に残らず銃殺されたことになっているが、死体の処理をあまりにも入念にやりすぎて痕跡《こんせき》を残さなかったため、たちまちあちこちでまだ生きているという噂が立ち始め、実際に次から次と贋者《にせもの》が現われ出した。わけても美貌《びぼう》を謳《うた》われた十七歳のアナスターシャ、血友病という忌わしい病気を持つ十四歳の皇太子アレクセイへの同情はひとしおで、事実、処刑後三年もしないうち、まずアルタイ地方で贋アレクセイが出現している。『死後の恋』はこのいきさつを踏まえた作品だが、事件後まだ十年しか経っていない昭和三年にはその迫力もひとしおであったろう。題名の妖《あや》しさとその謎ときもみごとで、これに限らず夢野の作品は表題だけですでに軽い眩暈《げんうん》を誘うものが多い。

『人の顔』は同じく昭和三年、『支那米の袋』と『鉄鎚』は昭和四年に、いずれも「新青年」に発表された。不義密通という言葉や人妻の丸髷《まるまげ》がすたれたいま、『押絵の奇蹟』にしてもどれだけの暗さをもたらし得るか明らかではないが、『人の顔』はその後の惨劇を踏まえて、ごくさりげないスケッチで終らせている。『鉄鎚』も筋立てそのものより主人公がくり返し、

〝あのまん丸く光る頭を鉄鎚で殴ってもいいのか知らん〟

とボンヤリ考えるところが無気味さと滑稽《こっけい》さをないまぜにした奇妙な味をもたらす。『あやかしの鼓』でも妻木という青年が初対面からモナカを頬ばってみせ、唇の両端が豆腐のように白く爛《ただ》れているという描写があっていやーな感じを押しつけてくるが、ここでも薄汚ない二階の一室で〝苦辛い胃散の味を荒れた舌に沁《し》み込ませながら〟寝ころがっている青年の不潔さが働いているので、この旨《うま》さはふしぎに江戸川乱歩と共通する。現代の推理小説にはまず見当ることのない、古き良き時代の探偵小説特有の魅力であろう。

『支那米の袋』は先にいった〝ロシアもの〟のおもしろさの他に、『難船小僧』などと共通する船の中の息苦しさ、緊迫感でもきわだち、昭和六年の『一足お先に』は『ドグラ・マグラ』の短編化とでもいうような、二重三重の悪夢のドンデン返しで読者を瞞着《まんちゃく》するが、軽妙な題のわりには冴《さ》えたオチとはいいがたい。同じく六年の『冗談に殺す』も話の筋はどこかひとつ鋲《びょう》なり捩子《ねじ》なりがゆるんだようなところがあるけれども、夢野の書きたかっ

たのは鏡というものの恐さ、そこに映る自分のいやらしさを犯罪者心理と結びつける一点にだけあり、ここには生涯をどすぐろく胸中に巣喰《すく》っていた殺人や発狂や自殺のほかにもうひとつの、せっぱ詰った願望が語られている。犯しもしない犯罪をどうしても自分のものとして告白したい、あげく無実のまま泣きわめきながら死刑にされたいという奇妙な〝処刑への希求〟である。

号外の真犯人は
俺だぞ……と
人ごみの中で
怒鳴ってみたい

『猟奇歌』ではそれぐらいのことで済んでいたその最後の願望は、こうしてみるみるうちにふくれ、ついにこの幕切れを迎えるに到った。

〝…私は鏡の中の自分の姿に向って一歩踏み出した。……
「……オレダヨオ――オ――」〟

＊

もしかすると昭和十一年三月、夢野久作の前に姿を現わした〝刺客〟は、夢野自身が招いた、己れの黒い影だったのかも知れない。

一九七七年二月

中井英夫

本書中には、今日の人権擁護の見地に照らして不当・不適切と思われる人種・身分・職業・身体障害・精神障害に関する語句や表現がありますが、作品発表時の時代的背景と作品の価値を考え合わせ、また著者が故人であるという事情に鑑み、原文どおりとしました。

編集部

瓶詰《びんづめ》の地獄《じごく》

夢《ゆめ》野《の》久作《きゅうさく》

昭和52年 3月30日 初版発行
平成21年 3月25日 改版初版発行
令和6年 9月25日 改版42版発行

発行者●山下直久

発行●株式会社KADOKAWA
〒102-8177 東京都千代田区富士見2-13-3
電話 0570-002-301（ナビダイヤル）

角川文庫 15629

印刷所●株式会社暁印刷
製本所●本間製本株式会社

表紙画●和田三造

●お問い合わせ
https://www.kadokawa.co.jp/（「お問い合わせ」へお進みください）
※内容によっては、お答えできない場合があります。
※サポートは日本国内のみとさせていただきます。
※Japanese text only

Printed in Japan
ISBN 978-4-04-136614-1 C0193

◇◇◇

角川文庫発刊に際して

角川源義

第二次世界大戦の敗北は、軍事力の敗北であった以上に、私たちの若い文化力の敗退であった。私たちの文化が戦争に対して如何に無力であり、単なるあだ花に過ぎなかったかを、私たちは身を以て体験し痛感した。西洋近代文化の摂取にとって、明治以後八十年の歳月は決して短かすぎたとは言えない。にもかかわらず、近代文化の伝統を確立し、自由な批判と柔軟な良識に富む文化層として自らを形成することに私たちは失敗して来た。そしてこれは、各層への文化の普及滲透を任務とする出版人の責任でもあった。

一九四五年以来、私たちは再び振出しに戻り、第一歩から踏み出すことを余儀なくされた。これは大きな不幸ではあるが、反面、これまでの混沌・未熟・歪曲の中にあった我が国の文化に秩序と確たる基礎を齎らすためには絶好の機会でもある。角川書店は、このような祖国の文化的危機にあたり、微力をも顧みず再建の礎石たるべき抱負と決意とをもって出発したが、ここに創立以来の念願を果すべく角川文庫を発刊する。これまで刊行されたあらゆる全集叢書文庫類の長所と短所とを検討し、古今東西の不朽の典籍を、良心的編集のもとに、廉価に、そして書架にふさわしい美本として、多くのひとびとに提供しようとする。しかし私たちは徒らに百科全書的な知識のジレッタントを作ることを目的とせず、あくまで祖国の文化に秩序と再建への道を示し、この文庫を角川書店の栄ある事業として、今後永久に継続発展せしめ、学芸と教養との殿堂として大成せんことを期したい。多くの読書子の愛情ある忠言と支持とによって、この希望と抱負とを完遂せしめられんことを願う。

一九四九年五月三日

角川文庫ベストセラー

ドグラ・マグラ（上）（下）　夢野久作

昭和十年一月、書き下ろし自費出版。狂人の書いた推理小説という異常な状況設定の中に著者の思想、知識を集大成し、〝日本一幻魔怪奇の本格探偵小説〟とうたわれた、歴史的一大奇書。

少女地獄　夢野久作

可憐な少女姫草ユリ子は、すべての人間に好意を抱かせる天才的な看護婦だった。その秘密は、虚言癖にあった。ウソを支えるためにまたウソをつく。夢幻の世界に生きた少女の果ては……。

犬神博士　夢野久作

おかっぱ頭の少女チイは、じつは男の子。大道芸人の両親と各地を踊ってまわるうちに、大人たちのインチキを見破り、炭田の利権をめぐる抗争でも大活躍。体制の支配に抵抗する民衆のエネルギーを熱く描く。

押絵の奇蹟　夢野久作

明治30年代、美貌のピアニスト・井ノ口トシ子が演奏中倒れる。死を悟った彼女が綴る手紙には出生の秘密が……（「押絵の奇蹟」）。江戸川乱歩に激賞された表題作の他「氷の涯」「あやかしの鼓」を収録。

羅生門・鼻・芋粥　芥川龍之介

荒廃した平安京の羅生門で、死人の髪の毛を抜く老婆の姿に、下人は自分の生き延びる道を見つける。表題作「羅生門」をはじめ、初期の作品を中心に計18編。芥川文学の原点を示す、繊細で濃密な短編集。

角川文庫ベストセラー

河童・戯作三昧　芥川龍之介

芥川が自ら命を絶った年に発表され、痛烈な自虐と人間社会への風刺である「河童」、江戸の戯作者に自己を投影した「戯作三昧」の表題作他、「或日の大石内蔵之助」「開化の殺人」など著名作品計10編を収録。

斜陽　太宰治

没落貴族のかず子は、華麗に滅ぶべく道ならぬ恋に溺れていく。最後の貴婦人である母と、麻薬に溺れ破滅する弟・直治、無頼な生活を送る小説家・上原。戦後の混乱の中を生きる4人の滅びの美を描く。

人間失格　太宰治

無頼の生活に明け暮れた太宰自身の苦悩を描く内的自叙伝であり、太宰文学の代表作である「人間失格」と、家族の幸福を願いながら、自らの手で崩壊させる苦悩を描き、命日の由来にもなった「桜桃」を収録。

吾輩は猫である　夏目漱石

苦沙弥先生に飼われる一匹の猫「吾輩」が観察する人間模様。ユーモアや風刺を交え、猫に託して展開される人間社会への痛烈な批判で、漱石の名を高からしめた。今なお爽快な共感を呼ぶ漱石処女作にして代表作。

こころ　夏目漱石

遺書には、先生の過去が綴られていた。のちに妻とする下宿先のお嬢さんをめぐる、親友Kとの秘密だった。死に至る過程と、エゴイズム、世代意識を扱った、後期三部作の終曲にして、漱石文学の絶頂をなす作品。